ガチャを回して仲間を増やす
最強の美少女軍団を作り上げろ
9
WURGAR
Chinkururi
著＝ちんくるり
illust.＝イセ川ヤスタカ
GC NOVELS

フリージア
FREESIA
シスハ・アルヴィ
SHISUHA ALVY
ルーナ・ヴァラド
LUNA VARADES

ノール・ファニャ
NORL FANYA
エステル
ESTEL
大倉平八
OHKURA HEIHACHI

UR
Norl & Estel

GATYA

ガチャを回して仲間を増やす 最強の美少女軍団を作り上げろ

9

You increase families and make beautiful girl army corps, and put it up

CONTENTS

1章 魔人の国

セヴァリアの異変、黒幕の襲撃、そして守護神の復活。様々なことがありながらも黒幕である魔人マリグナントを倒し、異変は終息した。

冒険者協会に今回の件の報告を当然したのだが、支部長であるベンスさんの反応は物凄《ものすご》かった。予想通り魔人が異変を起こしていてその場で倒したこと、セヴァリアにあった守護神の加護がなくなったせいで町が襲撃されたこと、そして現在その加護は元に戻っていること。

要約すると伝えたのはこの三つだ。これだけでもかなり衝撃的なことだけど、本当ならさらに守護神であるテストゥード様が復活したことも入る。

だが、今回その件は伏せていた。ただでさえ今も混乱した状態なのに、ここで守護神様のことを伝えたら大混乱間違いなしだ。それだけじゃなく今は神殿の人達、特にイリーナさんは協会に来られないみたいで、その話を勝手にする訳にもいかない。

加護を戻すのにテストゥード様が力をかなり使っていたから、まだ疲労でそれどころの話じゃないんだろうな。詳しい話は後日、イリーナさんとかを交えて伝えようとエステル達と相談して決めている。

各地の異変は魔人のせいだったことは最重要だから、王都の協会長であるクリストフさんに伝えて色々と対応して貰うことで話はまとまった。報酬なども詳しく情報がまとまってからとなったが、魔人の存在が本当なら相当な額になるらしい。ぐへへ、これは期待してもよさそうだな！

あの戦いから十日以上経ち、セヴァリアの町も落ち着きを取り戻している。俺達も冒険者協会経由で町の復興支援の依頼を引き受けている最中だ。他の冒険者達も殆《ほとん》ど協力していて、数少ないBランク冒険者である俺やグレットさん達は町の周辺などで見回りをしつつその場その場で手伝いをしていた。もう魔物が来るとは思えないけど、万が一に備えての対応だ。今の状況で魔物に襲撃されたら大被害が出るからな。

今日もノールとエステルと共に港の見回りと修復作業に来ている。シスハは怪我人などの治療で冒険者協会などに出張中で、フリージアとルーナの二人には適当に町の見回りを頼んでおいた。

「やっと町も落ち着いてきたみたいだな」

「魔物の襲撃もないみたいでありますし、これで一安心なのでありますよ」

港の瓦礫《がれき》の撤去作業もほぼ終わり、今は大々的に港全体の修復作業を行っている。そこで大活躍中なのが我らのエステルさんだ。

魔物の襲撃で破壊された地面や壁が彼女の魔法で次々と直っていく。港にいた魔導師達も一緒に手伝ってはいたのだが、エステルの魔法を見て口をあんぐりと開けて驚いていた。

どういう理屈で直しているのかわからないけど、えいってかけ声と共に杖を一振りするだけで、欠けてボロボロになった地面がみるみると盛り上がって修復されていく。その規模やスピードは凄《すさ》まじく、殆ど一人で直している。

詠唱すらせずグリモワールも使わずに一瞬でこれだからな……凄過ぎるぞ。そんなエステルの修復作業を遠巻きに見つつ荷物などをノールと運んでいると、顔見知りの漁師であるローケンさんに声をかけられた。

「おう、見回りだけじゃなくて片付けまで手伝ってくれてありがとな」

「いえいえ、皆さん大変そうなのに見ている訳にもいきませんので」

「漁師さん達も皆無事でよかったのでありますよ！」

港にいた人達は魔物の襲撃をいち早く察知して、常駐していた軍人や魔導師はすぐに迎撃し、漁師さん達は港から避難して町の住民や冒険者などに伝えて回っていたそうだ。おかげで魔物が上陸する前に港近くにいた人達は逃げ出せて、住民達の人的被害は驚くほどなかった。

どうやらあの魔物達も神殿に向かうのが優先だったようで、足止めされた奴ら以外は人を無視して建物などを破壊しつつ進むのばかりだったらしい。積極的に人を襲う奴らじゃなくて本当によかったなぁ。その分神殿にめちゃくちゃ溜まっていたけどさ。

「とはいえ、これじゃあしばらく漁に出れそうもねーな。泊めてあった船が殆どやられちまったからよ。代わりの船が用意できるまで素潜りでもやるしかなさそうだ」

「私達がもっと早く来られればよかったのでありますが……」

「おいおい、駆けつけてくれただけでもありがたいぐらいなんだ。港も無事だし船が壊れたぐらいどうってことないぜ。セヴァリアの漁師はこの程度なんのそのってな！」

腕まくりをして力こぶを作り笑うローケンさん。もう残骸は撤去されたけど、港に停泊していた漁師さん達の漁船は魔物の上陸時に壊されて残っていない。魔物が直接船を攻撃した訳じゃないが、竜巻を発生させるトルネードシャークが原因だそうだ。空飛ぶ鮫《さめ》って時点でめちゃくちゃ怖いのに、船までぶっ壊れる竜巻を発生させるとか危険極まりない魔物だな。

空元気にも見えるローケンさんにどう返事をしたらいいか困っていると、彼は苦笑しつつ話を続けた。

「まあそう心配するなって。領主様や町長も港の修復や船の用意も支援してくれるって話だからよ。冒険者協会や商人からもそういう話が来てるらしいしな」

「それだけこの町の港は重要な場所なんですね。何かあれば私達も協力いたしますので、遠慮なく言ってください」

「何でもお手伝いはするのでありますよ！　セヴァリアのお魚や貝は美味しいでありますからね！」

「ははは、そうか！　それじゃあ期待に応えてまた漁に出られるように頑張らないとな！　見守ってくれてる守護神様に情けないところは見せられないぜ！」

領主や町長やらも支援してくれるなら、確かにそこまで悲観的にならなくてもよさそうだ。それとこうやって前向きに考えられるのも、ある意味守護神様のおかげでもあるのか。

テストゥード様がセヴァリアに加護を復活させた時、町全体に空から光が降り注いでいたからなぁ。町の片付け中に噂を耳にしたが、あれは守護神様が放った光だって広まっているようだ。実際そうなんだけどさ。

「こういう時こそ守護神様を信じるべきですよね」

「ああ、俺も魔物に襲撃されて危ないところを救ってもらったからな」

「それって空で散っていった光でありますよね？」

「そっちもそうだがまた別の話だ。お前さん達は知らないのか？」

うん？　何だか話の雲行きが怪しいんだが……あの光じゃないだと？

興奮気味に語るローケンさんの続く話を聞くと、住民を避難させようと町を走り回っていたら、ばったりと魔物と出くわしてしまったそうだ。運悪くその魔物に目を付けられて攻撃されそうになったが、空から矢が飛んできて助けられたという。

……矢だと？　凄く嫌な予感がするんですが。

「あのマーフォークを一撃で倒しちまったんだ。しかも地面に刺さった緑色の矢はすぐにその場から消えちまった！　あんなことができるのは守護神様以外あり得ないだろ！」

「そ、そうかもしれませんね。ちなみに他にも噂とかは……」

「俺は見ちゃいねーが、天から赤い槍が飛んできて魔物を貫いたって話もあったぞ。そっちも壁に刺さってすぐ消えちまったらしい。それがあっちこっちで起こってたんだってよ。おかげで町じゃ守護神様はいたんだと持ち切りだぜ」

あばば、ばばばば！　守護神様の話をよく聞くと思ったらそういう訳か！　どう考えてもやったのはルーナとフリージアだ！　守護神様と勘違いされてるぞ！

あいつらに姿を見せず住民達を助けろって言ったし、視界に入らないよう姿が見えないところから遠距離攻撃していたはず。そして二人の槍と矢には自動回収が付加されている。傍から見たらどこかから飛んできた槍と矢が魔物を貫いて、光の粒子になってすぐに消えていく光景……何も知らなきゃ守護神様の仕業《しわざ》だと思っても仕方ないな。

絶対に二人が槍と弓を持っている姿を見せないようにしないと。

「ただ、感謝を伝えようと神殿に行っても今は中に入れねーらしい。あそこもかなり魔物に襲われたって話だ。地面があっちこっち抉《えぐ》れて港より酷い状態だってよ。一体どんな化け物が暴れてたんだろうな」

現在神殿は参拝禁止になっているみたいで、入り口で用件を聞いてもらえるけど中には入れなくなっている。……うん、その神殿で暴れてクレーターとか作ったのカロンちゃんですわ。神殿に入れるようになったら俺達で修復しに行かなければ。

ローケンさんとの話が終わると、ちょうど修復作業をしていたエステルが戻ってきた。

「ふぅ、やっと終わったわ」

「お疲れ。一人に任せちゃって悪いな」

「すぐに直せるのが私だけなんだからしょうがないもの。これでしばらくは大丈夫なはずよ。新しい壁や地面は作った私の魔法攻撃にも耐えられるぐらいにしておいたわ」

「それは丈夫過ぎる気がするのでありますが……綺麗な港に戻ってよかったのでありますよ」

軽くぱぱっと修復してそれとは、本当にエステルさんは頼りになるなぁ。もしまた同じように魔物の襲撃があってもビクともしなそうだ。これですっかり港も綺麗になったし、以前のような活気を取り戻してほしい。

「色々と心配だったけど、もうセヴァリアが襲撃されそうな雰囲気はなさそうだな」

「マリグナントも倒されたし神殿にはテストゥード様もいるもの。もし仲間がいたとしても迂闊《うかつ》に襲撃はしてこないんじゃないかしら」

「そうだといいのでありますが。本当に仲間がまだいるのでありますかね？」

「元々複数犯の可能性は考えてたし、あいつの口振りからして間違いなくいるだろ。まあ、あんまり仲良くなさそうだったけどな」

「あの魔人は性格悪そうでありましたからねぇ。おかげで私達は助かったでありますけど」

「慎重なようで格下だと思って慢心したのかもね。でも、誰かしらの手は借りていたみたいだからこれからも油断はできないわ」

マリグナントは最後まで腹立たしい奴だったからなぁ。同族の魔人から嫌われていてもおかしくない。けど、あいつ自身はあんまり魔法は得意じゃなさそうだった。魔物を発生させる魔導具を作れる奴に協力してもらっていた可能性がある。

パンタシア・ミーズガルズを召喚したのだってあいつ一人で準備できるとは思えない。誰かしら協力者がいたはずだ。マリグナントの仇《かたき》を！　なんて仲間が襲ってくるかもしれないし、どこかで異変が起きていないか注意しておこう。俺達も待つだけじゃなく、魔人の情報を積極的に集めておいた方がよさそうだ。

そう今後の方針を決める中、ノールが寂しそうな声で呟いた。

「協力といえば、カロンとお別れできなかったのは残念なのでありますよ。カロンのおかげでこうやって皆無事でいられたのでありますのに」

「そうね。ちゃんとお礼を言いたかったのだけれど」

「そのお礼は正式に呼んで果たせばいいのさ。カロンちゃんもすまないと思うなら、早く正式に呼べって言ってくれたからな！　だからもっと魔石を集めてガチャを回すぞ！」

「うっ、カロンはなんてことを言い残していったのでありますか……。これじゃ魔石集めは嫌だって言えないのでありますよ」

「ふふ、仕方ないわ。セヴァリアが落ち着いたらまた魔石を集めないといけないわね」

いやぁ、カロンちゃんは本当に素晴らしいことを言い残してくれたな！　これでノール達を魔石集めに引き込む大義名分ができた！　セヴァリアの異変も解決できたし、これからはガチャに向けて更なる魔石集めをしないとな、ぐへへ。

今日の作業も終わり、シスハ達と合流して俺達は冒険者協会に用意してもらった宿へと帰った。復興支援を手伝っている間、緊急事態が起きた時に備えて自宅に戻らずセヴァリアに待機しているのだ。なのでここを仮の住まいとしモフットも連れて来ていた。

以前は町に入る時震えていたモフットも、今は何事もないようにノールの膝の上に座ってプーと鳴いている。テストゥード様が復活して神殿にいるから、無差別に魔物を威圧することもなくなったのかな？

「はぁー、今日も疲れましたねー」

「お疲れさん、シスハは大人気みたいだな」

「人数が多いですからねぇー。それでもほぼ住民の方々の治療は終わりましたよ。重傷だった方達は初日に全員治しちゃいましたから、今は経過観察とかです。ま、私の回復魔法なら完璧に治りますから、経過観察しても何もないですけど」

「凄い自信ね、って言いたいけれど、本当にシスハの回復魔法は凄いものね。港の襲撃の時も一瞬で戦っていた人達を回復させちゃったし」

「エステルさんに褒められるのは嬉しいですねぇ」

シスハは本当に疲れているのか、ベッドで横になって脱力している。今はある程度落ち着いて軽傷者の治療も始まったそうだが、魔物の襲撃があってから数日は鬼のように忙しかったようだ。神殿からも応援に駆けつけてくれたようだが、シスハ一人で一日百人以上負傷者を治療し続けたらしい。

エステルの月の雫《しずく》を貸し出して魔力補給をし、ほぼフル稼働でシスハは働き続けていた。俺達で差し入れなどにも行ったが、四日間は不眠不休で治療していたのは凄まじかった。そのおかげかあれ程の魔物の侵攻を受けて、認知されている中ではセヴァリアの死者は〇人という奇跡ともいえる結果に。

手足を失った人もいたそうだが、シスハのおかげで全員元通りに回復したそうだ。皆涙ながらに彼女にお礼を言い、まるで信仰するかのような雰囲気だった。いつもふざけた奴だけど、こういう時は神官としてちゃんと動くんだと俺も感心してしまったぐらいだ。

なんて思っていたが、シスハは寝転びながら金色の壺を抱き抱え、チャプチャプと中の音を聞いてダラしない顔をしている。

「お前ここんところずっとカロンちゃんからもらった酒を見てるよな」

「いやぁ、あのカロンさんからいただいたお酒ですよ？　絶対美味しいに決まってますよ。……

あぁ、音を聞くだけでたまりません」

「シスハは相変わらずでありますな……」

感心した傍から真逆の評価をしたくなるようなことしないでもらいたい。あの金の壺はカロンちゃんから別れ際に貰った酒で、彼女との約束通りシスハに渡しておいた。

さっそく飲むかと思いきや、意外にもシスハは開けることなく正式にカロンが召喚されるまで待つと言い出した。シスハとしても一緒に酒盛りしようと約束したからそれを守りたいとか。その心意気は凄くいいんだけど、だからって抱き締めてダラしない顔してるのもなぁ……。

シスハに呆れていると、外に出ていたフリージアがルーナを背負いながら部屋に帰ってきた。

「進めポンコツ号」

「はーい！　ルーナちゃんのお通りなんだよー」

「どうしておんぶしてるんだ？」

「ルーナちゃんが散歩をしたいならおんぶしろ、って言うからおんぶしてるの！」

「うむ、私を動かせたいなら相応の対価を要求する。シスハは別だ」

「うふふ、ルーナさんのお願いでしたら私は何でもいたしますけどね」

散歩の対価がおんぶとはまた可愛らしいような。ルーナは何だかんだ言いながら、フリージアと仲良くしているみたいだ。寝ていたシスハもガバッと起き上がり、フリージアの背中からルーナを抱きえている。

こうやって見ると皆ホント仲がいいよなぁ。ＧＣではＵＲユニット同士が絡むシナリオってあんまりなかったから、ノール達の会話とかって凄く新鮮だ。

……そういえばあの件、まだノール達に聞いていなかったな。セヴァリアの騒動も終息したこの機会に聞いてみるか。

「なあ、割と真剣な話なんだけどさ、ノール達って元の世界から召喚されるのに誰かと契約したのか？」

意を決してノール達に質問すると、彼女達はお互いに顔を見合わせている。

「そうでありますね。声しか聞こえない相手の提案に同意したのでありますよ」

「私達だけでその時の話をしたことはあるけれど、お兄さんは誰から聞いたのかしら？」

「カロンちゃんが帰る前に話してくれたんだよ。ノール達がいた世界、イルミンスールの神の仕業だって教えてくれた」

「……ほほぉ、やはりあれは神でしたか。随分と俗世な神がいたものですね」

「ふむ、神か。遥か昔に地上にいたとは聞いたが、私がまさか神と契約していたのか」

「へぇー、あれが神様なんだ。精霊だと思ってた！」

やっぱり全員カロンちゃんと同じ経験があるらしい。だけど相手が神だったって認識はシスハ以外ないようだな。

「皆どんな契約をしたんだ？」

「正直その時の記憶は朧気《おぼろげ》なのよね。私は未知の体験ができるって聞いて、面白そうだから話に乗った気がするわ」

「寄生……養ってもらえると言われた」

「見たことない場所に行けるって言われた気がするんだよ！」

「私は救うべき人がいる……と言われたのでお断りしたら、『あらー、この提案を断るなんてあなたの信仰する神とやらは薄情な教えをしてるんですね。全く、そんなだから世の中から忘れさられて信徒が減っていくんですよー』とか言われてぶちキレて応じました。殆どその時のことは覚えていませんが、このセリフだけは鮮明です。あー、思い出しただけで腹が立ちますね」

「そこまで詳しく覚えているなんて、よっぽど悔しかったのでありますね……。私はあなたを必要とする人がいると言われて、そのまま応じたのでありますよ。助けを必要とする人がいたなら、助けに行くのは当然でありますからね」

各々理由は違っているけど、応じた理由は納得できるものだな。というかシスハを挑発して勧誘してるの本当に俗世だな！　ルーナも寄生とか言い出してるし……まあ、実際に半分養っているような状況ではあるけどさ。

他にも詳しく聞いてみようか。うーん、そうだなぁ。召喚主がどんな奴なのか、事前に情報があったのか気になるぞ。

「自分達を召喚する相手がどんな奴なのか、とかは知ってたのか？」

「詳しくは知らされはしなかったけれど、ぼんやりとどんな相手かは頭に浮かんだわね。それがお兄さんだったと思うわ」

「うむ、今の平八《へいはち》の印象そのものだ。最初召喚された時はあんな挨拶をされて驚いた」

「そんな変な挨拶されたの？　見てみたかったよ！」

「あはー、私の時も思い出すと面白かったですねぇ。アルヴィさんなんて最初呼んでましたし」

「事前の印象と違ってむず痒かったでありますなぁ。木から落とされた時は人でなし！　って思ったでありますけど」

「うっ、本当にすまなかったな」

ノールはまだ微妙にあのことを根に持ってそうだな……召喚されてすぐに地面に落とされたらそれも仕方がないか。

それはいいとして、どうやら俺に召喚されるのがわかっていたと。つまり俺が呼び出されたのも偶然じゃないってことなのか？　どうして俺をこの世界に呼んだのか気になるところだが、それは考えたところでわかる訳もないか。

さて、次はカロンちゃんには既に聞いたけど、ノール達に聞くのが怖かったあれを聞いてみよう。

「もう俺の記憶で知ってるだろうけど、ノール達は俺の世界の物語の登場人物だ。そのことに何か思ったりしたか？」

「別に」

「私が平八の世界の物語に出てるの！　読んでみたいんだよ！」

「そう言われてもそうとしか思えないわね。私は私として認識しているし、元の世界で育ってきたことも記憶にあるもの。頭ではわかっているけれど、実感もあまりないわ。興味深くはあるけどね」

「物語の登場人物と言われましてもねぇ。元の世界、イルミンスールでしたっけ？　そこでも人は神に作られた存在的な教えもありましたし、大倉《おおくら》さんの世界によって私達が生み出されたと言われても同じような感想しか抱きませんね。結局今ここにいる私がどうあるかの方が重要です」

「私は……正直難しい話はわからないのでありますよ。ただ、エステルやシスハのように自分は自分でありますし。それに大倉殿の記憶などで知った話だと、私達の話を英雄譚《たん》にしたような物って思ったのでありますよ。自分の話が出てきて色んな人に読まれるのは、ちょっと恥ずかしいでありますけど」

「確かに考えようによっては、お兄さんの世界で私達の話が作られたんじゃなくて、私達の話がお兄さんの世界に伝わったたって見方もできるわね」

「エステル達の話が俺の元いた世界に伝わった？」

「ええ、神様なんて存在が出てきてお兄さんをこの世界に呼んでるんだもの。逆に私達の話を広めるのだってできるはずよ」

　自分の主観ばかりで考えていたけど、俺の世界で作られた話じゃなくて、異世界で起きていた話が俺の世界で物語になった、だと。それは新しい考え方かもしれない。卵が先か鶏が先か、ってやつだな。

「まあどちらでもいいじゃありませんか。私達は特に気になんてしていませんし、今ここにいるのを楽しんでいるんですから。大倉さんもそう深刻に悩まなくていいんですよ」

「平八最近考え込んでるのが多かったもんね！」

「平八もガチャ以外で悩むことがあるのだな」

「俺を一体なんだと思ってやがるんだ」

「ガチャ廃人」

くっ、ルーナにすら廃人と言われるなんて！　けど、ノール達に話して何だか楽な気分になったな。肩の荷が下りたのかもしれない。カロンちゃんが言ってたように、彼女達はそういうことを気にしないぐらい精神的にも強いみたいだ。さすがURユニットだな。

「カロンと色々と話したみたいだけれど、他にも何か話したりはしたの？」

「ああ、テストゥード様からも色々と聞いてな。せっかくだから今話を共有しておくか」

聞きたかったことも聞けたし、カロンちゃんとテストゥード様と話したことをこの機会に伝えておくか。

まずノール達のいた世界はイルミンスールといい、マリグナントが言っていた異界の力はそこから流れてきた物。そして迷宮はイルミンスールと繋がっていて、その力が徐々にこの世界に流れ込んでいる。魔人達の目当てはその異界の力らしく、セヴァリアを襲った理由もそこにある、と以上のことを簡潔にノール達に伝えた。

「異界の力、でありますか。それはまた随分と大ごとに聞こえるでありますね」

「うーん、聞く限りじゃ大倉さんが出すガチャのアイテムや、イルミンスールから来た私達も異界の力そのものですよね」

「ふむ、そういえばマリグナントとやらが私の槍を見て異界の力とか言っていた」

「平八の世界だったり私達の世界だったり、ややこしくてよくわからないんだよー」

「とりあえず今わかっていることは、魔人達がその異界の力を求めていたってことね。私達が今まで攻略してきた迷宮もそれに関係していたのかも。マリグナントはテストゥード様の力を手に入れて何をしたかったのかしら？」

「人に復讐するっていうのもついでって感じだったもんなぁ。単純に強大な力が欲しかったのかもしれない」

「魔人の長ですらテストゥード様にやられたんでありますもんね。その力が手に入れば、この世界で太刀打ちできる存在がいるかも怪しいのでありますよ」

「でもでも、あの魔人も凄く強かったよ？　あのままでも十分だったと思うんだよー」

「うむ、私達がいなければ奴を止められなかったかもしれない」

確かにマリグナントはあのままでも十分に強かった。今までこの世界で活動してきたけど、あいつを相手にまともに戦える人がいるのか凄く疑問なのだが……。ディアボルスですらBランク冒険者がパーティでやっと相手にできるぐらいだ。

しかし、そんな俺の考えとは裏腹に、エステルさんは別の考え方を口にし始めた。

「けど、力を求めていたってことは、少なくともマリグナントを倒せる存在がいるってことよ。ほら、Aランク冒険者と騎士団の動向は把握してたとか言ってたじゃない」

「そういえばそんなこと言ってたな。でもマリグナントはBランク冒険者が束になっても勝てそうにない強さだったのに、Aランクはあいつに勝てる可能性がある強さなのか？」

「そう思うのが妥当でありますね。Aランク冒険者は……前に一度会ったことがある気がするのでありますが、どこでありましたっけ？」

「ディウスと決闘した時よ。オーガを連れてきたのがAランク冒険者だったはずよ。魔物使いのリッサって人だったわね」

「私が召喚される前の話でしたか。オーガを連れ回せる魔物使いとなれば、それなりの腕はありそうですね」

あー、そういえばあの時一度だけAランク冒険者を見てたか。あそこでステータスを確認したかったけど、遠過ぎて反応しなかったんだよなぁ。くぅー、あの時ステータスを確認できなかったのが残念だ。

オーガを調教できるぐらいだから、魔物使いとしては相当な腕前だと思うが……Aランク冒険者の強さが気になるぞ。まあ、いつか会う機会があるだろうからその時確認するとしよう。

あっ、確認といえばあそこにも行っておきたいぞ。

「昔あった魔人の国の跡地にも行ってみたいな。元の世界に帰る手がかりがあるかもしれないし」

「あっ、一応目的は覚えていたんですね。もうすっかり忘れたのかと思ってましたよ」

「……そうね。そんなにお兄さんは元の世界に帰りたいの？」

「正直なところまだ決めてないんだけどさ。けど、帰る方法だけはちゃんと調べた方がいいとは思ってる」

「ふむ、帰れないのと帰らないのでは違う。平八が満足する決断をするといい」

「そうだねー。けど、私はこのまま一緒にいてほしいんだよー」

「ははは……ありがとな。それに関してはまた追々ってことで」

「……そうでありますね。大倉殿の帰る方法がわかるように、私達も協力するのでありますよ」

ノール達は本当に優しいな。俺もまだ帰るか残るか決心はついていないけど、いつまでも曖昧にはしておけない。せめて帰る方法が見つかる前には、その決心は固めておきたいところだ。……帰るということは、ノール達との別れを意味しているんだから。


十数日後、ようやく神殿の参拝禁止が解かれ、俺達はイリーナさん達に会うために神殿を訪れていた。今回はモフットも一緒だ。

セヴァリアの住民も守護神様が町を救ってくれたという噂のせいか、神殿を埋め尽くす程の人数が訪れている。

そんな中俺達が訪問すると、神殿の別室へ案内されイリーナさんがやってきた。

「オークラさん、お久しぶりです。皆さんようこそお越しくださいました」

「お久しぶりです。お忙しい中訪問の許可をくださりありがとうございます」

「いえ、そんな！　むしろ今までお受けできずに申し訳ございませんでした。テストゥード様の容態が回復するまで、安静にする必要がございましたので……」

「セヴァリアに再度加護を張ったんですから仕方がないですよ。カロンも休めって言ってましたから」

「カロンさんにもなんてお礼を言えば……あれ、そういえばお姿が見えないようですが、本日はお越しになっていないのでしょうか？」

「あー、えっと、それには理由がありまして、テストゥード様にもお伝えしたいのでその時に説明します」

「そうでしたか。それではご案内させていただきますね」

イリーナさん達はカロンが元の世界に帰ったことを知らない。そのことも今日伝えるつもりだ。

彼女に案内され、神殿の奥へと進んでいき地下へと続く階段を降りていく。そして青色に輝く洞窟のような場所に出ると、祭壇がありその上には小さな青い甲羅の亀、テストゥード様の姿があった。

「テストゥード様、オークラさん達をお連れいたしました」

『ご苦労』

「テストゥード様、お久しぶりです。お元気そうで何よりです」

『ああ、そなたらも元気そうだな。そう緊張せずに楽にしてくれ。敬ってもらえるのはいいのだが、神殿の者達はどうも過剰でな。そなたらとも気軽に話したかったのだが』

「守護神ともなればそうもいきませんよね。ですが、そういうことならお言葉に甘えて楽にさせていただきます」

あー、ずっとあの熱狂した神殿の人達に囲まれてたらそりゃ疲れるよね。俺としても馴れ馴れしくし過ぎるつもりはないけど、畏《かしこ》まり過ぎない程度に話をさせてもらおう。

『む？　あの龍人がいないようだが……』

「はい、実はテストゥード様がセヴァリアに加護を張って別れた直後、彼女は元の世界に帰ってしまいました。あの時の召喚は時間制限付きでしたので」

『そうか……改めて礼を言いたかったが仕方がない。そなたと一緒にいる娘達もかの世界から来た者達だと思うが、また違った方法で呼んでいるのか？』

「あー、似ていますが少し違っていますね。カロンの場合は正式な召喚じゃなかったんです」

『ほお、なかなか興味深い話だ。そもそも別世界からの召喚となれば、それを維持し続けるのはかなりの力を使う。時間に制限があるのが普通だ。その様子だとその娘らはずっと召喚された状態なのだろう？　むしろそれが異常だ。どうやらそなたには特別な何かがあるようだな』

俺に特別な何か？　……俺はただの一般人なんですが。というか、召喚って普通は時間制限付きなのかよ。

呼び出したらずっといるのが普通だと思ってたのに……まさか召喚コストってそういう意味なのか？　この世界にずっと召喚し続けるのに必要な力が、コストとして表示されている？

またまた謎が増えたんですが……一体俺は何なんだよ。

「ねーねー、テストゥード様はこれからどうするの？」

『せっかく意思をまとめて実態化できたのだ。また眠りにつく前と同じく、この神殿で人の子を見守るとしよう』

「守護神様がこの町を見守ってくれるなら安心できるわね」

「とても喜ばしく光栄なことです。ですがテストゥード様が降臨なされているのはご内密にしていただきたいのです」

「実際に守護神様がいるとなれば、もっと信徒が増えそうですけど……それを望んではいらっしゃらないんですね」

『うむ、またよからぬことを企《たくら》む奴がいるかもしれん。それにあまり祭り上げられるのは好かん。もし人の子らが知れば、今以上にこの神殿に押し寄せそうなのでな』

「セヴァリアの人達は守護神様を信じている人が多いでありますもんね。この前の騒動で守護神様が守ってくれたと、町で話題になっているであります」

「そういえば訪れる人々から、守護神様が矢と槍を降らせて魔物を貫いたという話をよくお聞きしていますね」

『何？　我はそのようなことをしていないのだが……』

「私だ」

「私もだよ！　平八に姿を見せちゃ駄目って言われたから、誰にもバレないように魔物倒したの！」

「す、すみません……」

『いや……ま、まあ我が頼んだことだ。それぐらいなら我がやったことにすればいい』

テストゥード様、本当に申し訳ございません……。まさか守護神様がやったことになるとは思わなかったからなぁ。神殿への信仰心が増して大変になりそうだけど、悪いことばかりじゃないと思うから許してもらいたい。テストゥード様もいいって言ってるし！

『さて、随分と世話になった。礼になるかわからぬがそなたらに加護を授けたい』

「加護、ですか？」

「守護神様から加護を貰えるなんて凄いのでありますよ！」

「わーい！　守護神様からの加護なんだよ！」

「そうね。その加護ってどんな効果があるのかしら？」

『このセヴァリアを覆う我が加護と似たようなものだ。そなたらに害意がある者を寄せ付けなくできる。個別に加護を授ければ、効果は薄れるがセヴァリアの範囲外に出ても効果はあるはずだ』

「つまり魔物避けみたいなものですか。害意がある者ってことは、モフットさんは大丈夫そうですね」

「うむ、そうじゃなければモフットが怯えてしまう。大切な仲間だ」

『ああ、抱き抱えているその魔物か。町でもそなたらの近くに魔物がいると知っていたが、やはり仲間であったのだな。影響のないようにしてあるから心配はいらない。むしろこの者にも加護を与えるとしよう』

やっぱりモフットが怯えなかったのは、テストゥード様のおかげだったのか。モフットもプーと鳴いてお礼を言っているかのようだ。

テストゥード様の体が青く発光すると、セヴァリアに結界を張った時と同じような光が俺達に降り注いでくる。俺達の体も青く発光し、温かいものが体に染み込んでくるのがわかる。

おぉ……これが守護神様の加護か。ノール達も同じものを感じているのか、自分の体を見て驚いているぞ。……ん？　スマホが振動している。スマホの画面を見てみると、驚くべきものが表示がされていた。

【称号：『海の守護神の加護』を取得しました】

しょ、称号が手に入っただと⁉　まさかテストゥード様の加護で称号が追加されるなんて……一体どんな効果なのだろうか。

【海の守護神の加護】

海洋系の魔物がノンアクティブになる。

防御力＋50％、パーティメンバーの防御力＋20％。

テストゥードの眷属と意思の疎通が可能となる。

つっよ⁉　えっ、この称号があれば海にいる魔物に攻撃されないのかよ！　すげーな！　しかも自分と味方に防御力バフまでかかるとか……おまけにテストゥード様の眷属と意思疎通もできる。俺もダラと会話できるってことなのか？　こりゃちょっとした加護どころの話じゃないな。

「テストゥード様、加護をくださりありがとうございます」

『このようなことしかできずにすまない。また何かあれば協力はさせてもらうつもりだ』

加護をくれただけじゃなくて、今後も協力してくれるなんてさすが守護神様だ。……あっ、そうだ。ならこの機会に一つ質問をしてみよう。

「ならせっかくなので一つお聞きしたいことがあります。テストゥード様、以前魔人の長と戦ったことがあるって話でしたよね？　その時って長以外にも魔人はいたんですか？」

『魔人と魔物を引き連れて奴はやってきた。数はそうでもなかったが、五十を超える魔人はいたはずだ』

「マリグナントみたいな魔人が五十人以上でありますか……」

「想像しただけで相手にしたくないわね」

はっ？　あれが五十人以上だと？　どう考えても絶望的な状況なんですが……ノール達すら信じられないといった様子だ。

言っちゃ悪いけどこの町よく残ってたな。そんな数で攻め込まれたら王都ですらすぐに陥落するだろ。

「その状況で長を倒せたんですか」

『いや、奴は部下の魔人共を下がらせて我と一対一で戦った。自信過剰と言いたいところだが、実際相応の強さを持っていた。我が勝ったとはいえ深手を負わされたぐらいだ。残った魔人共はそのまま逃げ帰ったがな』

「守護神様と対等に渡り合う魔人がいたんですか……それは相手をしたくありませんね」

「うむ、あの龍神がいても厳しい」

「魔人の相手はもうしたくないんだよー」

俺としてもマリグナントのような魔人ともう戦いたくない。本当にテストゥード様が長を倒してくれて助かった。けど、逃げ帰った奴らがいたならまだ生き残りもいる可能性もある訳で……二百年前の戦争でよく人類側は魔人達に勝てたな。

魔人に関してもう少し話を聞いておくか。

「魔人の姿なんですが、どれもマリグナントみたいな感じなのでしょうか?」

『いや、長は同じような姿だったが、魔物に近い者から人の子と瓜二つの者まで様々だ。耳が長い特徴がある者も多く、森の民と魔人を混同する者も多いようだった。昔は森の民も人の子と交流があったが、今では存在すら認知されてないそうだな。眠っている間の話は詳しく知らないが、魔人や人の子、それに森の民などの種族との間で何かあったのかもしれん』

「テストゥード様がお休みの間に色々とお聞かせくださいましたが、我ら一同とても驚かされました。耳の長い魔人がいたという知識はありましたが、どうやら魔人以外も似た特徴を持った種族は一括りとして認知されているようです」

うーん、人に近い姿をしている魔人もいるのか。それじゃあ力を誤魔化して人の中に紛れ込んでいる奴もいそうだな。森の民はエルフのことだと思うが、魔人と混同されるなんて迷惑な話だ。

この世界に来てからエルフの話は聞いたことないけど、魔人と混同されてるせいなのだろうか。混同されるぐらいだから迫害でもされて、どこかに逃げてひっそりと暮らしているのかもな。

『そなたらはこれからどうするのだ?』

「とりあえず一度王都に戻ろうと思います。冒険者協会の協会長と話したいこともありますので」

「元々セヴァリアに来たのも協会長からの依頼だったの。セヴァリアの支部長から依頼達成のお墨付きをもらったから、報告しに行かなくちゃね」

「でも、また来ようと思えばすぐ来られるのでありますよ。聖地から戻ってきた時の転移が使えるでありますから」

「オークラさん達は聖地からでなく、王都からも一瞬でセヴァリアにやってこられるのですか？」

「はい、主要な町は大体行けるようにしてあります。あっ、これは内緒にしていただけると……」

「承知しております。オークラさん達は私達の救世主です。何があろうと口外はいたしません」

『そうか。そなたらにはあの力があったな。用がなかったとしても時々訪れるといい。我が直接背に乗せて空を飛んでやろう』

「テ、テストゥード様！」

『ははは、そのぐらいいいであろう。彼らは恩人なのだからな』

イリーナさんは困っているが、テストゥード様は愉快そうに笑っている。守護神様の背中に乗せてもらうなんて、畏れ多くてとても頼めないぞ。……ちょっと乗ってみたい気もするけど。

何とも穏やかな空気になっていたのだが、不意にテストゥード様は真面目な雰囲気になり驚くべきことを口にし出した。

『オークラとやら、イリーナを嫁として迎えてはみないか？』

「えっ⁉」

「テストゥード様⁉」

『ははは、随分とイリーナが慕っているようだったのでな。安心しろ、神殿に仕えてるからといって伴侶を禁止する決まりもない。イリーナはいい娘だと思うのだが』

ちょ、イリーナさんを嫁にだと⁉　どうして急にそんな話になるんだよ！　いやまあ、確かに可憐で素敵な女性だと思うけど……今の俺はそれに答えられる立場じゃない。ただでさえ元の世界に帰るか迷っているんだからな。ここはきっぱりと断っておかなければ。

「大変光栄なお誘いなのですが、私は冒険者ですので女性とお付き合いするのは……彼女達ともそういったことはしていませんので。本当にすみません」

『ふむ、そうか。そなたのような誠実な者なら安心して任せられたのだが……無理を言ってすまなかったな。これからもイリーナと仲良くしてやってくれ』

「はい、そうさせていただきます。イリーナさんもお元気で」

「……はい、オークラさんもお元気で。是非また神殿へお越しください。盛大にお迎えさせていただきます」

話も終わり俺達は神殿を後にした。イリーナさんはしゅんと肩を落としているが、優しい微笑みで俺を見送ってくれた。

……くぅ、惜しいことをしたかなぁ。元の世界であんな可愛らしい人を嫁になんて言われたら、喜んで食いついていたかも。けど、俺には応える資格も度胸もないからこれでよかったんだ。

「さて、これでセヴァリアとも一旦お別れだな」

「またいつでも来られるでありますけどね。皆いい人達だったのでありますよ。……むぅ？　エステルとシスハ、どうしたのでありますか？」

ノールの言葉に釣られて振り向くと、エステルとシスハが物凄く不機嫌そうな顔をしていた。俺と目が合うと二人共ぷいっとあからさまに顔を逸らしている。

「……何でもないわ」

「……何でもございません」

いやいやいや、どう見ても何かあるじゃないか！　でも、完全に不機嫌と言う訳でもなく、またチラチラとこっちを見ては頬を赤くしている。……何なんだ一体？

「二人共不機嫌そう？　どうしたんだよー」

「ふむ、女心は難しい。なあ、平八」

「俺に話を振られても困るんだが……」

「むむっ、私の乙女の勘が恋路と囁いているのでありますよ」

ルーナがニマニマと口端を釣り上げて言ってきた。不機嫌だけどそうでもなさそうな感じ……う、うーん、本当によくわからないな。ルーナの言うように女心って難しい。あっ、ノールの乙女の勘とやらは全く当てにならないと思う。

そんなセヴァリアでの別れから翌日、さっそく俺達は王都シュティングへ帰ってきた。いやまあ、帰ってきたと言えるか微妙ではあるのだが。今回は冒険者協会に用事があるから、ルーナとフリージアは連れてきていない。

「王都に来るのは凄く久々な気がするなぁ」

「セヴァリアの調査を始めてからあまり来てないでありますもんね。一応王都にある家の掃除には来ていたでありますが、町にはあまり出なかったのでありますよ」

「王都の冒険者協会に行くのは本当に久しぶりって感じね。ふふ、せっかく王都に戻ってきたんだか

ら、久々にアンネリーと会いたいわ。魔導都市に行ってマイラとも会いたいわね」

「私もまたルーナさんと町を観光したいですねぇ。フリージアさんもずっと王都に行きたいと言ってましたし、そろそろ連れて行ってあげましょうか」

ようやくセヴァリアでの異変が落ち着いたし、しばらくはゆっくりとしたいなぁ。けど、こういう時に限ってまた厄介ごとが舞い込んできたりするし……異変の報告だけで済んでほしいところだ。

久々の冒険者協会に入ると、あちらこちらから視線が集まるのを感じた。俺達が来るのが久しぶりだからなのかと思ったが、ちょっとざわついているから違うようだ。もしかしてセヴァリアの件がもう広まっているのか？

受付に行くと、これまた久しぶりのウィッジさんが俺達に気が付いて元気に声をかけてきた。

「あっ、オークラさん！　お久しぶりです！　ノールさん達もお久しぶりですね！」

「はい、お久しぶりです」

「協会長から話は聞いていますよ！　セヴァリアでも大活躍だったそうですね！」

「大活躍なんて言われると照れちゃうでありますよぉ」

「色々凄いことがあったし、大活躍といえば大活躍かしら。もう同じような異変が起きるのはごめんだわ」

「二転三転してあっちこっちで騒ぎが起きましたからねぇ。町の復旧なども大変でしたから、二度と同じようなことが起きないのを祈りたいですね」

「オークラさん達がそこまで言うなんて、想像以上に凄い異変が起きたんですね……。あっ、皆さんが来たらお連れするように協会長から言われているんですが、今大丈夫でしょうか？」

「はい、協会長に報告などをするために来ましたので」

「ありがとうございます。それではご案内いたしますね」

さっそく今日の用事を果たすため、協会長であるクリストフさんの部屋に案内してもらった。簡単な挨拶を済ませて、いつものように向かい合うように椅子に座り話を始める。

「君達が元気そうで何よりだ。昨日の今日でもう王都に来るとは、本当に便利な移動方法を持っていて羨ましい限りだ。話は既にベンス君から聞いている。随分と大変だったそうじゃないか」

「はい、立て続けに異変が起きましたからね。ですが黒幕だった魔人は倒したので、もうあのような異変はしばらく起きないと思います」

「まさか本当に魔人が騒動に関わっていたとは、君達に調査を依頼して助かったよ。何でも聖地と呼ばれる島が真っ二つに割れていたそうじゃないか。魔人がそれほどの力を持っているとは……君達もよく無事だった」

「今回は私達でも何とかなったけれど、正直同じようなことがこれ以上起きたら私達だけじゃ厳しいと思うの。Aランク冒険者の人達に動いてもらえないのかしら？」

「それは安心してほしい。既にAランク冒険者が動けるように手配済みだ。これから似た異変があれば彼らにも調査をしてもらう。ただ、Aランク冒険者というのはとても少なくてね。全ての冒険者協会でも二十六人しかいないぐらいだ。パーティとしては四パーティといった具合だね」

「二十六人で四パーティですか。やはりとても少ないんですね。どのパーティも神官と魔導師は揃っているのでしょうか？」

「ああ、とても優秀な神官と魔導師がいる。君達と比肩する実力はあるだろうね」

「ほほぉ、それはなかなかに興味深いですね。一度お会いしたいです」

ほぉ、Aランク冒険者は全部で二十六人なのか。冒険者全体から考えたらかなり少ないな。そりゃなかなか会えない訳だ。エステルやシスハに匹敵する実力者揃いとは、是非ともお会いしてステータスを覗かせてほしい。

「それと近々、もう一組Aランクパーティが増える予定だ」

「それは心強いでありますね！　やっぱり王都にいる冒険者なのでありますか？」

「これで安心して異変を任せることができそうね。Bランクの私達にはこれ以上は荷が重いもの」

「私達は四人しかいませんもんねぇ。今まで異変を解決できたのが奇跡みたいなものですよ」

おー、Aランク冒険者になれる実力者がいるんだな。マリグナントの仲間の魔人もまだ残ってることだし、今後も異変が起きるようならそれは心強そうだ。俺達はBランク冒険者だから、これ以上の深入りは正直きつい。フリージアやルーナを堂々と連れ回せるなら話はまた別だけどさ。

これから生まれるであろうAランク冒険者に期待を寄せる言葉を口にしていると、クリストフさんは凄く気まずそうにしながら咳払いをした。

「あー、ごほん。安堵《あんど》してるところですまないのだがね。Aランクになってもらおうと思っているのは君達なんだ」

「えっ」

何だって⁉　Aランク冒険者になるの俺達なのかよ！　セヴァリアから帰ってきたばかりで何でさ！

「ど、どうして私達がAランク冒険者に？」

「Bランク冒険者で君達以上に功績を残している冒険者はいない。Aランクになった者達でも君達より異変を解決した者はいない。解決したとしても、それは協会や他の冒険者達、時には国の後押しがあってようやく達成したぐらいだ。そんな異変を君達は四人でどんどん解決している。これでAランクになれなければ、他の者達はAランクにはなれんよ。君達がAランクになってくれれば、他のAランクパーティ達も協力しない訳にもいかなくなるだろう」

うーむ、話としては筋が通っているが、いくら何でも急過ぎないか？　それにBランクに上がる時だって色々と面倒があったのに、冒険者の頂点、Aランクとなればさらに面倒なことが待ってるのでは？

俺と同じ疑問を感じたのか、エステルがクリストフさんに尋ねた。

「それは理解したけれど、本当に私達がAランクになって大丈夫なの？　ほら、Bランク冒険者になる時に支部長達から反発があったって話じゃない」

「確かにAランク冒険者にするとなれば、支部長達からの反発はあるだろう。だが、既にエレオノーラ君とベンス君は了承済みだ。むしろ二人共Aランクに推薦するとまで言っていた。それに他の支部長達も以前より反発は少ない。ベンス君から上がった異変の報告はそれ程衝撃的だったようだ」

「報告だけでそこまで信じてくれたのでしょうか？　やはり魔人が関わっていた影響が大きいんです

よね？」

「本当に魔人が関わっていたのかという疑問の声もあったが、それも想定済みだった。セヴァリア支部が報告の確認をする時、近い他の支部からも調査員を派遣させて同行させたんだ。町の被害や島が割れているのを見て、大層驚いていたようだよ」

な、何と根回しのいいことで。前回Bランクに上げる時の反省を生かした形か。しかもエレオノーラさんやベンスさんまで俺達の昇格に賛成してくれている。以前のクリストフさんのみが推薦してくれたのとは状況がまるで違う。それに聖地の惨状まで見たんじゃ、どんだけヤバイ異変だったかもわかってるはずだ。

だが、クリストフさんの次の言葉で、全部が全部すんなりといく訳でもなかったと知る。

「まあ、それでも完全に無条件でAランクにさせる訳にもいかなかった。君達にはAランク冒険者に同行して、災厄領域の近くに存在した魔人の国、アーウルムの跡地の調査に向かってほしい」

おいおい、ここで魔人の国の話が出てくるのか！

「君達の報告を聞く限り、セヴァリアを襲った魔人は他にも仲間がいるような発言をしていたそうじゃないか。セヴァリアを襲った魔人の仲間がまだいるというのは、冒険者協会だけじゃなく国としても見過ごせない話だ。今回の件は一応城へ報告したのだが、直ちに魔人の調査をしてほしいと依頼があった」

「国からの依頼でありますか。けど、それなら軍や騎士団が調査に行ったりしないのでありますか？」

「軍や騎士団を動かすのは思っている以上に難しいのだよ。騎士団は特に城の防衛に割り振られて滅多に外へ出てこない。まずは冒険者に任せて調査し、それを基に軍の派遣を決定したいそうだ。それに今はセヴァリアの復興に軍を割り振っている」

「要するに私達は使いやすい駒ってところかしら。相応の見返りを貰いたいものね」

「なかなか手厳しい指摘をしてくれる子だ。君達のことは国も認知し興味を持っているそうだよ。今回の件も何か発見があれば、陛下との謁見も許されるかもしれない」

へ、陛下との謁見⁉　つまり王様と直接会うってことか！　嫌だよそんなの！　王様に謁見する時のマナーなんて知らないし、無礼なことして不興を買いたくないぞ。というか、国から興味持たれてるとか怖いわ！

でも、魔人の国へ調査に行くというのは都合がいい。近い内に行こうと思っていたぐらいだからな。

「正直陛下との謁見はご遠慮させてもらいたいですが、魔人の国の調査の件はお引き受けします。それがAランクへの昇格依頼ということでいいんですよね？」

「その認識で構わない。ああ、それと君達には協力者もいるのだろう？　もしよければ今回の依頼に同行させ、結果次第でその者も特例でAランク冒険者に認定してもいい」

「えっ、いいのでありますか？」

「やはり四人だけのパーティがAランクというのも、体面的に厳しいのでね。君達と釣り合う実力の者はそう簡単にいないだろう。同行するAランク冒険者の判断次第なところはあるがね」

「むー、私がGからEランクになりたいって言った時は決まりだからって断られたのに。ズルいじゃない」

「ははは、すまないね。さすがにいくら腕があっても、冒険者になり立てから例外としてランクを上げるのは難しいよ。今回のも特例中の特例、君達の実績があってこそのものだ。私の予想になるのだが、セヴァリアの異変とやらもその助っ人の力を借りたのではないのかね？」

あっ、クェレスの件でルーナのことは知られてたけど、今回も協力してもらったのバレちゃってるか。そりゃあれだけ被害出る異変が起きたなら、助っ人の力を借りてると考えてるのは当たり前か。

「さすが協会長ですね。私達だけじゃどうにもならなかったので、何人かに協力してもらいました」

「ほお、一人じゃなく複数か。その言い方だと二人でもないようだが……まあいいだろう。君達が当てにする程の実力者がそんなにいるとは、とても興味深い話だ」

「いやぁー、ルーナさんに興味を持つとはお目が高いです。あれ程強くて可愛らしい方はルーナさんしか存在しませんよ！　それでいて恥ずかしがり屋で寂しがり屋なのがとても可愛らしく、それなのに戦う時の凛々《りり》しい姿と言ったら――」

「おい、変態神官。語るのはそこまでにしろ。クリストフさんが引いてるぞ」

「あっ……おほほほほ、申し訳ございません」

「は、はは……少し驚かされたよ。その協力者の方とはとても仲がいいようだね」

「いやぁ、わかってますね協会長。私とルーナさんはもはや運命共同体ですよ。ルーナさんのためなら私は何だって――」

「シスハ、黙りなさい」

「ひぃ……すみません」

エステルに睨まれてようやく変態神官は収まった。ルーナの話になるとこいつはすぐに暴走しやがる。クリストフさんが引きつった顔をしているぞ。

「おっほん、そういう訳で、君達次第ではあるが協力者を連れて行っても構わない。今回君達の監督件案内役のAランク冒険者は既にこちらで手配済みだ。リッサという女性なのだが、覚えているかね？」

「確かディウス達と決闘をした時に、オーガを連れてきた人よね」

「あー、あの人でありますか。といっても、顔も見えなかったでありますし、話してもいないので詳しく知らないでありますよね」

「同行するのはその方だけなんでしょうか？　魔人の国の跡地に赴くのですし、パーティ単位で来ていただけると心強かったのですが」

「本当にすまないが手が空いているのが彼女だけでね。リッサ君はソロで活動しているAランク冒険者なんだが、調査依頼となれば彼女ほど頼もしい冒険者もいない。魔物を使った探索や斥候を得意としている。他のAランク冒険者パーティに呼ばれることもあるからね。一定の強さは必要だが、Aランク冒険者になるにはそれ以外にも必要なことが多々ある」

「つまり他のAランク冒険者パーティと同じように、戦闘は私達が主にして探索はその人に頼ればいいってことかしら？」

「その通りだ。彼女なら危機を察知する能力も高いから、万が一何かあればすぐに撤退もできるだろう。君達の持つ長距離移動も当てにしているのだが、緊急時にそれですぐに逃げ出すのは可能かね？」

「あー、はい。普段からすぐにそれで逃げる用意はしていますので」

「よろしい。よければリッサ君にもその情報は伝えてもらいたい。彼女なら他人に口外することもないから安心してくれ。出発は十日後の予定だ。それと君達が大丈夫なら、事前に彼女と会ってほしい。この場所に住んでいるから訪ねてみてくれ」

Aランク冒険者一人とはいえ、協会長がそこまで推す人物なら頼りになるだろう。それにエステルが言った通り、昇格試験は他のAランク冒険者のように、可能な限り自分達の力でやり遂げろってことだな。一人助っ人として同行してくれるだけでもありがたい話だ。

了承し協会長からリッサさんの家の位置に印が付いた地図を受け取り、俺達は協会を後にした。

そして数日後、依頼へ出発する前にリッサさんの家を訪問することになった。

「ついにAランク冒険者との対面でありますか。どれぐらい強いのでありますかね」

「魔物使いだからなぁ。俺の知る限りじゃ魔物の強化をして戦いながら、使役している魔物の技能を駆使して色々できるトリッキーな印象か」

「協会長があそこまで言うってことはそれなりに強そうだわ。でも、話を聞く感じだと探索に特化した人なのかもね」

「魔物使いの方に会ったことって今までないですもんねぇ。大倉さんのおかげで私達も探索に関してはかなりのものだと思いますが、特化している人の実力がどの程度なのか興味が湧きます」

魔物使いといえば、GCではちょっと変わった運用をするユニットだ。本体と使役している魔物を別々に使い、本体が離れた場所から魔物を向かわせて戦ったり、鳥などで敵の位置を把握しマーキングする使い方ができた。

魔導砲兵という遠距離ユニットと組み合わせると、結構強い戦力になったりする。勿論魔物を使って戦うのも十分に強いが、弱点としては本体が弱いことだろう。ロクに攻撃方法がないから、使役している魔物が離れている時に襲われると反撃もできずにやられてしまう。

そんな魔物使いであるAランク冒険者に会えるなんて、どんな強さなのか今から楽しみだ。ノール達もワクワクしているご様子だが、ルーナは凄くめんどくさそうな顔をしていた。

「どうして私まで……」

「わーい！　また平八達と冒険できるんだね！」

「今日は挨拶だけだからどこか行ったりしないけどな」

今回はフリージアとルーナも同行させるから、事前に紹介しようと一緒に来てもらった。この時期に跡地とはいえ魔人の国の調査だからな。マリグナントの仲間がそこにいる可能性は十分に考えられる。二人を連れて行かない選択肢はない。

そんなことを考えながらも地図に従い歩いていき、印の付いている場所に到着。そこは二階建てでかなりの大きさの家だった。どうやらリッサさんはこの家に住んでいるらしい。当然持ち家だとか。

「冒険者でもちゃんと一軒家を持ってるんだな」

「Aランク冒険者だもの。私達よりも稼いでいるんじゃないかしら」

「私達も二軒自宅持ちですけどね。ハウス・エクステンションのおかげで安価で遥かに快適ですけど」

「ハウス・エクステンションがなかったらと思うと、かなり不便に感じるでありますね。もう宿屋生活に戻るのは難しいのであります。特にお風呂は増築してよかったのでありますよ」

「泳げるぐらい広いからお風呂楽しいんだよー」

ハウス・エクステンションにはかなり助けられているな。風呂以外にもトイレやキッチンなども導入して、今では自宅はかなり快適な空間だ。セヴァリアで宿屋生活中も、風呂だけは自宅に戻って入っていたぐらいだからなぁ。

とりあえずリッサさんの家の扉に付いているベルを鳴らしてみると、ギギッと扉が開いた。そして中へ入ろうとしたのだが……大きな紫色の狼が姿を現す。

「うおっ⁉」

急な登場に驚きの声を上げると、狼は俺達をそれぞれ見回してクルッと家の中へ歩いていく。唖然《あぜん》としていると途中で狼は立ち止まり、クイクイと尻尾を動かしてこっちへ来いという感じだ。

「入れ……ってことなのか？」

「あら、狼の魔物ね。随分と賢いみたいだし、リッサって人が使役しているのかしら」

「見たこともない狼でありますね。やっぱりAランク冒険者ともなると、従えている魔物も別格なのでありましょうか」

「あの魔物、相当強そうですよ。あれ程の魔物を従えているなんて、かなり実力のある魔物使いのようです」

「ふむ、あの大きさなら背中に乗れそうだ」

「私も背中に乗ってみたい！　凄く速そう！」

確かに背中に乗れるぐらい大きな狼だが……もしかしたらリッサさんが乗ってるのかも。ＧＣでも魔物使いは一部の魔物の背中に乗って移動できたしな。

狼に案内されて家の中へ入り居間まで行くと、そこにはソファーに寝転んだ金髪の女性がいた。ダルそうな感じで今にも眠ってしまいそうだ。

見た目は小柄でかなり若く見えるけど、俺と同じかちょっと年上っぽい。例に漏れずこの人もかなりの美人さん。本当にいつも思うけど、この世界は美男美女が多過ぎだ！

リッサさんは俺達を見るとムクりと起き上がり、片手を上げながら挨拶してきた。

「ん、らっしゃい。オークラって冒険者だよね？」

「は、はい。大倉平八といいます」

随分と気の抜けた挨拶をする人だな……何かルーナを相手にしているようだぞ。

俺に続いてノール達も挨拶すると、リッサさんはフリージアとルーナを興味深そうに見ている。

「話には聞いていたけど、協力者が二人いたんだ。……幼女？」

「誰が幼女だ。貴様よりは年上だ」

「強い力を感じる。……人間？」

なっ⁉　ルーナを見て人間じゃないと見破っただと⁉

いきなり人間じゃないとバレて俺は焦っていたが、エステルが冷静に対応している。

「この子は私の使い魔なの。魔人じゃないから安心して」

「わかる。邪気がない」

邪気があるかどうかまでわかるとは、Aランク冒険者とはこういうことなのか？

「わぁー、この人がAランク冒険者なんだ！　凄いんだよ！　一番だよ一番！」

「……照れる。でも、そんなに凄くない。あなたの方が強そう」

「えっ⁉　えへへ、そう言われると私も照れちゃうかもなんだよぉ」

リッサさんもフリージアも、お互いに頭をかきながら照れている。……うーむ、この人も大分個性的みたいだな。Aランク冒険者の中でもソロで活動しているだけあって、癖が強い人なのかも。

お互いに挨拶も終わって、ちゃんと席に座って話をすることに。狼がお盆を背負って水を運んでくれている光景が、かなりシュールでした。

「自宅にまで訪ねてしまってすみません。協会長に行ってみたらどうだと言われてしまったので」

「ん、構わない。この方が私も楽」

「でも、顔を合わせるだけなら当日でもよかったんじゃない？　何か理由があったの？」

「目的地はアーウルム。災厄領域の近く。だから事前に実際に見たかった。あと忠告も」

「当日に会って、はい行きましょう、じゃなく確認したかったのですか。協会長も認めてくださっているんですから、その点は心配なかったのでは？」

「実際に行くのと話を聞くのとじゃ違う。協会長は信頼してる。けど、それでも自分で見て確かめたかった。あと家から出たくない」

「そこまで注意深くなるほどでありますか……って、最後のは面倒だっただけでありますよね⁉」

「うむ、私と同じものを感じる。同士だ」

「ルーナちゃんと同じで部屋から出たくないんだね！」

やっぱりこの人はルーナと同質の人だ！　まさか魔物に全て任せて楽をしたいから魔物使いになったんじゃ……いや、でもAランク冒険者なんだから、リッサさん自身もそれなりの働きはしているはず。

それにしても家に呼んで忠告とは気になる話だな。

「えっと、それで自宅に呼んでまで忠告するってことは、それほど災厄領域は危険ということですか？」

「本当は力を見るつもりだった。けど、実力は平気そう。でも、災厄領域は天候も安定しない場所。戦える力があっても厳しい。準備はいつも以上にしておいて」

「協会長も台風が突然起きるような場所とか言ってたわね。お姉さんとかはどう対処しているの？」

「周囲の状況を見て判断するしかない。基本的に特定の魔物がいる場所は、迫った危機は少ない。逆に魔物がいなかったり耐性を持つ種類がいたら危険。私はこの子達のおかげで変化にすぐ気が付ける。だから災厄領域に行くAランクパーティがいたら呼ばれる」

「なるほど、重要な役目を持つ冒険者なのでありますね。尊敬しちゃうのでありますよ」

「ん、照れる。私がいるから少しは安心してほしい。でも、気は抜かないで」

今回は災厄領域までは行かないが、目的地であるアーウルムは災厄領域のすぐ近くだ。何が起きてもおかしくないから、警戒するのは当然のこと。それでもこうやって呼び出して忠告するってことは、それほど危ないんだろうな。

改めて災厄領域の危険性を認識し、せっかくなのであることをリッサさんにお願いした。

「リッサさん、よければこれで少し見させてもらってもいいですか？」

「ん？　何それ」

リッサさんに見せた物、それはスマートフォンだ。これで災厄領域に行ける実力者であるリッサさんのステータスを確認したい。

「これを通して見るとある程度その人の強さがわかるんです。参考までにリッサさんの強さを知っておきたいので」

「魔導具？　強さを確認できるなんて聞いたこともない。珍しい物を持ってるね。いいよ」

「そちらの従えてらっしゃる狼も見させてもらっても？」

「その子の名前はクルム。いいよ」

「ありがとうございます」

よっしゃ！　リッサさんだけじゃなくて従えてる魔物のステータスも確認できるぞ！　これでついにAランク冒険者の実力がわかる！

リッサ　種族：ヒューマン
レベル▼90　HP▼4600　MP▼950
攻撃力▼300　防御力▼1200　敏捷▼35　魔法耐性▼20
固有能力【異種感応】【従魔の祝福】　スキル【従魔強化】【従魔治癒】【感覚共有】

なっ⁉　固有能力とスキルの複数持ちだと！　ノール達でさえ各一つずつなのに……それにステータスも高い。ノール達に比べたら全体的なステータスは劣るが、それでも相当な強さだ。GCで言えばSSR級のステータスかな。

それに装備を加えたら、この世界でも屈指の強さになるはず。固有能力やスキルの詳細はわからないけど、魔物使いに特化してるのはスキル名などからわかる。

うーん、固有能力とスキルが複数あるのは、この世界の住民特有の物なのかな？　ディウスとかは一つしかなかったが、レベルが上がったら増えるのかもしれない。なかなか興味深い情報が手に入ったぞ。

次にリッサさんが従えている狼の魔物を見てみよう。

クルム　種族：ガルム

レベル▼95　HP▼8万5400　MP▼6万2500
攻撃力▼4750　防御力▼2850　敏捷▼280　魔法耐性▼30
固有能力【状態異常抵抗】【能力低下抵抗】【危険察知】
スキル【絶断の爪】【破砕の牙】【神速】

はっ？　何だこの魔物⁉　セヴァリアの神殿のダラ並に強いじゃないか！　しかも種族がガルムって……どこかで聞いた化け物の名前だった気がするんですが。これがAランク冒険者の魔獣使いが従える魔物なのか。

これは確かにマリグナントも警戒する訳だ。ディアボルス相手でもこれなら普通に勝てるだろう。

「……リッサさんもお強いですけど、クルムって子も凄まじく強いですね。大討伐級の魔物に匹敵してますよ」

「この子は特に強い。他にもコンドル系の子もいる。ファム、おいで」

リッサさんがそう言うと、部屋の奥から緑色の鳥が飛んでくる。これまたかなりの大きさの鳥だが、上手《うま》く室内を飛んで俺達のすぐ傍に来て、天井からブランコのようにぶら下がった棒に乗っかった。

「鳥の魔物まで従えているんですね」

「ん、他にも色々な子が庭にいるけど、よく連れて行くのはこの子達。ファムには空からよく偵察してもらってる。参考になった？」

「はい、とても参考になりました。災厄領域だとリッサさん達でも苦戦する魔物が大量に出るんですか？」

「平均としてはそうでもない。ただ、特殊な魔物が多いから注意はいる。わかりやすい例だと、ハジノ迷宮のスライムが似てる」

「あそこって一層目から状態異常系のスライムが出てくるものね。変形して襲ってくる鉄のスライムには苦戦させられたわ」

「ボンバースライムも連鎖爆発して大変でありましたからね……。あんな魔物が多いとなれば、気を引き締めないとダメでありますよ」

「私は行ったことがありませんけど、ノールさん達がそこまで言う程厄介だったのですね。外にいる魔物はただ倒すだけなので、そういった警戒心は薄れていたかもしれません」

ハジノ迷宮のスライム達は油断ならない相手だったたな。スライムだと俺は最初軽く見ていたが、ノール達の言うように様々な奴がいた。あんなのが普通にいるとなると、災厄領域の魔物には注意を払わないと危険だな。

「ん、そんな訳だから準備は入念に。他に質問ある？」

「はいはーい！　クルムってどこにいた魔物なの！」

「西部にあるブルクト森林にいた。私がCランクの時に会って従えた。多分災厄領域にいた魔物、だと思う」

「これほどの強さなら納得かしら。よく従えられたわね」

「ん、従えたというより勝手に懐かれた。あの頃はこの子も小さくて、敵意なく近寄ってきたからご飯とかあげてた」

ええ……それで従えられるって随分とお手軽のような。けど、魔物使いだからそれで従えられたのかな？　これ程の魔物を手懐けるなんて相当な幸運だぞ。

……ん？　今小さくて、とか言ってたよな？　魔物に子供っているのか？

「小さかったと言いましたけど、魔物って最初から成体で発生するものじゃないんですか？　ポップゾーンで湧いてくる感じに」

「全部が全部そうでもない。災厄領域だと倒しても消えない魔物がいる」

へぇー、今までそんなことなかったから驚きだな。異常な所だけあってそういう現象も起きるのか。災厄領域は本当に未知な場所みたいだ。

「まだまだ私達が知らないことが多いのでありますねぇ。モフットもそういう魔物だったりするのでありましょうか」

「確かにモフット以外にフォルテゥーナラビットって見たことないわね」

「フォルテゥーナラビット!?」

突然ガバッとリッサさんは立ち上がりノールに詰め寄った。

ど、どうしたんだ急に!?　凄まじい剣幕だぞ！

「どこ、どこにいるの！」

「わ、私達の自宅にいるのでありますよ。かなり前に草原で助けて懐かれたので、連れて帰って一緒に住んでいるのであります」

「お姉さんでもフォルテゥーナラビットは見たことないの？」

「ない。私も飼いたくてよく探してた。見たい、見せて、見せよう？」

俺達に詰め寄ってリッサさんは必死だ。さっきまでのほほんとしていた人がここまでなるとは……モフット、そんなに凄いウサギだったのか。Ａランク冒険者の魔物使いですら発見したことがないとか、ノールの幸運はこういうところにも影響していたのかな。

「それじゃあＡランクの昇格試験が終わったら私達の家に招待しますよ。あっ、試験に落ちても断ったりはしませんので、公平な判断でお願いします」

「ん、わかってる。私情は挟まない。それで危険な目に遭うのはあなた達。落としても遠慮なく見させてもらう」

はっきりと言われると何ともいえない気持ちになるが……こちらとしても公平な評価を望んでるから、むしろ頼もしいってところかな。

そんなリッサさんとの挨拶を終えた数日後、予定通り俺達はアーウルムに向けて王都を出発した。待ち合わせ場所である王都の西門から、災厄領域との境目の役割を担っているテルミーヌ山岳へ向かう。

「リッサさん、この度はよろしくお願いします」

「ん、時間前集合。いい心構え。準備は万全？」

「はい、色々と準備はしてきました。あまり人に見られたくないこともあるので、町から少し離れたら確認してもらってもいいでしょうか？」

「構わない。けど、今確認した方がいい。足りなかったら困る」

「あー、その点は問題ありません。転移する方法があるので、すぐ町まで戻ってこれます」

「転移の魔法？　あなたが使えるの？」

「うーん、そう思ってもらっていいけれど、厳密にはちょっと違うのよね。とりあえずシュティングの近くだったら、私達の自宅に一瞬で移動できるわ」

「……想像以上に凄いパーティ。わかった」

今回は危険地帯に行くから、リッサさんにはある程度事前にガチャのアイテムの力を見せるつもりだ。もしもの時に備えてリッサさんも俺達のアイテムを知っていれば対処しやすくなるからな。道中でもビーコンを配置して、緊急時にすぐ逃げられるよう準備もしないとな。

だけどここだと他の人に見られる可能性があるので、ちょっと離れた場所で披露しようと思う。移動に関しても今は徒歩なのだが、しばらく進んだところで魔法のカーペットに切り替えるつもりだ。

リッサさんはというと、予想通りクルムの背中に乗って移動している。本気を出せば相当な速度で走れるらしい。だから魔法のカーペットを使い始めれば、かなりの速さで移動ができるはず。鳥の魔物であるファムも上空から周囲の索敵をしている。

クルムに乗るリッサさんを見て、フリージアは目を輝かせている。

「いいなぁ！　私もクルムに乗ってみたい！」

「むぅ、その狼に乗るの楽そうだ」

「楽、私の特権。独り占め」

「ケチな奴だ。少しは自分の足で歩け。楽をしようとするな。これだから最近の若者は困る」

「とんでもないブーメランを飛ばしてる方がいらっしゃるんだが……」

「うふふ、そこもまたルーナさんの可愛さですよ。私が背負いましょうか？」

「いや、いい。本当に疲れたら頼もう」

「さすがルーナちゃん！　まだまだ若いね！　――痛い⁉　何で突くの！」

「別に」

ドスドスと音がしそうな勢いでルーナがフリージアを指で突いている。そういえばルーナはこの前、リッサさんよりは年上とか言っていたな。一体いくつなのやら……あっ、こっち睨《にら》んできた。いつも思考読んでこないでくれませんかね。

そんなやりとりをしつつ、一時間ほど歩いたところでリッサさんが待ち切れないといった感じで催促をしてきた。

「そろそろいい？　どんな秘密があるの？」

「えっと、まず災厄領域に行くにあたっての準備なのですが、私達はこういうアイテムを持ってるんですよ」

最初に取り出した物はドアノブ。これは壁などに差して異空間を作り出す、ディメンションルームだ。シュトガル鉱山の坑道探索ではお世話になった。避難場所としてとても優秀なアイテムだな。

ドアノブを見てリッサさんは困惑した顔をしていたが、使い方を見せるために木に差して扉を開き中を見せると、驚いて言葉を失っている。

「……何これ？　木の中に部屋がある。えっ、訳が分からない」

「このドアノブを差した場所が扉になって別次元に繋がるの。だからかなりの日数の物資も運べて、緊急の避難場所になるわ。数か月過ごせるぐらいは整っているもの」

「勿論リュックの中にも物資は入れてあるので、すぐに使える分はこっちに入れてあります」

今回は念には念を入れ、生活物資も大量に部屋の中に置いてある。この中だけでも数か月は過ごすことが可能だろう。こういう使い方もできるからディメンションルームは便利だな。まあ、マジックバッグだけでも全部収納できるんだけどさ。

「それと緊急時の対応ですが、最悪の事態になったらどんな攻撃も防げる結界を張ることもできます」

「結界？　それって神官さんの力？」

「そんなところですかね。とりあえず何かあれば私達の近くに来てください。少しの間この世で最も安全な場所になりますよ」

女神の聖域は発動するとしばらく使えないので、説明だけで済ませておく。これで何かあればすぐに近寄ってきてくれるはずだ。

次に出した物は魔法のカーペット。プカプカと浮いているカーペットを見て、リッサさんは目を剥《む》いている。

「カーペットが浮いてる⁉　何それ！」

「普段使ってる移動用の魔導具です。秘密にしておきたいので、可能な限り他人に知られないようにしています。協会長には知られていそうですけど、現物は見せたことがありませんね。この先の移動はこちらを使おうと思います」

「やっと乗れる。これを待っていた」

「お散歩もいいけど、カーペットに乗るのも面白いんだよー」

　これでやっと徒歩から解放される。正直この人数はちょっと多いけど、エステルは俺の、ルーナはシスハの膝の上に乗せれば大丈夫だろう。俺達が魔法のカーペットに乗れば、リッサさん達も遠慮なく走ることができるはずだ。

「思っていた以上に謎が多かった。他のAランクパーティでも持ってないものばかり。何者？」

「色々と恵まれてはいますけど、ただの冒険者ですよ」

「……そう。心配ないのはわかった。いざとなったら頼らせてもらうかも。それじゃあ行こう」

　興味はあるようだけど、リッサさんは深く踏み込んでこようとしなかった。さすがAランク冒険者、その辺りの引き際はわかっているようだ。申し訳ないけど、聞かれてもまともに答える訳にもいかないしな。

　俺達が魔法のカーペットに乗ったことで、移動速度は飛躍的に速くなった。まるで自動車に乗ってる速さで移動しているのだが、リッサさん達はそんな速さもものともせず、平然と俺達より先行して走っている。

「私達のカーペットも速いけど、あの狼も凄く速いわね」

「あの様子だとまだ余裕がありそうですね。単独だったらもっと速いかと」

「ソロで活動している理由の一つでありましょうか。Aランク冒険者は本当に凄いでありますよ」

「冒険者ってよくわからないけど、あの人が凄いのはわかるー。あの速さで狼に乗れるの凄いんだよ」

「うむ、安定もしている。あれなら飛び跳ねても落ちない」

こんな速さで走っているのに、リッサさんは微動だにせずクルムの背に乗っている。欠伸《あくび》までして余裕があるようだ。この速さでも全く本気じゃないってことか？　全力だったら一体どんだけ速いんだろうか……。

数時間程移動を続け一度休憩をすることに。一緒に移動したリッサさんは、魔法のカーペットの性能に興味があるようだ。

「驚いた。クルムの足に簡単に追いつく魔導具なんてあったんだ。その人数を乗せてその速さはあり得ない」

「あはは……でもリッサさん達もまだまだ余力を残していますよね？」

「当然。でも、あなた達の支援魔法も凄い。これだけ走ってクルムが全然疲れてない」

「ふふ、支援魔法はおまけみたいなものだけどね」

「私とエステルさんの支援魔法が合わされば、ほぼ疲労せずに走り続けられますからねぇ。それでもこの速さで走るリッサさん達には驚きですよ」

一応リッサさん達にはエステルとシスハの支援魔法をかけている。だが、シスハの言うようにあの速さで走れてさらに疲労もないのは驚きの一言だ。さすが大討伐級の魔物を従えるAランク冒険者だな……。

休憩も済ませてさらに夕方まで移動を続け、暗くなる前に野営の準備へと移った。

「ん、このペースなら予定よりかなり速い。明日には山岳地帯に到着する。いつもより数倍の速さ」

「やっぱり馬で行くよりもこの方が速いでありますね」

「野営の方はどうしましょうか？　体力を温存するっていうなら、ディメンションルームを使う？」

「うーん、そうするか。リッサさんの分のスペースも作っておきましたので、遠慮なくお使いくださ い」

「……わかった。使わせてもらう」

冒険者としてなら普通に野営した方がよさそうだけど、今回は魔人との戦いの可能性もあるからな。出来る限り疲労は残したくない。ディメンションルームにはリッサさん用のスペースも用意しておいたから、彼女に使ってもらうのも問題ない。

今日の移動は終わりと聞いて、ルーナは凄く嬉しそうにしている。

「やれやれ、ようやく休める。もうヘトヘトだ」

「カーペットにずっと乗ってたから大して疲労はないだろ？」

「外に出るだけで精神的に疲れる。私は家でずっと寝ていたい」

「わかる。私もよくクルムの背中で寝てる」

「いいないいな！　私も寝てみたいんだよ！」

「ダメ、クルムの背中は私の特等席」

リッサさんは小柄だからクルムの背中で寝られるだろうな。クルムは毛並みもよく手入れをされてフサフサしてるし、寝心地はよさそうだ。……何だかリッサさんとルーナが妙な意気投合をしているが、本当に似た者同士かもしれない。

さっそくその辺の木にディメンションルームを突き刺し中へ入った。エステルの魔法で体を清潔にして、各々くつろいでいる。リッサさんはベッドの上で寝転んで満足そうだ。クルムとファムも近くで休んでいる。

それなりにお高いベッドを用意したから寝心地はいい。睡眠のプロであるルーナお墨付きの物だ。

「快適。あなた達は探索中もこんな風に過ごしてるの？　羨ましい」

「自分達だけの時はこんな感じですね。普段は他の人がいたら、こういう便利道具は使ってません」

「……私に秘密にしなくてよかった？」

「この前会うまではそのつもりでしたが、リッサさんなら他言はしないと思いましたので。な？」

「ええ、お姉さんなら無闇に他言はしないと思ったもの。Aランク冒険者なのと一人しかいないって理由もあるけれど」

「勿論他言はしない。災厄領域に行くのに手の内を教えてもらえるのは助かる。それだけ信用してもらえるのは嬉しい。けど、教える相手は十分に見極めて。あなた達の持つ道具、冒険者じゃなくても欲しがる人は多い。私も欲しい」

忠告しながら自分も欲しいと言うのはどうなんだ……ある意味正直ではあるが。Aランク冒険者であるリッサさんから見ても、俺達の持つアイテムは魅力的なんだな。今まで極力他人に見せず使ってきたのは正解だった。奪われる心配はないとしても、襲われたりしたら面倒だからな。

一応ディメンションルームの出口にシスハの結界を張ってもらい、今日はこのまま休むことに。野営中に交代で魔物の警備をしなくていいのは本当に助かる。俺も随分と慣れてきたけど、体がちゃんと休まらなくて辛いからなぁ。

翌日、昨日と同じように高速移動を再開し、順調にテルミーヌ山岳へ向かっていた。だが、その途中であることに気が付いた。昨日から一度も魔物と戦闘になっていない。それは先導しているリッサさんが、的確に魔物がいる方向を避けているからだ。

地図アプリで見ていると本当に見事に回避している。上空から見ているファムのおかげか？

「昨日から思っていましたが、リッサさんは魔物がいる方向がわかるんですね。魔物がいる場所を避けていますよね」

「ん、ファムのおかげ。魔物がいる場所は大体わかる。それがわかるってことはあなたも？」

「はい、一定の範囲でしたら魔物がいる場所がわかります。リッサさんも戦闘は避けているんですね」

「無駄な戦いは疲れる。でも、普段他のパーティと同行している時はこう上手くいかない。あなた達がクルムの速さに付いてこれるから。今回の同行は凄く楽」

「私達もお姉さんの移動速度が速くて助かってるわ。馬に乗ってもこのカーペットには追い付けないもの」

「大抵の魔物も追いつけませんから、遠出する時は助かりますね。まあ、私としては少しぐらい魔物の相手をしたいところですけど。ウォーミングアップがてら魔物をサンドバッグにしたいです」

「……あなた神官、だよね？」

「はい、私は神官ですよ」

自信満々な顔で言うシスハを見て、リッサさんは疑わしい物を見る目を向けている。戦闘がないからシスハの本性を見ていないが、もし戦う姿を見たらどう思うのだろうか……。

そんなこんなで戦闘もなく進み続け、日が落ちる前に巨大な山岳地帯へ到着した。地平線の先まで山は続いており、回り込もうとしたらどこまで行けばいいのか見当もつかない。高さも相当なもので、ルゲン渓谷よりも険しい山だ。山頂の一部分はあまりの高度に雪も積もっている。基本的には岩肌が露出した山で、落石とかに注意した方がよさそうだ。

これを乗り越えようとしたら、普通は完全な登山装備じゃないと厳しいな。まあ、俺達はレベルも上がり身体能力も普通じゃないから、このぐらいの山は今の恰好《かっこう》でも楽に登れるだろう。問題があるとしたら魔物の襲撃ぐらいかな。

「ん、あれが災厄領域との境目、テルミーヌ山岳。ここを越えると災厄領域に近づく。魔物は少ないから、大体三日あれば突破できる」

「これはまた……とてつもない山ですね」

「山を迂回して進むのは難しそうであります。やっぱり登るしかないのでありますよね？」

「登らないと無理。境目って言われるぐらいにこの山は続いてる。何度か迂回できる場所を探したけど、山の切れ目には底の見えない深い谷がある。災厄領域とは完全に分断されている」

「まるで意図されたように険しい山と深い谷があるのね。災厄領域って場所は本当に普通じゃなさそうだわ」

「ルゲン渓谷よりも険しそうですね。この程度を踏破できないようでは、災厄領域に行く資格はないということでしょうか」

「登るの大変そうなんだよー」

「もう帰りたい」

ルーナは山を見た途端青い顔をしてその場でしゃがんでいる。怠惰なルーナからしたら、俺達以上にこの山が高く見えるのかもしれない。吸血鬼だから体力は問題ないと思うけどな。むしろエステルの方が心配だ。

うーん、正直登れるとしても俺もあまり体力は使いたくない。ただでさえ鎧《よろい》で重いからな……そうだ！　リッサさんがいるならあの手が使えるかも！

「リッサさん、クルムだったら一気に山を登ったりできますか？」

「ん、余裕。私達だけなら一日あればここを越えられる」

「でしたら一つお願いが。これを持ってある程度先行してもらってもいいですか？」

そう言い俺はビーコンをバッグから取り出した。

「それ、ここまで来る途中にいくつか置いてたやつ？」

「はい、これがある場所に転移できるんですよ。なのでこれを持って先行してもらい、追いかけるように転移すれば移動も楽かと」

「その手があったでありますか！　ルゲン渓谷じゃ上手くいかなかったでありますが、それなら成功しそうでありますね」

「この山を歩いて登らなくていいなら凄く楽そうだわ。お願いできないかしら？」

俺の考えた方法とは、リッサさんにビーコンを持って先行してもらい、俺達が転移で後から付いていくというものだ。魔物であるクルムなら俺達より遥かに速く移動できるだろうし、時間の短縮という意味でもいい案だと思う。

リッサさんは少し考える素振りをしたが、すぐに首を縦に振ってくれた。

「わかった。どちらにせよここを登る時はいつも私が先行してた。後方の心配をしなくていいなら私も楽」

「ありがとうございます」

「やったぞ。楽ができる」

「えー、皆で山登りしたかったのにー」

ルーナはガッツポーズをし、フリージアは頬を膨らませて残念そうだ。すまないけど今回は俺達もルーナ側だ。ルゲン渓谷でもエステルの魔法でショートカットしたけど、この山だとそれも通じるか怪しいからな。出来る限り登山はしたくない。

ビーコンのまま渡すと邪魔になりそうなので、ガチャ産のＳＲウエストポーチに入れてリッサさんに渡した。マジックバッグの小型版であるこれにビーコンを入れれば持ち運びも楽だ。

「こちらをお渡しするので、ある程度進んだら中から出して置いてください」

「小さなカバン？　……何これ⁉」

「見た目よりも多く入るカバンです。後こちらもお渡ししておきます。離れていても連絡ができる魔導具です」

「……まだこんな魔道具あったんだ。もう魔道具だけでAランクでもいい気がしてきた」

ウエストポーチに手を突っ込んで、ビーコンを出し入れしてリッサさんは驚いている。この世界にこういう魔道具はあるらしいけど、かなり希少だって話だからな。リッサさんの反応を見る限り見たこともないようだ。

ついでに緊急時の連絡用に、これまたガチャ産Rのトランシーバーを渡して使い方も教えた。何かあればすぐ連絡をしてもらい、即座に俺達のいる場所にビーコンでリッサさんを転移させる手筈だ。既にビーコンでパーティ認識は確認しているから、転移可能か確かめる心配もない。

受け取ったリッサさんはさっそくクルムに乗っかり、ヒョイヒョイとテルミーヌ山岳を登っていく。その速さは地上を走る速さと殆ど変わらない。

「ほえー、一人だと本当に速いな。行けなさそうな場所までヒョイヒョイ登ってるぞ」

「魔物なだけあるわね。あれで戦闘力もあるんだから頼りになるわ。ソロで活動しているのも納得ね」

「この山を歩いて登るとなると時間もかかりますし、先行してもらってビーコンで飛ぶのはかなりの短縮ですね」

既に足場から足場に飛び跳ねて移動し、点に見えるほど遠くにいる。エステル達の支援魔法があるにしても凄まじい。

少しして地図アプリで見ていたリッサさんの青い点が止まった。そしてビーコンのマークが表示されたので、それを合図に俺達はその地点にあるビーコンへ転移する。

景色は一瞬で山の上へ変わり、目の前でリッサさん達が目を見開いて驚いていた。

「わ、本当に移動してきた。どういう仕組みなのこれ？」

「あー、簡易の転移魔法を組み込んでいる、的な感じですかね。地下とかだと使えませんけど、外なら大体使えます」

「それでも凄く便利。これなら心配ない。それじゃあどんどん進む」

ビーコンはガチャを初めて回して手に入れてから、ずっとお世話になりっぱなしだからなぁ。このアイテムがなかったら移動にとても苦労していたはずだ。今回もこうして役立ってるし、ＳＲのアイテムで本当に助かった。

ビーコンの力を確認したリッサさんは、また凄い勢いで山を駆け上っていく。それを何度も何度も繰り返し、あっという間にテルミーヌ山岳を越えた。

おいおい、こんな山を半日かからずに踏破しちまったぞ……。俺の考えた案とはいえ、リッサさん達の山登りの速さは尋常じゃない。

「ん、三日の予定が一日もかからなかった」

「リッサさん達のおかげですね。本当に助かりました」

「ありがとう。でも、あなた達の道具のおかげでもある。私もすぐ越えられて安心。山での野宿はキツイ。今回はその心配もなかったけど」

ディメンションルームがあるから山中での野宿も問題なかったが、さっさと山を越えた方が楽だもんな。魔物の相手もせずに済んだし本当に今回は楽な道中だ。

さて、テルミーヌ山岳を越えたここから先が本番なのだが……荒れ狂う大地を予想してたんだけど、意外にも山を越える前と大して風景は変わらない。若干地面が黒い気がしないでもないが、この先に災厄領域と呼ばれる場所があるなんて想像もできないな。

「ここから災厄領域が始まるのかしら？　思っていたよりも変化はないわね」

「近いだけでまだ災厄領域じゃない。ここから五日……私達なら二日程度進んだ場所。そこから景色が一変する。アーウルムまでは半日もあれば着く」

「魔人の国は災厄領域じゃないんでしたっけ。災厄領域がどんな場所か、ちょっと興味があったんで行ってみたかったです」

災厄領域が近いからってその周辺にもあからさまな影響がある訳じゃないのか。俺としても少し興味はあるが、わざわざ危険地帯に足を踏み入れる気はしない。さっさとアーウルムに行って調査を終わらせてしまおう。

今日はテルミーヌ山岳を越えたところでディメンションルームで休み、翌朝からアーウルムに向けて移動を再開した。

「それにしても、王都を出発してから一度も魔物と戦ってないでありますね。いつもより簡単な調査な気がするのでありますよ」

「むー、せっかく一緒に来れたのにつまんない！　何か起きてほしいんだよ！」

「変な期待をするな。面倒ごとがなくていい。平和が一番。早くお家《うち》帰りたい」

ルーナは凄くめんどくさそうな顔をしている。俺としても面倒が起きるのはごめんなので、このまま何事もなくアーウルムに到着してほしい。

そんな会話をしていると、先導していたリッサさん達が速度を落とし、俺達と並走しながら会話に加わってきた。

「おかしい。ここまで魔物がいないなんて、今までなかった」

「えっ、普段はもっと魔物がいるんですか？　確かに避けている訳じゃなく、周囲に魔物自体いないですね」

「テルミーヌ山岳を越えると魔物が増える。けど、今は魔物自体がいない。これは異常」

地図アプリを確認しても、魔物の反応自体が全くなくこの周辺にいないのがわかる。テルミーヌ山岳を越えるまでは、多少なりとも地図アプリの範囲内に魔物がいた。

だが、山を越えてからは反応すら全くない。リッサさんもそれに気が付いたようだ。俺は元々魔物がいないのかと思ったが、リッサさんの言葉からしてそうじゃないらしい。

一旦進むのをやめ、リッサさんと現状の確認をしておこう。

「もしかして異変が起きているのかしら？　お姉さん、こういうことってよくあるの？」

「こんなの初めて。話にも聞いたことがない」

「これから魔人の国の跡地に行くというのに異変ですか。嫌な予感しかしませんね」

「マリグナントを倒したから、仲間の魔人が動いてる可能性もあるか……。アーウルムに行くのが怖くなってくるな」

「魔人の仲間でありますか。あの強さの敵がいるとなると厄介でありますね。それにあの時のような待ち伏せもありえるのでありますよ」

「やった！　何か起きてるんだね！　ワクワクするんだよ！」

「結局こうなる。厄介ごとは嫌いだ」

全くだ。今回は無事終わる……とは思ってなかったけど、この時点で異変の兆候があるのは怖いな。やっぱりアーウルムにマリグナントの仲間の魔人がいるのか？

リッサさんは少し考える素振りをして、今後の方針を口にした。

「雰囲気が違うのは確か。可能な限り調査していく。最悪アーウルムに行かずに帰る。いい？」

「はい、引き際は大切ですので。リッサさんの判断に従いますよ」

「素直で助かる。でも、何か意見があったら言って。私だけに判断を任せるのはよくない。冒険者同士意見の交換は大事」

「そうね。けれど、お姉さんもちゃんと考えがあってその判断をしたのよね？」

「あなた達とならある程度の無茶はできると思った。他の冒険者とだったらこの時点で引き返すか考える。あなた達は移動速度も速いし転移もできる。だから今の内に可能な限り情報は集めたい」

「十分納得できる判断ですね。私達を評価して当てにしてもらえているようですし、これはAランクいただきですね！」

「ん、もうAランクでいいと思う。まだ戦うのを見てないけど、今までの噂も真実だと確信した。正直、最初聞いた時はただの誇張だと思ってた」

「あはは……普通はそう思いますよね」

「ここからは試験ではなく、本当にAランク冒険者としてのお仕事でありますね」

「そうなる。あなた達のことは、同じAランク冒険者として頼りにさせてもらう」

他のAランク冒険者とパーティを組むことがあるリッサさんにここまで言ってもらえるとは、俺達も自信を持ってよさそうだな。……俺以外はそんなこと言われなくても自信持ってそうだけど。

実際俺達のアイテムがあれば偵察などもかなり危険が減ると思う。最悪ビーコンで即時離脱もできるし、女神の聖域で安全地帯を作るのも可能だ。リッサさんの反応からして、俺達が持つガチャアイテムと似た物を他のAランク冒険者達が持ってるとも思えない。

さらに言えばまだリッサさんに戦う姿は見せていないが、ノール達の強さもこの世界じゃ肩を並べる人は少ないはず。異変を調べるなら今が最高の機会だと思う。一度引き返してまた来るにしても、異変がさらに進行している可能性だってあるしな。

そんな訳でアーウルムの調査は継続となったのだが、先ほどから周囲をキョロキョロと見ていたフリージアが気になることを言い出した。

「ねえねえ、何かに見られてる気がするんだよー。近くに誰かいない？」

「見られてる？　……地図アプリに反応はないな。ノール達はわかるか？」

「……わからないでありますね。フリージア、どんな感じなのでありますか？」

「うーん、何となく見られているようなー、でも凄く微妙ー」

「気のせい、で済ませない方がいいかもね。異変が起きてる可能性があって、そこで視線まで感じるようなら何らかの方法で私達を見ている存在がいる可能性はあるわ。お姉さんは何か感じる？」

「私はわからない。けど、クルムも何か違和感がある、だって」

確かにクルムも周囲を見渡して何かを警戒している。俺達にわからない何かがこの近くにいるのか？　だけどフリージアもクルムもどこにいるかまでわかってないようだ。

地図アプリにも反応がないし、ディアボルス・スカウトのような魔物がいればフリージアもある程度の位置が絞れるはず。そう考えたらディアボルス以上の相手がいる可能性もあるのだが……ここからはもっと慎重に進まないといけないな。

引き返す訳にもいかず、いつでも転移して逃げられる準備をしつつ、再度リッサさんの先導でアーウルムを目指す。そして数時間後、俺達はアーウルムと呼ばれた国の跡地に到着した。

王都シュティングのように壁に囲まれた町だったようで、その残骸と思われるボロボロに崩れた壁が広範囲に渡って続いている。中に入ると同じように家などの建物らしき廃墟が大量にあり、その壊れ方は戦いによって起きたものに思えた。

二百年前の戦争で攻め込まれて滅ぼされたのかな。話に聞くのと実際で見るとじゃ、魔人の国だったとはいえ悲しいものを感じるぞ。

「ここが魔人の国なんだぁ。凄く大きいね」

「廃墟みたいになっていますけど、そこそこ大きな町だったみたいですね。それだけ壮絶な戦いがあったってことでしょうか」

「ん、詳しくは知らないけど凄い荒れてる。でも、今でも全部は調査し切れてない。隠された場所もあるし、魔物も襲撃してくる」

「元々魔人が住んでいた場所なのに魔物が来るのね。いえ、魔人達がいなくなったからこそ、魔物が来るようになったのかしら」

来るのにもかなり苦労するし、魔物まで襲ってくるなら調査も難しいだろうな。俺達も調査中に襲われないように注意はしておかないと。

「来たのはいいでありますけど、何を調べればいいのでありますかね？　この広さだと闇雲に探しても、時間がかかるだけでありますよ」

「うーん、そうだなぁ。リッサさん、以前来た時と何か変わっている部分ってありますか？」

「私もそう何度も来た訳じゃない。でも、以前来た時に比べると荒れている気がする。前はもっとマシだった」

「そのぐらいの変化だと判断に悩みますね。単純に魔物が来て暴れたのか、それとも他の冒険者が魔物と戦ったのか。気にする程度の変化とは言えません」

「ん、だから困ってる。あなた達は何かわからない？　探索は得意だと聞いている」

「得意という訳じゃありませんけど、一応探索向けの道具などはありますね。色々と調べてみます」

とりあえず地図アプリで町全体を見てみようか。魔人が潜んでいるとなれば、赤い点などで表示されているはずだ。それ以外にもおかしな点が見つかるかもしれない。

そう期待して地図アプリを見てみたのだが……結果は何も表示されていない。魔物の赤い点すらなく、わかったのはこの周辺に何もいない事実だけだ。やはりそう簡単にわかるものではないらしい。

「困ったなぁ。地図アプリにも変わった物が映らない。これじゃホントただの廃墟だな」

「魔人がいるのなら表示されてもよさそうでありますよね。魔物がいないのは異変じゃなくて、偶然だったのでありましょうか？」

「いやぁ、それはどうかと。地図アプリにすら映らないのは、魔物が大量にいるよりも不気味ですよ。これじゃ王都周辺よりも魔物が少ないいんですから」

「そうね。こういうのって嵐が起きる直前のようだわ。もしかしたら、これから大討伐以上の魔物の大発生が起きたりしてね」

「おいおい、そんな物騒なこと言わないでくれよ」

嵐の前の静けさってやつか。言われると本当に起きそうだから止《や》めてほしい。けど、リッサさんが気にするほど魔物がいないのは異常事態だ。ただの偶然だと思いたいが……それにフリージアが言ってたことも気になる。

「フリージア、相変わらず視線は感じるのか？」

「うーん、やっぱりどこかから見られてる気がする」

未《いま》だに何かが俺達を見ているのか。視線を感じると言い出した辺りから、アーウルムまではそれなりに距離があったけど……俺達の移動速度についてこられる奴が見ていることになる。

アーウルム内に変わった物が発見できないとなると、その視線の主を見つけた方がいいかもしれない。どうにか上手く誘い込めないものだろうか。

と、考えていたら、突然ルーナが振り向いて槍を投げた。投擲《とうてき》された槍は廃墟を貫き、轟音を立てて建物が崩壊する。

「──ちぃ、外した」

「ルーナ⁉　どうした！」

「いる。注意しろ」

な、何だって⁉　こんな近くにいるだと！

ルーナが槍を投げた方を見ると、黒い霧のような物が漂っている。霧は意思を持つように蠢《うごめ》いていて、それが集まって人の形になっていく。そして姿を現したのは、白髪の若い男だ。肌の色は白く人間じゃないと一目でわかる。ルーナのようなマントを羽織っていて、その服装は紳士服に近い。

「あっぶなー。いきなり攻撃してくるとか酷くない？」

「ずっと付け回してたのは貴様だろう。吸血鬼か」

「おっ、小さい子なのによく知ってるじゃないか。今の人間達は知らないはずなんだけどなー。人間じゃないだろ？」

吸血鬼、だと？　ずっと俺達を見ていたのはこいつ？　霧状になって漂っていたから地図アプリに反応もなく、フリージア達もわからなかったのか。地図アプリにも今は青い点として表示されている。だけど青い点ってことは、敵対する意思がない？

　全員警戒して戦闘態勢になっていると、さらに青い点が二つ突然現れた。すぐに二つの点はこっちへ向かってきて、その方向を見ると羽の生えた小さな女の子が二人飛んでくるのが見えた。

　女の子達は吸血鬼の男の周囲を飛び回り、おかしそうに笑い声を上げている。

「ぷっぷー！　バレちゃったじゃん！　ヴァニアのマヌケ！」

「あははー！　ヴァニアのマヌケ！　ドジ！　アホ！」

「笑わないでくれ。ちょっと油断しただけだ。あれで気づく方がおかしいんだよ」

　明らかに人間じゃない羽の生えた二人の女の子は、吸血鬼の男をヴァニアと呼んであざ笑っている。二人共ピンク色の髪をし、その姿は瓜二つ。片方は露出の少ない服装で、もう片方は露出の多い姿だ。頭に生えた角も右だけ左だけといった感じで異なっている。尻尾もあり見た目はまるで小悪魔のようだ。

　この様子からしてこの三人は仲間だと思うが……。

「魔人、なのか？」

「そだねー」

「そだよー」

「人間の言う魔人って認識ならそうだな。僕はこの二人と別の種族だけどね」

「魔人、本当に生き残りがいた。……倒す？」

「リッサさん、とりあえず様子見でお願いします」

「ん、了解」

魔人三人は戦う様子は見せていない。地図アプリにも青い点で表示されているから、敵対の意思は今のところないようだ。今こちらから仕掛けて戦う必要もないだろう。

いきなり三人も魔人が出てくるとは……こいつらの強さがマリグナント並だったらまずいな。今の内にステータスの確認だ。

インテ　種族：レッサーデーモン
レベル▼90　HP▼20万3300　MP▼35万5500
攻撃力▼2800　防御力▼2700　敏捷▼150　魔法耐性▼80
固有能力【状態異常耐性】【下位武器無効】【ツインストレングス】
スキル【エンチャントエレメンタル】【エンチャントアクセル】【エンチャントデリート】

インノ　種族：レッサーデーモン
レベル▼80　HP▼18万3300　MP▼34万5500
攻撃力▼1900　防御力▼2600　敏捷▼130　魔法耐性▼60
固有能力【状態異常耐性】【下位武器無効】【ツインストレングス】
スキル【マジックトラップ】【ポータル】【認識阻害】

ヴァニア　種族：エルダーヴァンパイア
レベル▼95　HP▼55万6500　MP▼15万4600
攻撃力▼6900　防御力▼2200　敏捷▼240　魔法耐性▼40
固有能力【状態異常耐性】【下位武器無効】【霧化】
スキル【気配遮断】【魅了の魔眼】【眷属化】【ブラッディパイル】【ライフドレイン】

うげげ、全員当たり前のようにスキルと固有能力複数持ちかよ。しかも、マリグナントと同じく状態異常耐性に下位武器無効。魔人の基本能力なのか？

それにステータスも全員めちゃくちゃ高い。どれも大討伐級の魔物以上だ。特にヴァニアという吸血鬼はヤバイ。マリグナントは魔物使いに近かったが、こいつは自分で戦う戦闘タイプだ。

二人のレッサーデーモンはマリグナントと違って、羽や尻尾を抜きにすれば人間と見た目は変わらない。やっぱり色々な種族をひとまとめにして魔人と呼んでいたのか。

ヴァニアだけでも相手をするのはキツそうなのに、さらに二人も同じようなのがいるとか……可能なら戦いは避けたい。ここはちょっとハッタリをかけて警戒させるか。

「デーモン二人にヴァンパイアか」

「バレた⁉」

「バレちゃった⁉」

「驚いたなぁ。僕はさっきその子に見破られたけど、この二人がデーモンだってよくわかったね」

二人のデーモン少女は、飛びながらお互いの手を合わせて驚く。が、半分ふざけた感じがする。

ヴァニアは腕を組んで関心した様子で俺達を見ていた。

……駄目だな。こいつらはマリグナントと違って、この程度じゃ動揺しない。こっちのペースに引き込むのは無理か。

そんな俺の内心を悟ってか、ヴァニアは諭すように声をかけてくる。

「そう敵対心出さないでもらいたいなー。僕達は戦う気なんてないんだけど、ね？」

「ないよー」

「ないねー」

二人のデーモン少女も緩い声でヴァニアの問いかけに答えている。相手をしていると肩の力が抜けてくる奴らだな。

エステル達も同じことを思っているのか、眉をひそめて何とも言えない表情をしている。

「マリグナントも同じことを言ってたわよね。お兄さん、どうなの？」

「本当に敵対する意思はないみたいだな」

「僕達の考えまでわかっちゃうのか。Bランク冒険者のようだけどただ者じゃないね」

「敵対の意思がないのはわかったでありますが、どうして私達をずっと見てたのでありますか？」

「ありゃりゃ、それまでバレちゃってる。そんなに気配消すの下手《へた》だった？」

「ううん、上手かったー。でも見られてるのわかったよ」

「うへー、勘弁してよ。というか、マリグナントを知ってるって、あいつを殺《や》ったの君達なのか」

「半殺しにはしましたけど、最後は自爆したようなもんですけどね。呼び出した魔物に消し飛ばされましたよ」

「あははー、ざまぁー！」

「ざまぁーみろ！」

デーモン少女達は腹を抱えて愉快そうに笑っている。おいおい、一応仲間っぽいのに死んだのを笑うのか。吸血鬼の奴も大して気にしているように見えない。どんだけ嫌われてたんだあいつ。

「随分と嫌われていたようだが、あいつに手を貸してたんじゃないのか？」

「セヴァリアの話はノータッチ！　無実だ信じて！」

「私達が昔作った魔道具をあいつが使ってただけ！」

「昔は生き残りとして一緒に活動していたが、ここ十数年は会ってない。あいつの考えにはついていけなかったからね」

二人のデーモン少女はふざけた感じで信用ならんけど、ヴァニアはそれなりにちゃんと受け答えする気のようだ。完全に信用はできないが、話をするならこいつだな。

「それで俺達を監視してた理由は？」

「今ちょっと困ったことが起きていてね。そんな中で君達が来たから警戒していただけだよ」

「それって魔物がいないのと関係あるのかしら。一体何が起きてるの？」

「災厄領域がねー」

「広がってるんだよー」

「……えっ、災厄領域が広がる？」

「ああ、そう遠くない内にこのアーウルムの地も災厄領域になる。とうとうその時が来たかって感じだね」

「そんな話聞いたことない。広がるようなものなの？」

「あの土地は異界から侵食を受けている場所だからね。この世界を徐々に作り変えているのさ」

魔人達が異変を起こしてるかと思いきや、それ以上にヤバイ事態が起きてたんですけど！　何だよ世界を侵食してるって！　災厄領域ってそういう場所なのか⁉

リッサさんも話を聞いて驚いている。これはこいつらの話をもっと詳しく聞かないとダメだな。

ヴァニアはため息をつきつつ、諦めるような表情で話を続けていく。

「まあ、そんな訳でアーウルムと最後の別れでもとね。災厄領域になったら今度こそ跡形もなく消えちゃうから」

「……信用できない。何か企んでる？」

「信じて！」

「企んでないよ！」

リッサさんの問いかけに、目端に涙を浮かべ両手を組んで二人のデーモン少女訴えかけている。その姿はとても胡散臭《うさんくさ》い。

こいつら、俺達に騙し討ちでもするつもりか？　けど、未だに地図アプリで確認してもこいつらの反応は青いままだ。ここは見極めの達人であるエステルさんの意見を聞こう。

「エステル、どうだ？」

「嘘は吐いてなさそうね。けど、全部素直に言ってる訳でもないんじゃないかしら」

「君達に全部話す義理もないしね。それよりも、どうして僕の同族が一緒にいるのか気になるかな。君も吸血鬼だよね？　さっき投げてきた槍……異界の武器？」

「えっ⁉　異界の武器！」

「どうして持ってるの！」

ルーナが投擲したブラドブルグは既に彼女の手元に戻ってきている。この吸血鬼、一目でルーナの武器が普通じゃないと見抜きやがったか。そしてここでも異界の武器という単語が出てきた。

こいつらもマリグナントと同じように、異界の力、イルミンスールのことを知っているに違いない。

ヴァニアは俺達全員をじっくりと観察するように眺めると、納得するように頷いている。

「なるほど、どうやら魔物使い以外は異界の装備持ちか。武器どころか防具まで……全身今まで見てきた中でもヤバいのばかりだ。いやぁ、これはマリグナントの奴がやられるのも当然だね」

「ヴァニアが驚くぐらいの物なの？」

「この人達ヤバヤバな奴？」

「うん、激ヤバ。戦ったら勝ち目ないかなぁ」

どうやらヴァニアだけはマリグナント以上に、異界の力とやらに精通しているっぽい。ざっと見ただけでリッサさん以外の俺達がガチャ装備だってわかってやがる。

それがわかっているならもっと警戒しそうだけど、ヴァニアは特に戦闘態勢に移ったり逃げる様子もない。本当にこいつらの目的はアーウルムの跡地を見に来ただけで、俺達と遭遇したのは偶然ってことなのか？

ノールが剣先を向けたまま、ヴァニアに戦闘の意思がないのか尋ねている。

「とりあえず戦う気はないってことでいいのでありますかね？」

「今のところはそうかな。僕達のいる理由は話したんだから、今度はそちらの理由を聞いても？」

うーん、納得はいかないけど確かに理由は話してくれた。どうやらこいつらも穏便に済ませるつもりみたいだし、ここは俺達が来た理由も正直に教えよう。

「俺達はAランク冒険者の昇格試験として、アーウルム跡地の調査を任された。マリグナントがセヴァリアで暴れたから、魔人が動いてるんじゃないかってな。仲間がいるのはあいつから聞き出して知った」

「あちゃぁ……あいつ僕達ともう関わりなかったのに余計なことを言ったのか。最後まで迷惑な奴だなぁ」

「ホント迷惑だぁー！　許さない！」

「謝罪しろー。あっ、もう死んだんだっけ」

三人共凄く嫌そうな顔をしている。ここまで嫌われてるのを見ると、ちょっとかわいそうに……とはならないか。あいつは本当に嫌な奴だったからな。こんな態度をされても仕方がない。

俺達が来た理由を聞いたヴァニアは、顎に手を当てて何やら考え込んでいる。

「うーん、じゃあお目当ての魔人を見つけたから、君達の目的は達成ってところか」

「そうね。……と、言いたいところだけれど、見つけたからにはそのまま逃がすっていうのもね」

「ですよねー。いやぁ、困ったなぁ。僕達もやりたいことあるし……あっ、そうだ。君達にしよう」

――なっ⁉

ヴァニアが手を振った途端赤い液体が飛び散り、それが固まって杭のようになり俺達に向かって飛んできた。慌てて俺が鍋の蓋で防ぎ、ノールも盾で全て防ぎ切る。

「何しやがる！」

「ははは、君達に任せたいことがあるんだ。だから一応実力を見ておこう、ってね。二人もいいかい？」

「やるの？　やっちゃうの？」

「やろうやろう！　双子の悪魔、インテとインノが相手してあげる！」

のんびり飛んでいたデーモン少女達もバサッと飛び上がり、俺達に向け手を伸ばして魔法陣を展開した。そこから光の弾が弾幕のように無数に飛んでくる。そのまま俺とノールで攻撃を防ぐが、あまりの数と範囲に全く身動きが取れない。

おい！　どうしていきなり攻撃してきやがった！　って、驚いてる場合じゃねぇ！

「リッサさん注意してください！　あの二人は魔導師、男は近接主体の奴です！」

「ん！　了解！」

すぐに俺達の後ろに滑り込んでいたリッサさんに、こいつらの情報を伝えつつ飛んでくる光弾を防ぐ。ぐっ、威力は大したことないけど動くに動けん！

そんな俺達をあざ笑うように、ノリノリな声を上げて光弾はさらに数を増していく。

「へいへいへい！　今日はノリノリだぁー！」

「いつもより多めに撃っておりまーす！」

ふ、ふざけやがって！　笑いながらなんて攻撃してきやがる！

こうなったら女神の聖域を使って一度態勢を立て直すしか……と思ったが、いつものエステルのかけ声が聞こえた。

「えいっ！」

声が聞こえるのと同時に、俺達の前を埋め尽くしていた光弾が一斉に弾けた。デーモン少女達の展開していた魔法陣も砕け散り、目を見開いて驚いている。

「消された⁉」

「何今の！」

「ふふ、この世界で魔導師同士で戦うのは初めてだわ。魔力は多いようだけれど制御が甘いわね」

「言ったな！」

「私達の力見せてやる！」

どうやらこのデーモン少女達の相手はエステルが適任のようだ。ノールにエステルの守りを任せて、俺はその間に吸血鬼の相手をしよう。

――そう考えると同時に、突然ヴァニアが目の前に現れた。するとその目は赤く輝いていて、俺と目が合う。……が、特に何も起きずに奴は後ろに飛び退《の》いた。

うん？　何がしたかったんだこいつ？

「うげっ、僕の魔眼効いてないの？」

「私の支援魔法の前じゃ魅了の類は効果ありませんよ。吸血鬼対策としては基本です。まあ、ルーナさんの魅力の前じゃ敵《かな》いませんけどね！」

「か、変わった神官様だね。けど、僕の魔眼を防ぐなんて、王国騎士団の神官並かぁ。しかも異界の装備持ちとか相手が悪過ぎる」

「同じ吸血鬼同士だ。貴様の相手は私とシスハでしてやろう」

シスハのおかげで助かったみたいだ。そういえばスキルに魅了の魔眼ってあったな。男に魅了されるところだったのか……何か嫌だぞ。シスハに感謝しておこう。

ヴァニアの相手はルーナがしてくれるようで、既に奴と打ち合っていた。ルーナから放たれる槍をヴァニアは赤い杭を出して何とか捌《さば》いている。その合間合間にシスハが両手を合わせて光線を放ち、ヴァニアの動きを止める。お前そんなものまで出せたのかよ……。

さて、エステルとルーナ達が相手をしてくれてる間に、こっちも打開策を考えなければ。どうにも未だにあいつらは本気で戦っている気がしない。その証拠に戦闘中にも拘《かか》わらず、地図アプリの表示は青のままだ。

つまりこいつらは、敵意がないのに戦っていることになる。俺達を油断させるために偽装してるのも考えられるが、地図アプリの存在を知らないのにそこまでしてくると思えない。ここはどうにか停戦させて話し合いに持ち込みたい。

今フリーなのは俺とフリージアとリッサさんなのだが、この三人でどうにか戦いを止められないだろうか。可能ならあまりダメージも与えたくない。殺すのはもっての外だ。

こういう時の常套手段は……人質を取ることか？　人質にするとしたら、あのデーモン少女のどちらかだ。そして選ぶなら弱い方。弱いのは頭の左に片角のあるデーモンのインノ。あいつを人質にして戦うのをやめさせよう。

「フリージア、傷つけないようにあのデーモンを片方落とせるか？　左に角のある方だ」

「そのぐらいお任せなんだよ！」

「リッサさん、落とした後確保をお願いします」

「ん、了解」

よし、これで準備万端だ。フリージアに射ち落とさせて、リッサさんが確保。その後は俺がどうにかしよう。

エステルと魔法の撃ち合いをしているインノに向かい、フリージアが矢を放つ。不意打ちする形で放たれた矢は、インノの角を掠《かす》める形で当たり、その衝撃でクルクルと回転しながら弾き飛んだ。おい、掠っただけあんな吹っ飛ぶのかよ……。

「へぶっ⁉」

「あっ⁉　インノ――ぶへ⁉」

吹き飛んだインノに気を取られ、インテもエステルの魔法で吹き飛ばされた。インノはそのまま地面に墜落する。その隙を逃すことなくクルムは飛びかかり、覆い被さる形でインノを取り押さえた。

「確保、どうする？」

「私が取り押さえます」

クルムを対象に俺はスパティウムのスイッチを押した。スパティウムは指定した対象と位置を入れ替えるアイテムだ。俺とクルムの位置は入れ替わり、俺がインノの上に覆い被さる形になった。

そのまま地面に倒れてるインノを持ち上げ、後ろから羽交い絞めにして拘束する。

「うわっ!? 何今の！」

「さて、大人しくしてもらおうか」

「うげげ、放せ！　変態！　犯されるぅぅ！」

「誰がそんなことするか！」

インノはジタバタと暴れるが俺の力の方が上のようだ。やっぱり弱い方を狙って正解だったな！

……何か悪いことしてる気分になってくるけど。

拘束したままノール達のところへ戻ると、インノは諦めたのか抵抗をやめた。頬を膨らませてかなり悔しそうだ。

「何だか緊張感のない相手でありますねぇ」

「お仲間を捕まえたがどうする？　まだ続けるか？」

「……降参で。いや参ったなぁ。力量を見るどころかあっと言う間に制圧されちゃったよ」

「私も驚いた。あなた達強過ぎ」

ルーナに喉元へ槍を突き付けられているヴァニアは、両手を上げて降参の意を示している。エステルに飛ばされたインテも戻ってきて、地面に降りヴァニアの隣で両手を上げ、頬を膨らませて悔しそうだが降参のようだ。

ふぅ、どうやら俺の思惑は成功だったたか。でも、こんなに早く諦めるのはあっさりし過ぎてる気がする。やっぱりこいつら本気で戦う気はなかったな。

とりあえず戦う直前に言ってた、気になる発言の意味を聞くとしようか。

「それで、力量を見て任せたいことってなんだ？」

「災厄領域の拡大を止めてもらおうかと思ってね」

「拡大を止める⁉　そんなことできるのか！」

「そもそも災厄領域の拡大は、イヴリス王国のある物に引き寄せられて起きてるんだよ。心当たりないかな？」

「……迷宮、かしら？」

「うん、それ。最近異変が多いのは君達も気が付いてるだろ？　災厄領域も今までにないぐらい荒れているんだ。その大本の原因は迷宮にある」

何だと……迷宮が異変の根本だっていうのか？　マリグナントが関わる前の異変、イヴリス王国での魔物の大量発生などはそれが原因だった？　一体迷宮って何なんだよ。

そんな俺の疑問に答えるように、ヴァニアは説明を続けていく。

「まず災厄領域というのは、異界の力に侵食された場所なんだよ。この世界、僕達はセイバと呼んでいるんだけど、異界の力と混ざり合って不安定になり様々な災害が起きる。地面が突然隆起したり割けたり、全てを消し飛ばす大嵐が起きたりね」

「ん、災厄領域では本当に起きること。巻き込まれたら命はない」

リッサさんが肯定しているから真実のようだ。災厄領域ヤバ過ぎだろ……。まさか異界の力っていうのが、そこまで凄まじい物だとは思ってもいなかった。つまりこの世界、セイバはイルミンスールによって浸食されてるっていうのか？

「それでその侵食している異界の力は、完全に活性化した迷宮の跡地から漏れ出した物なんだ。君達は知っているかわからないけど、かつて僕達魔人を従えた魔王様がこの世界に降り立った迷宮さ」

「迷宮から魔王⁉」

「うん、迷宮自体は消滅したけど、その結果この世界に魔王様が呼ばれた。迷宮の跡地から漏れ出る力はまるで意思を持っているように、この地から力を吸い上げてゆっくりと広がったそうだよ。それが災厄領域なのさ」

「魔王って五百年前ぐらいに、テストゥード様が倒した魔人の長かしら？」

「あっ、それは知ってるのか。確かにあの守護神に魔王様はやられたんだ。名前はニズヘッグ様って言うんだけどさ」

「ニズヘッグだと⁉」

「大倉殿、知っているのでありますか？」

「ああ、ニズヘッグはGCのレイドボスの一体だ。種族はデーモンロードだったかな」

ニズヘッグ……やはりテストゥード様と戦った相手は同格の存在だったのか。GCのレイドボス、魔皇ニズヘッグのことだ。ニズヘッグはイベント、魔人の侵攻で出てくるレイドボスだ。

それならテストゥード様と戦えたのも納得できる。あいつまでこの世界に来て魔王扱いされていたとは……。

俺が知っていたことにヴァニアは驚きの声を上げた。

「えっ、ニズヘッグ様を知ってるのかい？　GCというのは聞き覚えがないけど……」

「詳しくは言えないが知っている。確かにあいつならテストゥード様とやりあっても不思議じゃないな。マリグナントをさらに凶悪にしてデカくした感じだだし」

「姿まで知っているのか……。強さといい豊富な異界の装備といい、君達一体何者なんだ？　そもそもそちらのお嬢さん方も、魔物使い以外異界の力を強く宿しているみたいだけど……まさか魔王様と同じ異界の存在なのか？」

こいつはどこまでも勘がいい奴だな。ノール達の正体すら掴みかけてやがる。色々と教えてもらったけど、それを教えてやる義理もない。

ヴァニアもそれを察してか、深く問い詰めてはこなかった。俺達の正体はそこまで重要じゃないらしい。

「どちらにせよ、今の話を聞いてどうかな？　災厄領域の拡大を止めてもらえる？　このままイヴリス王国の迷宮が活性化したら、間違いなく魔王様以上の存在がセイバにやってくるよ。そして人類……いや、僕達も含めて滅ぼされるかもしれない」

ニズヘッグ以上の存在……他にもＧＣのレイドボスは沢山いるが、さっきの説明を聞くとそれ以上の存在が来そうな感じだ。

そんなのがこの世界にやってくるっていうのは、確かに俺達にも都合が悪い。俺としてもこの世界で長く過ごして、それなりに思い入れもある。色々な人達とも交流してきたし、守れるなら守りたい。見捨てるなんてできないな。

だけどこいつの話を聞いていると、どうも引っかかる部分がある。

「魔人達は異界の力を求めていたんだろ？　自分達で迷宮にいけばその力が手に入るかもしれないのに、俺達に任せるのか？」

「僕達は穏健派なんだ。正直これ以上異界の力が流入して、セイバをめちゃくちゃにされたくない。災厄領域にも一応安定した場所があってね。生き残りはそういう場所でひっそり暮らしている。昔はニズヘッグ様がセイバを支配しようと、片っ端から迷宮を攻略して仲間や武器を集めてたけどねぇ」

「迷宮を攻略して仲間が増えるのでありますか？」

「ああ、迷宮の最深部まで行けば、ニズヘッグ様が異界の力を使って魔人を生み出せたんだ。僕も生み出してもらった内の一人さ」

なるほどなぁ。ある意味この世界からしたら、魔人達は異物のような存在なのかもしれない。ニズヘッグにそんな力があったのは驚きだ。

ヴァニアの話を頭の中で整理していると、ノールがある疑問を奴にぶつけた。

「でも、二百年前に人と魔人で大規模な戦争があったのでありますよね？　その魔王がいなくなったのに、どうしてなのでありますか？」

「それはニズヘッグ様の思想を強く受け継いだ過激派と、イヴリス王国の策略のせいさ。あの国は密かに異界の力を手に入れようと、昔から暗躍していたからね」

「イヴリス王国が暗躍って……そんな話は聞いたことないぞ」

「当時の情勢を知る者は殆どいないからね。あの国ってエルフとかの他種族の話や記録って全然残ってないでしょ？　あれは意図的に消されてるんだよ。完全に消しきれなかったから、全部まとめて魔人として一括りにしてるけど。昔の話を聞かれると都合が悪いのさ」

「うんうん、あいつら悪だよー」

「あくどいよー」

今度はイヴリス王国の暗躍説まで出てきやがったぞ。やべぇ、あまりにも話が飛躍し過ぎて、信じていいのかわからなくなってきた。魔人との戦いの話だけじゃなくて、亜人をこの国で見かけない理由のおまけ付きだ。

確かに魔人が異界の力を狙っていたのなら、同じくその力を狙っていたイヴリス王国としては邪魔な存在だろう。だからって戦争するように仕向けて殲滅《せんめつ》までするのか？　いくら何でも信じられない。

「最終的に人類と戦争になったきっかけは、イヴリス王国に出現したハジノ迷宮が原因だけどね」

「えっ、あの迷宮ってそんなに凄いのか？」

「今まで見てきた中でも、あの迷宮はとてつもない力が眠っているよ。だから過激派が先走って、それを上手く利用されて戦争に発展したんだ。結果は知っての通りアーウルムの滅亡さ。元々イヴリス王国とアーウルムは、異界の力を巡って対立関係にあったんだよ。昔はもっと迷宮の出現頻度も高くて、攻略も簡単な物が多かったからね」

ハジノ迷宮がそこまで重要な場所だったとは……。けど、その割には普通に一般開放されていて、Cランク以上の冒険者なら入れるっていうのは違和感を覚えるな。当時と色々と違うのもあるが、まだ他に理由がありそうだ。

「ただ、どうもハジノ迷宮はおかしいんだよね。昔僕達であそこに入ったんだけど、妙な違和感があってさ。あの迷宮は本体じゃないかもしれない」

「本体じゃない？　どういう意味なんだ」

「あれは迷宮の一部で、もしかするとどこかにあの迷宮の本体があるかもってことさ。それをイヴリス王国は隠してる可能性がある。多分王国騎士団を見てもらえれば僕の話も信じてもらえるはずだ。君達と似たような力持ちが何人かいるんだよねー」

王国騎士団に俺達のような奴らがいるだと⁉　そんな話も初耳なのだが……けど、何度か騎士団並の強さとか言われた覚えはあるな。まさか王国騎士団にもGCの存在がいたりしないよな？　もしいるとすればこいつらの話も真実だと思える。敵は魔人ばかりだと思っていたが、まさかのイヴリス王国の中枢、それも王様などが異変に関与している疑惑が出てきたぞ。

「そんな訳だから、君達で解決できない？　君達もこの世界がめちゃくちゃになるのは都合悪いでしょ？」

「それはそうなんだが……どうするよ？」

「どうすると言われても、色々と急過ぎて困っちゃうでありますよ」

「嘘ではなさそうだけれど、いきなり話が大きくなり過ぎね」

「そもそも偶然を装った感じですけど、そんな頼みごとがあるってことは私達が来るの待ってましたよね？」

「あっ、バレちゃった？　君達がマリグナント倒したの実は見てたんだよねー。それを見てたからこそ、君達ならできると考えたんだ。マリグナントの奴はテストゥードの力を使って自分がセイバの支配者になろうとしてたみたいだけど、どうせ失敗しただろうね」

……つまりヴァニアは俺達がアーウルムに来るのを待ってたのか。そりゃ最初から戦うつもりもない訳だよ。スキルとかを全然使ってこなかったのも、俺達が本気で反撃してこないようにしてたんだろうし。とんだ食わせ者だな。

「まあ、やるにしろやらないにしろ後は君達次第だ。なんて、僕達もなるようになるしかないんだけどさ」

「そだねー。でも、アーウルムには思い出もあるから、残ってほしいなー」

「自分達でどうにかできればいいけど、私達にそんな力ないしー」

さっきまで陽気な感じだったが、今は三人共哀愁漂う雰囲気を纏《まと》っている。まるで自分達の無力さを嘆いているかのようだ。

「それじゃあ用はこれだけだから、僕達はこれで失礼するよ」

「逃がすと思う？　事情はあっても魔人は魔人。一緒に来てもらう」

「あっ、やっぱりそうなる？　けど、はいそうですかって訳にもいかなくてねー」

話を黙って聞いていたリッサさんが、クルムに指示を出して戦闘態勢に移っている。そんな彼女達を見てヴァニアは手をヒラヒラとさせると、奴らの足元に魔法陣が展開された。

それと同時に俺が拘束していたインノの姿も消え、ヴァニアの傍らに移動している。えっ⁉　一体どうやって……まさかスキルを使ったのか？

「ばいばーい！」

「さよーならー！」

「それじゃあ、できれば頑張ってね」

俺達が止める間もなく、インテとインノは大きく手を振りながら三人の姿は消えた。フリージアもそれに応えるように、笑顔で手を振っている。おいこら！　一応敵なのに手を振ってるんじゃあない！

「……逃げられたか」

「最初からそのつもりだったみたい。あの双子も本気じゃなかったようね。本気だったらかなり苦戦したと思うわ」

「私が撃ち抜いた時も少しズラされてたよ。あの子自分からワザと落ちたのかも」

「スキルや固有能力も全然使ってなかったようでありますしね。魔人、厄介な相手なのでありますよ」

「けど、そんな邪悪な相手ではなかったですね。あの吸血鬼さんもやる気だったら相当な手練《てだ》れだったと思います」

「うむ、逃げに徹していたが私とシスハの連携から逃げ切った。気配を消すのも上手い。仕留めるのは難しかった」

やはりノール達もあいつらが本気じゃないと感じ取っていたみたいだな。インノはスキルを使っていつでも逃げられたのに、捕まったままだったのが本気じゃなかった証拠だ。

もしあの三人と本気で戦いになっていたら、俺達もかなり危なかった。負けないにしても、死闘は間違いなかったと思う。正直逃げてくれてホッとしてしまった。

けど、リッサさんはあいつらを逃がしたのをどう思うか……これでAランク昇格取り消しになったりしたらどうしましょ。恐る恐るリッサさんを見ると、彼女は奴らが消えた場所を黙って眺めている。表情から察するに怒ってはいなそうだが……逃がしたことは謝っておこう。

「リッサさん、逃がしてしまってすみません」

「ん、構わない。本気で抵抗されたら被害が出てた。それに、多分あの魔人達は騒ぎを起こす気はない」

「あら、つまり見逃すってことでいいの？　捕まえる素振りをしたのは逃がすためだったのね」

「あの魔人達は本当に悲しんでた。ああいう相手を追い詰める気はしない。言ってた話も気になる」

……確かに、逃げる直前の雰囲気に演じている様子は全くなかった。俺としてもあいつらがこれから騒ぎを起こすとは思えない。

リッサさんはそういうのもわかるんだなぁ。一緒に来てくれたのが彼女で本当によかった。

「リッサさん、魔人と私達の話は秘密にしてもらってもいいですか？」

「色々と聞きたいことはある。けど、聞かない。他言もしない。危険な臭いがする。厄介ごとに口は挟まない」

「……ありがとうございます。そしてすみません、厄介ごとに巻き込んでしまって」

「ん、平気。もし何かあれば頼ってほしい。力にはなる」

こうして俺達はアーウルムの調査を終え、王都へ帰還することにした。異界の力、イルミンスールとセイバ、魔人と暗躍していたイヴリス王国、そして迷宮の謎。

今回の調査だけでかなり沢山の情報が集まったけど……一体俺達はこれからどうしたらいいのだろうか。

帰りはビーコンを使いすぐさま王都へと戻り、俺達は今回の魔人と遭遇し逃がしてしまったことを協会へ報告した。事前にリッサさんと話し合いをして、魔人と話したことは一切言わないことで合意済みだ。

詳しい話は監視役だったリッサさんが報告することになり、俺達のAランク昇格依頼は終了。合否についてはは後日とのことだが……帰宅すると同時に、スマホにある通知が表示された。

【祝、最高ランク到達！　魔石五百個、プレミアムチケット三枚プレゼント！　さらに天井ガチャ開催！　ありったけの石を使ってURを引き当てよう！】

2章　迷宮の謎

　帰宅したと同時にきた天井ガチャを見て、俺は歓喜の雄叫びを上げていた。

「ふはははは！　きた、ついにきたぞ！　まるで俺達のＡランク昇格を祝うかのようなガチャじゃあないか！」

「まだ昇格できると決まった訳じゃないでありますけどね。今日は色々とあったというのに、大倉殿は元気でありますなぁ……」

「通知がきてからずっとこんな感じだもの。そんなにいいガチャだったのかしら？」

「ああ！　聞いて驚くなよ！　天井ガチャさ！」

「その天井ガチャって何なんですか？　反応からして悪いガチャではないようですけど」

「ふふふ、天井ガチャっていうのはな、文字通り天井のあるガチャだ！　決められた回数ガチャることで確定でＵＲが排出されるのさ！」

「確定でＵＲ!?　凄《すご》い、凄いガチャなんだよ！」

　フリージアがぴょんぴょんと飛び跳ね、体でその凄さを表現している。が、一方ルーナは俺の説明を聞いて腕を組み小難しい表情で口を開いた。

「良心的に聞こえる。だが、それは本当にいいガチャか？　何か裏がある気がする」

「おいおい、ＵＲが確定で手に入るんだぞ？　今回のは百十回、つまり十一連十回。それだけでＵＲ

が無料で手に入っちまうんだ！」

「またおかしなことを言い出したのでありますよ……。でもでも、十一連十回でＵＲ確定なら悪くないでありますね」

「魔石がたった五百個でＵＲ確定なんて、安さが爆発してますよ」

「そうだろうそうだろう！　今の手持ちの魔石は約千七百個、つまり三回分はＵＲ確定で引けるんだ！　確実に三つＵＲが手に入るのはでかいぞ！　上手《うま》くいけばカロンちゃんだって……それじゃあさっそくガチャを――」

と言いかけたところで、スッとエステルが手を上げて静止してきた。

「待って、五百個でＵＲ確定って本当にお得なの？　確かにＵＲが確実に手に入るのは魅力的だけれど、五百個で確定って十分魔石の消費量が多いと思うわ」

「ふむ、ちょっと回せば届きそうな数だ。ＵＲ確定で誘って、天井とやらまでやらせる魂胆か」

「……確かに言われてみると、五百個ってかなり多いであります。感覚がすっかり麻痺していたのであります。考えなしに全部魔石を使わない方がいいかもしれないでありますね」

どうやらエステル達はガチャを回すのに消極的みたいだ。当然天井ガチャなんだから、今の手持ちの魔石を全ツッパするつもりでいた。だが、それも考えがあってのこと。

「くくっ、安心するといい。完璧でパーフェクトな計画を用意してある。この俺が何も考えずにガチャを回す訳ないだろう」

「うふふ、大倉さんは冗談がお上手ですね」

「……どうせロクな考えじゃないと思うでありますが、一応聞いてみるのであります。その計画って何でありますか？」

「URが確定で三つも手に入るんだぞ？　さらに報酬で賜ったプレミアムチケットが三枚もある。これだけ引けば間違いなく一個ぐらい召喚石が引けるはず。そうすれば魔石狩り効率はさらに上がるし、消費した分ぐらいすぐに回収が可能だ！」

「最初から召喚石を引く前提な時点で、破綻している気がするのでありますが……」

「コスト問題だってあるから、あまり楽観視するのはよくないわ。いくらURが確定とはいえ、次のガチャに備えて多少は残すべきよ。それに予め対象のわかるボックスガチャの方がよくないかしら」

……言われてみればそうかもしれない。もしこれでユニットを引けたとしても、コストが足りないから召喚はすぐにできない。それでさらにイベントガチャが来ちゃったら、間違いなく魔石が足りなくなる。

「そ、そうだな。さすがに魔石全ツッパするのはやばいか。天井って甘い誘惑の虜《とりこ》になっていたみたいだ。そもそも天井でURってだけでピックアップすらないしなぁ……」

「ですがUR確定となると回したくなっちゃいますよねぇ。今回は魔石千個、二百二十連分ガチャを回すってところでどうでしょうか？」

うん、その辺りが妥当か。現在の魔石は千七百五十二個、七百五十二個貯蓄があればある程度取り返しもつくしな。全員それで納得したところで、今回のガチャの分配を決めた。

「それじゃあ今回は各三回ずつで、最後の奴は二回の代わりにプレミアムチケット三枚引く権利でいいだろう」

俺達は六人と一匹だから、全員三回ずつは回せないからな。今回はプレミアムチケットもあるから、一人十一連一回少ない分それで補えばいい。その代わりにUR確定とプレミアムチケットだから、十一連一回よりもURの期待値は高いかもしれない。当然俺は最後狙いだ！

「それじゃあ最初はシスハから回していいぞ」

「おほほほほ、お構いなく。私は最後でいいですよ」

「ははは、遠慮するなよ。俺が最後に回すから一番槍は譲ってやるぞ」

「二人共確定URを狙っているの全く隠していないでありますよ……」

「醜い争いだ」

「はーい！　私が最初にガチャしたいんだよ！」

『どうぞどうぞ！』

「争っていたのにそこは考えが合致しているのね……。確定分は二人に譲りましょうか」

シスハと二人でフリージアにスマホを差し出すと、エステル達は呆れたような目でこっちを見てきた。それから話し合いをし、一番目はフリージアに決まり、俺とシスハは四番目と最後のどちらかということに。

まずは一番槍であるフリージアの番だ。

「えへへ、またいっちばーん！　URを出したいんだよー」

「はは、そう簡単にURが出たら苦労しないって」

「だからこその天井ガチャですからねー。もしこれでURが出るようでしたら、丸一日フリージアさんの外出に付き合ってもいいぐらいですよ」

「本当！　絶対にURを出すんだよ！」

ははは、意気込むのはいいけどURってもんはそれだけで出るもんじゃないからなぁ。幸運勢の予感があるフリージアだって、この天井ガチャで普通に引くのは難しいだろう。

そう思いながら俺が見守る中、彼女は二回ガチャをタップした。

【Rおやつ、R忍刀、SR爆裂券、R閃光玉、SR千里眼、SR命の宝玉、SRエクスカリバール、SRビーコン、Rポーション×十、SR祝福の首飾り、Rチャクラム】

【SR鍋の蓋、SRカドゥケウスの紋章、Rクロムシューズ、Rぬいぐるみ、SSRディフェンスブレスレット、SRゴージャスアーマー、SRエアーロープ、Rアイスリング、Rトランシーバー、Rナイフ、R掃除機】

そして最後の一回、フリージアも緊張からかゴクリと息を呑んでタップした。画面に宝箱が映し出される。そして宝箱は、銀、金、白……虹。はい？

「やった！　UR出たよ！　シスハちゃん一緒に遊ぼうね！」

「あばばば……そ、そんなこと言いましたっけ？　記憶にございません」

「マジで出しやがるとは……シスハ、自分の発言には責任を取るべきだと思うんだ」

「それ大倉さんが言いますか⁉　うぐぐ、わかりました……神官に二言はありませんよ」

シスハは観念したように肩を落として真っ白くなっている。あーあ、軽口叩いて余計なこと言うからそうなるんだ。フリージアの運を甘く見すぎたな……俺もまさか出るとは思っていなかったけどさ。

【SR鍋の蓋、Rおやつ、SR守護の指輪、URニーベルングの指輪『神々の黄昏』、R煙玉、SR命の宝玉、R万能薬、Rトランシーバー、Rショルダーパッド、SRマジックブレード、R催涙玉】

「おお、前にピックアップされていた指輪なのでありますよ！　これで全部揃ったのでありますかね？」

「うーん、どうだろうな。これでセット効果も変わるだろうし、それを見て判断するしかないな」

ユニットが出てきてくれたらありがたかったけど、そう上手《うま》くはいかないか。だけど気になっていたニーベルングの指輪シリーズのＵＲが出てきた。これで全部揃ったのかわからないけど、さらに能力は上がるだろうから期待できる。

幸先いいスタートを切り、次はルーナの番だ。

「フリージアの後だと出る気がしない。血を吸って運を貰う……むっ、そういえばエルフの血は吸ったことがない。どんな味がするのだろうか」

「ひぃ⁉　そ、そんな目で見ないでほしいんだよ！」

「冗談だ」

ジトーっと薄ら笑いを浮かべるルーナの視線を受け、フリージアはぶるぶると震えている。全く冗談には思えないんですが……フリージアの運にあやかりたい気持ちはわかるが。

そんなこんなでルーナがガチャを回した結果がこれだ。

【R食料、SR爆裂券、SRエクスカリバール、Rマジックダイナマイト、Rポーション×十、SR

警報機、SR高級菓子、Rロングソード、R消臭剤、SRスタビライザー、SRゴージャスアーマー】

【Rぬいぐるみ、SRニケの靴、SSRアダマントガントレット、SRビーコン、R煙玉、SR希少鉱石、SSR液晶モニター、Rスリングショット、Rサンダーリング、SRゴールドシューズ、R鉄槍】

【SR鍋の蓋、R閃光玉、SR守護の指輪、SR祝福の首飾り、R粘着玉、Rおやつ、Rククリ、Rマジックペーパー、Rボーンリング、Rハードカバー、Rキャンプセット】

やはりそう簡単にURが出る訳がない。けどSSRが出てくれたおかげか、ルーナは機嫌が悪くなることもなくエステルにスマホを手渡した。

続くエステルも自信がなさそうに、遠慮気味にガチャを回す。

【R薄い本、SR守護の指輪、SSR消音カメラアプリ、SR爆釣竿、SR高級料理、SRマジックブレード、R煙玉、R望遠鏡、SR修羅の拳、Rアイスリング、Rカトラス】

【Rぬいぐるみ、SRエクスカリバール、R万能薬、SR希少鉱石、SRマジックキャンセラー、R閃光玉、SRコロナリング、R鉄の靴、SRショルダーバッグ、Rメタルウィップ、R籠手《こて》】

【SR鍋の蓋、R食料、Rアニマルビデオ、Rスパタ、SR慈愛の宝玉、R万能薬、Rクロー、SRゴージャスアーマー、SRプロミネンスフィンガー、SRエクリプスソード、Rハードカバー】

「うーん、ピックアップがないといい物出ないわね。SSRが出ただけマシかしら」

「まあ三回ずつだとこうなることもあるよな」

「仕方がないわね。それじゃあ次は……」

残念そうにしながらエステルはスマホを次の奴に手渡そうとしたが……俺とシスハどっちが回すのかまだ決めていない。次は十一連ガチャ四回目、UR確定の百十一連目が含まれた貴重な順番だ。そして俺もシスハも狙うは最後のUR確定とプレミアムチケット。

ギラギラと目が血走るシスハとにらみ合いながら、ジャンケン三回勝負でどちらが回すか決めた結果……勝った。

「ウェーイ！　俺の勝ち！　へへっ、悪いな！」

「ぐぬぬ、無念です……」

「UR確定だけでも十分なのに、二人とも目が血走っているのでありますよ……」

「業が深いわね。プレミアムチケットもSSR確定だから気持ちはわかるけれど」

という訳で四回目はシスハに決定。まずはUR確定の十回目の十一連ガチャからだ。

【URサイコホーン、SR鍋の蓋、R食料、SR高級酒、SR厚い本、R万能薬、SRビーコン、Rマジックダイナマイト、SRマジックブレード、Rトランシーバー、SR賢者の石】

URが出たおかげか、ホクホク顔でシスハはさらにガチャをタップしていく。

【Rぬいぐるみ、SR守護の指輪、SR慈愛の指輪、SRニケの靴、Rランプ、SRエクスカリバール、Rポーション×十、SRゴージャスアーマー、Rティアラ、Rキャンプセット、SRハイポーションン×十】

【R閃光玉、SR爆裂券、Rおやつ、SR幸福の指輪、Rマジックポーション×十、R粘着玉、SR

高級菓子、R眠り薬、SR癒しの宝玉、Rキャンドル、SRクルクスイヤリング】

「うぐっ、確定分のUR以外酷いんですけど……」

「まあ確率アップもピックアップもないからなぁ。これでよくフリージアはUR出せたな……」

「えへへ、それほどでもあるんだよー」

「フリージアは欲もなく純粋でありますからねぇー」

いいのが確定分のURしか出てないな……普通にやらせてたら爆死だったぞ。URが出ているから何とも言えない表情をしながらも、シスハは次のノールとモフットにスマホを手渡した。

モフットは夜遅いからかプゥプゥと寝言のような鳴き声を出しながら、ノールと共にガチャをタップしていく。一気に二人分の六回だ。

【SR鍋の蓋、R食料、R銅のレギンス、SR爆裂券、SSR偵察カメラ、SR厚い本、SSRマジックブースター、SRウエストポーチ、SR高級料理、SRフランシスカ、SRゴージャスアーマー】

【R閃光玉、Rぬいぐるみ、SRエクスカリバール、SRトゲ付き肩パット、SR腕カバー、SRビーコン、Rボーンナイフ、SRマジックシールド、SR魔導砲、R栄養剤、R弁当箱】

【SSRミラーシールド、R手裏剣、SRビーコン、SRカドゥケウスの紋章、Rマジックポーションx十、Rスリング、Rウィンドロッド、SR高級菓子、SRハイポーションx十、SRウォーハンマー、R革のベルト】

【SR鍋の蓋、SR守護の指輪、R食料、SSR矢避けの首飾り、SR調味料セット、Rお守り、S

【SRエクスカリバール、SSR朧《おぼろ》の指輪、SR命の宝玉、SRビーコン、Rイヤープラグ、Rトランシーバー、SRゴージャスアーマー、Rキャンプセット、SR芭蕉扇《ばしょうせん》、Rカトラス、Rサンダル】

【Rぬいぐるみ、SR幸福の指輪、SR薄い本、R短刀、SR高級酒、SRマジックブレード、SSR合成箱、SRハイポーションX十、R葉巻、Rガスマスク、Rランプ】

「むむっ、URは出なかったでありますけど、そこそこの結果でありますか」

「URの壁はやっぱり高いのね。でも安定してSSRを引けるのは流石《さすが》だわ」

「合わせて六つも引いている。同じガチャを引いてるとは思えない結果だ」

URは出なくてもノール達は平均的にレア度が高いな……当たり前のようにSSRを出しやがる。

本当にルーナが言うように、全く別物のガチャを回しているように思えるぞ。

期待度の高いノール達のガチャも終わり、いよいよ本命中の本命である俺の番という訳だ。

「へへっ、プレミアムチケットと合わせて四つぐらいはURを引くぞ！」

「そう簡単に引ければいいのでありますが……」

「引けるさ！　俺にはカロンちゃんから貰ったこのお守りだってあるからな！」

「あら、ずっと気になっていたけれど、妙に感じていた力はそれだったのね。それって……爪？」

「ああ！　これさえあればカロンちゃんが来てくれるはずだ！」

「自信満々だったのはそれのおかげだったんですか。だけど確かに、龍神様の爪となればご利益がありそうです。ガチャの為にくれた訳ではなさそうですけどね……」

カロンちゃんから託された爪は、お守りとして紐を付けて首飾りにしてある。絶対に活かしてみせるぞ！

まずは普通の十一連。

【Rおやつ、SRニケの靴、SR鍋の蓋、SRエクスカリバール、R万能薬、R寝袋、SRビーコン、SR方天戟《ほうてんげき》、SR守護の指輪、SR厚い本、Rぬいぐるみ】

……ま、まあまあ、まずは慣らしみたいなもんさ。次の確定URが本命だ！

【R閃光玉、SR幸福の指輪、URグリモワール『グラ』、R万能薬、SRペット小屋、Rマジックポーション×十、SR脱出装置、UR血染めの黒衣、SSRパワーブレスレット、SRハイポーションx十、SRプロミネンスフィンガー】

「んほぉぉぉぉ！　UR二枚抜きじゃねーか！」

「むっ、私の装備だ」

「おめでとうございますルーナさん！」

「URのグリモワールも出たわね。どんな能力なのか楽しみだわ」

幸先めちゃくちゃいいじゃないか！　ははっ、やはり俺は持ってるんだよなぁ！　ユニットじゃなかったのは残念だが、グリモワールにルーナの装備まで出たのはありがたい。これでさらにエステルさんが強化されると思うと、頼もしいけど恐ろしいな。

さて、残るはプレミアムチケット三枚、覚悟の準備はできてるぜ！

【SSR緊急召喚石】【SSRヘイトアブソーバ】

ぐぬぬ、二枚ともSSR……まだだ、まだ最後の一枚がある！　この一枚に俺の総てを懸けるぞ！

「うおおおぉぉぉぉぉ！」

雄叫びと共にガチャをタップした。画面に宝箱が映し出される。そして宝箱は、銀、金、白……虹。

「おお、URがきたんだよ！」

「ふむ、平八にしては珍しい。全て外すと思った」

「よし、よしよし！　このURに全てを託すぞ！」

【UR立体地図アプリ】

あっ。

「見事に召喚石は外したでありますね……」

「召喚石はなかなか当たらないのかもね。けど、出てきた装備は使えそうだわ。グリモワールも出てくれたもの」

「まあ全体的に悪くない結果ですし、程ほどで妥協しておくのがいいかもしれません。ね、大倉さん？」

ニコニコとシスハが笑顔を向けてきた。……これで終わり、だと？

「まだだ、まだ終わらない、終わらせない！　もう少しやれば出るかもしれないぞ！」

「絶対にこれ以上は回させないのであります！　一回でもやれば、せっかくだし天井まで……とか言い出すに違いないのでありますよ！　皆、大倉殿を取り押さえるのであります！」

「くっ、このぉぉぉぉ⁉　放せ、はなすんだよぉぉぉぉぉ！」

その後、結局ノール達との攻防の末取り押さえられ、ガチャを引くのを諦めさせられた。

くっ、せっかくのUR確定だというのに……まあ、これ以上深追いしたらダメージが大きそうだし、この辺りで撤退するのが賢いか。俺はちゃんと引き際を弁《わきま》えているからな。

「はぁ……それじゃあ確認といくか」

「はぁ、ようやく諦めてくれたでありますか……。止める身にもなってほしいのでありますよ」

「今回はSSRもURもなかなかの収穫だったわね。新しいグリモワールが楽しみだわ」

「ニーベリングの指輪のURもあるのでありますよ。次はどんな効果になるのでありますかねぇ」

「私の黒衣も強化だ。あの能力が戻れば……」

ユニットは出なかったけど、今回は目ぼしい装備やアイテムは結構出ていた。グリモワールやニーベリングのURは俺も気になってたし、どんな能力なのか楽しみだぞ。

まずはSRから見ていくとしよう。

【高級料理（残り十回）】

ランダムで一食分の料理を出すことができる。出る品々は至高の味わい。

【高級菓子（残り十回）】

ランダムで一回分のお菓子を出すことができる。出る品々は究極の味わい。

「大倉殿ぉぉ！　大倉殿ぉぉぉぉ！　これ、これを！」

「はいはい、そう興奮するなって。菓子の方は食後な」

「了解であります！　SRの料理なんて一体何が出てくるのでありましょうか……じゅるり」

「本当にノールは食いしん坊ね」

ノールがぶんぶんと両腕を振って興奮している。Rの食料でさえ美味《うま》いのに、SRの高級料理だと一体何が出てくるのだろうか。きっと今まで見たこともない豪華絢爛な料理に違いない。

そう期待して高級料理を選択してみると、出てきたのはジュージュと音を立てるステーキだった。

既に一口サイズずつに切られている。大きさは普通……いや、ちょっと小さ目かも。えっ、これだけなの？　見た目は美味そうではあるが……。

「高級っていうからもっと凄いのかと思ったら、案外普通のステーキだな」

「ノールちゃん！　早く食べてみて！」

「むふふ、悪いでありますねぇ。それじゃあいただくのでありますよ！」

ノールが意気揚々とフォークを手に取り、一切れの肉を頬張る。モゴモゴと咀嚼しいつものように美味いと騒ぎ出すかと思いきや、ノールの頬に一筋の涙が流れた。

「ノールちゃんどうしたの⁉」

「泣いている。何が起きた」

困惑する俺達を前に、ゴクリと肉を飲み込んだノールは泣きながら叫びだした。

「しゅ、しゅごしゅぎりゅ……。こ、こんにゃのおいししゅぎりゅよぉぉ！」

「そんなに美味いのか？　ちょっとオーバー過ぎじゃ……」

「ここまで美味《おい》しそうにされると気になるわね」

「あまりの美味しさに口調が消えていますよ……」

あのノールが一口一口噛み締めるように泣きながら食べてやがる。まさか高級って素材がめちゃくちゃ凄いやつなのか？　一体これは何の肉なんだ……俺達も後で食べてみるとしよう。

ここからはＳＳＲだ。

【偵察カメラ】

スマートフォンと連動して操作できる飛行式の小型カメラ。破壊されても一定時間で再補充される。他のアプリとも連動が可能。罠の解除なども可能。悪用、駄目、絶対。

具現化してみると、窪みのある台座に黒くて丸い物体がはまった物が出てきた。この指先程度の丸い物体がカメラなのか？

同時にスマホにも通知が届き**【偵察カメラと連動しますか？】**と表示されたのでＹｅｓを選択。すると窪みにはまっていた黒い物体が浮かびだして、スマホの画面が切り替わり俺達が映っている。

スティックタイプの操作ボタンと上下のボタンも表示されていて、それを使って自由にカメラを動かせるようだ。

「おぉー、こりゃ便利だぞ。これなら安全な場所から相手を確認できて先手が取れる」

「魔人との戦いの時にあったら便利だったかもしれないわね」

「ですが悪用ってところがちょっと気になりますねぇ。大倉さん、何がとは言いませんけどしちゃいけませんからね」

「やらねーよ！」

誠実が形となったようなこの平八が悪用などするものか！　……うん、絶対にするつもりはないぞ。それよりも、これをスマホで操作するのは地味に難しいな。画面が小さくて細かい操作は相当慣れないと無理だ。

せめてタブレットサイズだったら操作も簡単なんだが……別途でコントローラーが欲しい。センチターブラみたいに壊されても補充されるみたいだし練習しておこう。

【消音カメラアプリ】

音の出ないカメラアプリ。極秘撮影に最適⁉　悪用、駄目、絶対！

「監視カメラの次は消音カメラですか……。大倉さんの煩悩がガチャに届いたんでしょうか？」

「どうして俺が悪用する前提なんだ！　そんなことしないぞ！」

「そうよ。そんなことしなくたって、撮りたいなら私が撮らせてあげちゃうんだから、ね？」

「ノ、ノーコメントでお願いします」

エステルがスカートをチラッとめくってアピールしてくる。お、俺はスカートの下に興味なんてこれっぽっちもないぞ！　本当にないんだからな！

【至高の寝台】

天上の寝心地を味わえるベッド。疲労回復精神安定、入ってすぐに眠れる安眠機能付。

説明文を見た途端、ルーナが近寄ってきて俺の服の裾を引っ張りながら、目をキラキラと輝かせて訴えかけてきた。

「平八！」

「はいはい、これはルーナの物な」

「ありがとう！」

「こんなに活き活きとしたルーナを見られるのは珍しいわね」

「うふふ、とても可愛らしいですねぇ。嬉しそうなお姿を見ると私も嬉しいです」

「よかったねルーナちゃん！　たまにでいいから私も一緒に寝かせてほしいんだよ！」

至高の寝台を貰えたルーナはとてもいい笑顔をしている。寝ることに関しては本当に妥協しないな。こんなに生気に溢れた顔を見るのは久しぶりだぞ。

ＳＳＲだけあって効果が凄そうだ。疲れた時は俺も使わせてほしい。後でルーナの部屋に設置してやらないとな。

【朧の指輪】

装備者を認識しづらくし気配と足音を消す。効果の発動は任意で制御可能。

くすんだ黄色の宝石が付いた指輪だ。指輪でこの能力はかなり使えるぞ。

「これはなかなか有用そうだな。不意打ちするのにもってこいじゃないか！」

「またそういう発想を……でも、インビジブルマントと合わせて使ったら絶対見つからなくなりそうでありますね」

「これを使えばルーナちゃんに悪戯できそう！」

「……狩るぞ？」

「ご、ごめんなさい……」

牙をむき出しにしたルーナに睨まれてフリージアは素直に頭を下げた。インビジブルマントだけならルーナも気がつくだろうけど、この指輪まで使われたらさすがに察知できそうにないな。

狙撃が得意なフリージアに持たせたいが、普段は悪戯とかに使いそうだから渡すのはやめておこう。


【ヘイトアブソーバ】

装備者に対する敵意を大幅に増加させる。

防御力＋４００

出てきたのは中指を立てた手が描かれたシールだ。もう見た目だけで喧嘩売ってるんだが……。

「盾役のための装備か。これで魔物のヘイト管理はしやすくなりそうだが……俺だけ狙われるのはちょっと怖いな」

「何情けないこと仰ってるんですか。盾役をするならビシッとしてください。回復魔法はちゃんといたしますからね」

「あー、頼む。シスハの回復なしに盾役とか無理だ」

俺が安心して盾役をできるのもシスハの回復あってのもの。いつも対抗心剥《む》き出しで色々と言い合う仲ではあるが、お世話になっているから頭が上がらないな。

まあ、お互い本心から言い合ってる訳じゃなくておふざけみたいなもんだけどさ。

さて、ここからはお楽しみのＵＲタイムだ！

【立体地図アプリ】

ありとあらゆる場所が立体状に表示される地図。人物などの対象の動きも一定範囲内ならリアルタイムで表示される。罠などを表示する機能付き。

試しに起動してみると今俺達がいる宿が表示された。今までの地図アプリだと上から見た平面に青い点が映っているだけだったが、このアプリだと立体状に建物内部が表示されている。各部屋の中まで再現されて、内部にいる人が今どこで何をしているか細かい動作までわかるぐらいだ。

さすがにどんな人なのかまではわからないけど、全身が青くなっていて敵意の有無は相変わらずわかる。操作すると三百六十度自由自在に動かせてズームも可能。建物だけじゃなく町全体の表示に切り替えもできて、ある程度ズームすると建物は勿論そこにいる人達が表示された。

縮小時まで人が表示されたら地図が青色で埋まりそうだからな。ちゃんと考慮はされているか。これはヤバいアプリだな。

「ついに地図アプリも立体の時代か。これでようやく高低差まで見られるようになるぞ」

「おお、凄いのでありますよ！　建物が一つ一つちゃんと映ってるのであります！」

「歩いてる人も一人一人動いてるよ！　見てるだけでも面白そうだね！」

「家から出ずに外の様子が見れる。楽そうだ」

「これはまた悪用できそうなアプリですねぇ。偵察カメラと組み合わせたらえげつなさそうです」

「これでさらに事前に相手の情報を手に入れられそうね。迷宮探索も楽になりそうだわ」

ここまで詳細に表示されるとなると戦略の幅も広がりそうだ。位置は前からだけど、それに加えて相手の動作がわかるなんて相当有利になる。偵察カメラと合わせるのもよさそうだな。

【サイコホーン】
攻撃回避【大】
命中補正【大】
行動速度＋50％

使用者の感覚を大幅に強化し、周囲の動きや思考を把握できる。

具現化されたのは黒い一本の角。うーん、まさかこれ頭に付けて使うのか？　能力的に考えると角というよりアンテナみたいだな。

「説明文の通りなんだろうけど、最後の説明が妙に胡散臭《うさんくさ》いアイテムだな。周囲の動きや思考って言われてもなぁ」

「とりあえず試してみたらどうですか？」

「そうだな。使えばどんな物かすぐわかるか」

シスハに促され、さっそく額にサイコホーンを付けてみた。直後、俺の頭に様々な情報が流れ込んでくる。

こ、この冴え渡るような感覚！　これがサイコホーンの力なのか！　むむむっ、強く流れ込んでくるこの思考は……ノールだ！

「ノール、今肉を食べたいと思っているな！」

「おお⁉　その通りであります！」

「フリージア、外に出て遊びたいと思っているな！」

「うん！　凄い、考えていることがわかるんだね！」

「……そんなの私達でもわかる」

「これ、本当にわかっているのですかね……」

「判断に困るわね。後日ちゃんと試しましょうか」

ノールとフリージアの雑念があまりにも強過ぎてよくわからなかった。実際ただ俺が思い込んでいるだけで、本当に思考が読めているかもよくわからない。

その能力抜きでも攻撃回避と命中補正は強いから、今度改めて実験してみよう。

【グリモワール『グラ』】

使用中は常にＭＰが消費される。

攻撃、支援魔法などを吸収しＭＰに変換できる。

ＭＰを50％多く消費することで、次の攻撃、支援魔法の効果を2倍にする。


橙色の本で表紙には三つの頭を持つ犬のような生物が描かれている。ケルベロスってやつか？　能力はデメリット付きだけどなかなかエゲつない。

受け取ったエステルは嬉しそうに微笑んでいる。

「ふふ、ようやくＵＲのグリモワールが手に入ったわ。ちょっと魔力の消費量が多くなりそうだけど、効果は十分強いわね」

「敵の魔法を吸収して魔力に変換できるのも強力ですね。問題は魔法を使う魔物があまりいないことでしょうか」

「それでもかなり強いけどな……ん？　何か表示が出てきたぞ」

スマホの画面に**【全てのグリモワールを消費して、【グリモワール『セプテム・ペッカータ』】に変換できます。各シリーズの強化率は反映されません】**と表示されている。

「これって……つまりグリモワールが全部揃ったってことだよな？　それを使って別のグリモワールにできるのか」

「ほほぉ、複数の物を消費して新たなアイテムになるなんて強そうじゃないですか」

「グリモワールって全部で何冊あったのでありますか？」

「今回出たグラで七冊目よ。ＳＳＲ六個にＵＲ一個を消費するんだから凄く強くなりそうね。けど、一つにしちゃうと他に魔法を使える子が来た時にちょっと困りそうだわ。お兄さん、どうする？」

うーん、確かに複数人で魔法が使えるなら、各自に得意な属性のグリモワールを渡すのもありか。今でもルーナが闇魔法を使えるからルクスリアを持たせられる。

だけど槍で戦う方が強いし魔法を使うメリットがあんまりないな。無理にグリモワールを使わせても仕方がない。

ガチャで他のユニットを召喚できたとしても、七つ分も分散させて使うようになるとは思えない。なら、変換してエステル一人に使ってもらった方が遥かに戦力強化になりそうだ。

「今はエステルしか使わないんだし、現状の戦力強化のために変換しよう。七冊もエステル一人で使うのは大変だしな。それにガチャを回してればまたグリモワールも集まるだろ」

「ふふ、私のことを気遣ってくれるなんて嬉しいわね。それじゃあ変換しちゃいましょうか」

別の属性を使う度に鞄からグリモワールを入れ替えて大変そうにしていたからな。セプテム・ペッカータにすれば一つになるだろうし、そういう部分でも変換した方がよさそうだ。

Ｙｅｓを選択すると、**【イーラ、スペルビア、インウィディア、アワリティア、ルクスリア、アケーディア、グラを消費し、セプテム・ペッカータに変換いたしました】**と表示された。そして目の前に現れたのは、黒い表紙に各グリモワールの表紙の生物が全て描かれた本。

【グリモワール『セプテム・ペッカータ』】

使用中は常にＭＰが消費される。
使用者のＭＰ回復速度を上昇させる。
攻撃、支援魔法などを吸収しＭＰに変換する。
全属性魔法の攻撃力＋１５０％
攻撃対象の状態異常抵抗を一時的に低下させる。
攻撃対象を30％の確率で一時的に混乱させる。
攻撃対象の視覚を30％の確率で一時的に失わせる。
攻撃対象の嗅覚を50％の確率で一時的に失わせる。
攻撃対象の行動速度を30％の確率で一時的に低下させる。
ＭＰを50％多く消費することで、次に使う攻撃、支援魔法の効果を3倍にする。

「一つの装備にどんだけ能力詰め込んでんだよ！　というかかなり強化されてないか？」

「各属性攻撃力百パーセントだったのが百五十パーセントになっているわね。それにグラの能力も二倍から三倍になっているわ」

「エステルの攻撃が三倍……スキルと合わさったらどうなるのでありましょうか……」

「ふむ、考えただけで恐ろしい」

「エステルちゃんの魔法もっと見てみたい！　今度試してみようよ！」

「ふふふ、そうね。どこかで試し撃ちをしてみましょうか」

最強のグリモワールを胸に抱いてエステルは凄く嬉しそうだ。とんでもない装備が完成してしまったんだが……消費したグリモワールの数を考えたら妥当か？

当然GCにこんな機能はなかったけど、アイテムを揃えて超絶レアな物に変わるとか、実装されてたら間違いなくやばいやつだよな……。全部のグリモワールの能力に全属性魔法の攻撃力アップ、さらには一回だけだが威力を三倍にする能力まである。もはやスキルみたいなものだ。

MPに余裕があればずっと三倍状態にできるってことだし、完全にぶっ壊れアイテムだぞ！　これだけでエステルさんがとんでもなく強化されている。頼もしい限りだ。

次は同じく気になっていたニーベリングの指輪だ。

【ニーベルングの指輪『神々の黄昏』】
攻撃速度＋10％　移動速度＋10％　攻撃力＋50　防御力＋50　一定確率で魅了状態を付加　状態
『第3日』
PTボーナス：攻撃速度＋50％　移動速度＋50％　敏捷＋30　魔法耐性＋20　HP回復速度上昇
MP回復速度上昇

「ニーベルングの指輪もURが出たでありますね。これで四つ目なのでありますが……グリモワールみたいに一つになってほしいでありますよ」

「これもシリーズ物っぽいんだが……おっ、表示が出てきたぞ」

【全てのニーベルングの指輪を消費して、【ラインの乙女】に変換できます。各シリーズの強化率は反映されません】

この表示が出るってことは、ニーベルングの指輪は全部で四つだったのか。

「おお！　乙女でありますよ！　まさに私に相応しい名称なのであります！」

「まだ自称乙女を口にするのか……」

「自称じゃないのであります！　私はどこからどう見ても乙女でありましょ！　もう！　早く変換するのでありますよ！」

プンプンと怒るノールに促されＹｅｓを選択。**【ラインの黄金、ワルキューレ、ジークフリート、神々の黄昏を消費し、ラインの乙女に変換いたしました】**と表示された。

【ラインの乙女『ＰＴ共有』】

攻撃速度＋80％

移動速度＋80％

攻撃力＋５００

防御力＋５００

魔法耐性＋30

ＨＰ回復速度上昇

ＭＰ回復速度上昇

スキル回復速度上昇
スキル持続時間延長

変換した指輪は元のニーベルングと変わらず金の指輪だが、能力がこれまた凄いことになっている。

「指輪一つでとんでもない能力になりましたね。ＰＴ共有ってことは全員に適用されるってことですかね？」

「全体的に強い能力値だけれど、特に気になるのはスキル関連ね。スキルが強化されるアイテムなんて凄く珍しいわ」

「スキル回復速度上昇でありますか……反動も少なくなってくれるのでありますかね？」

「それなら嬉しい！　もう気絶したくない！」

どの能力もかなり強いが、やはり気になるのはスキル回復速度上昇と持続時間延長か。スキル回復速度上昇次第で今後スキルが使いやすくなりそうだぞ。

これで新アイテムは確認し終えたから、後はダブったアイテムの強化か。まずはルーナの防具からにしよう。

【血染めの黒衣☆2】
ＨＰ＋１０００
攻撃力＋３００

防御力＋１０００
ダメージ吸収
ＨＰ自動回復
間合い延長【中】

やっぱりＵＲの強化率は凄いな。一つ重ねただけでここまで強くなるとは……。

さっそく調子を確かめているのか、ルーナは血染めの黒衣をバサリと羽織っている。

「ふむ、どうやら黒衣に真の能力が戻ったみたいだ」

「真の能力？」

「うむ、見せてやろう。私の黒衣は本来こうやって使う物だ」

真の能力、だと？　そういえば確認を始める前に、あの能力が戻ればとか呟いていたな。これから何をするのか腕を組んで立つルーナを見ていると、マントに異変が起きた。

端っこの方があからさまに不自然に動き出し、ビシッと勢いよく伸び始める。離れた机の上に置いてあったコップに絡みつくと、それを持ち上げてルーナのもとに戻ってきた。

「動いてるのでありますよ⁉」

「どうなってるのルーナちゃん！」

「この黒衣は私の血で染めてある。だから本来なら自由に動かせた。呼び出されて動かなくなっていて困っていた。貧血になりかけながら作ったのに……」

「強化されてその能力が戻ったってことね。お兄さんのセンターブラやカロンの剣みたいな物かしら」

「……このマントが最初から本来の能力だったら、近づけなかったかもしれませんね」

確かにこの能力が最初からあったら、シスハが近付いてもグルグル巻きにされてたかもな。……今コップを運んできたのを見ると、この能力の目的は移動せずに物を引き寄せられるとかじゃないよな？　心なしかルーナが凄く嬉しそうにしているように見えるんだが。

最後に恒例のエクスカリバール強化の時間だ。

【エクスカリバール☆64】
攻撃力＋6790
行動速度＋365％
スキル付加**【黄金の一撃】**
状態異常：毒（小）
木特効：ダメージ＋10％
攻撃力＋3000
対物特攻
【鍋の蓋☆53】
防御力＋3500

防御速度＋25％
【アダマントガントレット☆2】
防御力＋900
【ゴージャスアーマー☆18】
防御力＋2000
防御速度＋40％
【マジックブレード☆12】
攻撃力＋750
攻撃速度＋20％
防御無視攻撃付加

「テストゥード様との戦いで助かったけど、この強化を見ると思うところがあるな……」

「エクスカリバールは相変わらずでありますが、鍋の蓋も地味に強くなってきたでありますね」

「うふふ、マジックブレードも順調に育っていますね。早く大倉さんのエクスカリバールに追いつきたいです！」

「いいないいなー。私も何かSRの装備を育てたいんだよ！」

「一体どこまで強化できるのかしら。でも、やっぱりURとかに比べると能力の付加や上昇値は少ないのね」

「うむ、私の黒衣はかなり強化された。自由に動くだけで満足だ」

ＳＲはダブりやすいから数を重ねて強化できるけど、ＵＲを四、五回重ねたらエクスカリバールでも追い抜かれそうだ。これでもし上限があるなら、ＵＲと比べると相対的に弱くなるが……今は強化されてるエクスカリバールを使うしかないか。

合成箱のおかげで現状最強の武器にはなっているしな。それでも武器でも防具でもいいから、そろそろカッコよくてナウい装備が欲しいぜ。

さて、これで確認も終わった。今日は色々とあって疲れたけど、ようやく一日が終わったって感じだ。魔人との遭遇もあったが、全員無事に済んだからこそこうやってガチャを楽しめる。

魔人達の話していたことは気になるが……まあ、俺達ならこれからも何とかなるだろう。

◆

天井ガチャを終えてから数日後。正式に冒険者協会から認められ、俺達はＡランク冒険者へと昇格した。その証である金色のプレートが、今俺達の首にぶら下がっている。……へっへ、これを見るとちょっといい気分だぜ。

冒険者として登録していなかったフリージアとルーナもＡランク冒険者として認められ、二人も金のプレートを貰った。フリージアは当然のように大喜びだったが、乗り気じゃなかったルーナも自分のプレートを見て嬉しそうにしている。

プレートを貰った流れで協会長の部屋に案内され、また何かあるのかと思っていると……クリストフさんはとんでもないことを言い出した。

「オークラ君、君達に城から招待状が届いている。陛下が謁見を許されたそうだ」

「へ、陛下に謁見ですか⁉」

陛下ってことは……王様⁉　どうしていきなりこの国のトップに招待されるんだよ！

「また急な話でありますねぇ。この前の調査の影響でありましょうか？」

「その通りだ。リッサ君からの報告をまとめて国へ提出したら、陛下がとても関心を抱かれたようでね。Aランク冒険者がいたとはいえ、魔人三体を相手に圧倒したそうじゃないか。セヴァリアの件だけでは国も半信半疑だったようだが、今回の報告を聞いた陛下が君達に一度会ってみたいと仰ったそうだ。元々Aランク冒険者は国から依頼を受けることも多い。リッサ君もよくワイバーンの調教で呼ばれたりしている。もしかしたら君達の功績から騎士団への誘いもあるかもしれない。Aランク冒険者から騎士団に入るのは、前例がない訳じゃないからね」

「うーん、一応話はわかるけれど、急にそう言われても困るわ。でも、お城へのお誘いは受けないとダメそうね」

「そうしてもらえると助かる。断れなくもないのだが、陛下直々の言付けがある今回は正直厳しい。君達にはすまないが、冒険者協会としては国とあまり関係を悪くしたくないんだ」

「協会長が悪く思うこともありませんよ。強制力がないにしても、この国で活動する以上あまり王の不信は買いたくありませんもんね」

国のトップから直接ご指名の招待を蹴るなんて、断れたとしても今後が色々と怖いからな。俺達のせいで冒険者協会に余計な面倒ごとを招くのも嫌だし、ここは素直に引き受けておこう。

「わかりました、その招待を受けたいと思います」

「ありがとう。本当に助かる。ただ、もし騎士団への誘いがあったとしても、受けるかどうかは君達で判断してくれ。こちらも無理に冒険者として引き留めはしない。かといって協会のことを考えて騎士団に入る必要もない。最低限国からの招待に応じたんだ。もし何かあれば私が全力で応援するから、君達の望むようにしてほしい」

「クリストフさん……ありがとうございます」

おお、さすが協会長。ちゃんと冒険者である俺達のことも考えてくれるんだな。カッコいいぜ。

それにしても、クリストフさんの話からして、騎士団へのお誘いも考えられるのか。うーん、騎士団になるつもりなんてこれっぽちもないぞ。自由がなくなるだろうしデメリットが大き過ぎる。もし提案されても即座に拒否だ。……うぅ、そうなるのを考えたら腹が痛くなってきたぞ。

陛下への謁見の日は三日後だと教えてもらい、俺達は協会を後にした。あばば……了承したのはいいけど、王様に会うとか大丈夫なのか？　もし下手《へた》な挨拶なんてすれば、ははは、面白い奴だ……連れていけ！　って牢屋にぶち込まれたりしないだろうな。

いつも以上に丁寧に挨拶をして誠心誠意を見せた対応をしなければ。協会長やエステルかシスハに挨拶の仕方を聞いておこう。

内心ブルっている俺とは違い、フリージアは城に行けると嬉しそうにはしゃいでいる。

「わーい！　私達もお城に入れるんだね！　楽しみなんだよー」

「あの立派なお城の中は気になっていたでありますからね。王様がどんな人なのか興味があったのでありますよ」

「家で寝てたい。私まで行く必要ないだろう？」

「ルーナのことは報告されてるだろうし諦めてくれ。できるだけ質問されないようにするからさ」

「仕方ない。だから冒険者など嫌だった。私は日陰の存在がいい」

「可愛らしいルーナさんの存在が知られ、引く手数多《あまた》になってしまわれないか不安ですよ……」

それは余計な不安だと思うが、ルーナをあまり目立つ場所に連れて行きたくないのは同意だ。ただでさえ魔人疑惑を向けられそうだしな……Aランク冒険者になっているんだから、その点の心配はないと思うが。

「何にせよちょうどいい機会だわ。王様との話で何かわかるかもしれないし、目的はわからないけどここは誘いを受けて情報収集といきましょう」

「いざとなれば逃げられる準備もしておきましょうか。私達ならどこでもやっていけると思いますし。……まあ、魔人の話が本当だったら、警戒はしておいた方がいいでしょうね」

確かにこれは、魔人の話を確かめる絶好の機会だ。ただの謁見になる可能性もあるが、国が隠しているという、迷宮など何かしらの情報を得られるかもしれない。

だが、異界の力を狙っているって話もあったから、俺達がどういった存在なのか気が付いて招いた可能性も否定できない。何にせよ、最大限に警戒しつつ王様との謁見に挑むべきだろう。

そうして三日後、王様と謁見する日がやってきた。冒険者協会まで迎えの馬車がやってきて、俺達を乗せて王城へと連れて行かれる。

見上げるほどに大きい王城は、水の流れる深く幅広い溝に囲まれていた。さらに溝の奥には町を覆っているのと同じ巨大な壁がそびえ立ち外敵の侵入を阻んでいる。

正面には巨大な鋼鉄製の跳ね橋がかかっていて、城へ入るにはこの橋を渡る以外に方法はなさそうだ。警備も厳重で城壁の上や橋の至る所に警備兵が配置されている。初めて城に来るけどこれほどの警戒体制とは……侵入しようとしたら相当苦労する、つーか無理か。

城門前に到着して降りると、改めて城を見上げてその大きさに圧倒される。

「ほえー、やっぱり間近で見ると本当に大きなお城でありますねぇ」

「ノールはイルミンスールでお城に入った経験があるんじゃないの？　騎士だったんでしょ？」

「勿論あるのでありますよ。陛下と謁見するのも何度かあったであります。レギ・エリトラは陛下から直接賜った国宝の剣でありますからね！」

「国宝の剣をいただけるなんて、ノールさんはかなり信頼され実力を認められていたんですね」

「ノールちゃん立派な騎士さんだったんだよー」

「うむ、天才なのは間違いない」

そういえばノールもイルミンスールじゃ一応騎士だったか。キャラクターシナリオに剣の話もあった気もする。そりゃURの剣だし、国宝クラスの物だとしても不思議じゃない。エステル達が持ってるＵＲ装備だってその辺の物じゃないだろうしなぁ。

驚いているのも束の間で、すぐに城から案内人がやってきて俺達は城内に招かれた。各々の武器は入り口で警備兵に渡し、重そうな鋼鉄製の正門が開かれて中へ入る。やっぱり武器を持ったまま中に入るのは無理だよね。

エントランスはとても広く、まるで高級ホテルを思わせるような豪華絢爛さ。さすが王城だ。魔導具と思われる照明器具などがあっちこっちに配置されている。これなら夜になっても城の中は明るそうだな。

せっかく来たんだからもっと中を見て回りたかったが、それができる様子もなく淡々と王と謁見する間へと案内されていく。俺達の進路は予め決められていたのか、一定の間隔で警備兵が配置されており、ちょっとした緊張感を持たされる。

階段などを使い上へ上へと連れていかれ、廊下に赤い絨毯の敷かれる階へとやってきた。どうやら王様との謁見の間があるのはこの階みたいだな。

道中よりもさらに警備兵の人数は増し、纏《まと》っている鎧《よろい》なども質が明らかに違う。上級兵といったところだろうか。奥まで進むとこれまた鋼鉄製の巨大な扉が見えてきて、案内人が警備兵に声をかけて指示すると、魔法陣が扉に浮かび上がり勝手に開いていく。おいおい、この扉ってまさか魔導具なのか？　まるで自動ドアだな。

そのまま案内人の後に続いて中へ入ると、正面の最奥に豪華な椅子に長い金髪の男性が座っている。髪と同じ金色の瞳と目が合うと、まるで吸い込まれるかのような威圧感。ま、間違いない！　あれがこの国の王だ！　なんていう存在感だ！

さらに玉座の前には、左右に五人ずつ分かれるように白を基調とした鎧姿の男女の姿が。彼らも王に負けないほどの存在感を放ち、その佇まいは圧倒的な強者だ。恰好《かっこう》からして王国騎士団って言われてる人達かな？

……おや、随分と若い女の子まで混ざって……んん⁉　ちょ、待て！　あの女の子アルブスじゃねーか！　どうしてGCのキャラクターが騎士団にいるんだ！

思いがけない人物の登場に頭が混乱している間も前に進み、案内人が手を上げて俺達を静止した。ハッとなり焦り気味で反応した俺は、その場で片膝を突いて頭を下げる。挨拶の仕方はクリストフさんに聞いて、シスハにも指導してもらったからバッチリだ！

ノール達も同様に頭を下げていた。あのルーナやフリージアですら頭を下げている。こういう時は空気を読んでくれるんだな。

俺達が頭を下げたのを確認したのか、案内人が王様へと声をかける。

「陛下、冒険者一行が到着いたしました」

「ああ、面をあげよ」

王からの許可があったので、片膝を突いたままの状態で頭を上げる。うぅ、王様の威圧感も凄いけど、左右の騎士達からの視線もかなりある。俺は特にアルブスが気になって仕方がないが……今は王様との会話に集中だ。

「私がアルザルス・ヴィン・バンダルフである。貴殿らがオークラへイハチという冒険者か。……ふむ、聞いていた通り若く女性の多いパーティだな。発言を許す、各々名乗るがいい」

「はっ！　陛下、この度はご招待くださり、恐悦至極に存じます。先ほど仰られた大倉平八とは私でございます」

「ノール・ファニャであります。陛下にお目通りできたこと、大変光栄なのであります」

「エステル、魔導師です。こちらは私の使い魔であるルーナ・ヴァラドという子です」

「……ルーナ、です」

「シスハ・アルヴィ、しがない神官でございます。陛下とこうしてお会いできたこと、我らが神に感謝の祈りを捧ぐ幸運と存じます」

「えっと、フリージア、です。へ、陛下に会えたこと、凄く嬉しいんだ……です」

ぎこちなくではあるが、何とかフリージアもちゃんと挨拶できた。ふぅ、これで先ずは一安心だ。第一印象は重要だからな。家で何度も挨拶の練習をしてよかった。

「ご苦労。何、そう過度に畏まらなくてもいい。皆もそう圧をかけるな。彼らは冒険者だ、多少の無礼は許せ」

「はっ、陛下のお望みのままに」

騎士団の人達はジロリと見ていた視線を俺達から外し、多少ではあるが威圧感が減った。王様の手前警戒しない訳にはいかないんだろうけど、左右に騎士がいるっていうのは緊張感が凄いな。冷汗が出てきたぞ。

「してオークラとやら、冒険者協会からの報告でセヴァリアで魔人の討伐、さらにはアーウルムで三体の魔人を退けたそうだな。此度の功績は称賛に値する」

「お褒めの言葉、大変光栄でございます」

「そこで貴殿らに提案がある。我が騎士団に入団してはみないか？」

おっほ⁉　いきなり警戒していた内容ぶち込んできやがったぞ！　もっと後だと思ってたからまだ心の準備が間に合ってないが……ここはきっぱりと断らなければ。

可能な限り失礼のないように、陛下の目をしっかりと見つつ俺は腰を低くして答えた。

「大変、大変光栄なお話でございます。ですがお断りさせていただきたく存じます」

「ふむ、何故だ？　冒険者が我が国の騎士団に入れる栄誉など、滅多に与えるものでない。Aランク冒険者でも極稀なことだ。多少の縛りはあるが、地位や名声、今後の生活も保障しよう。それでもお拒むか？」

「……申し訳ございません。私達はこれからも冒険者を続けたいのです。地位や名声が目当てではありません」

シーンとした静寂が謁見の間を支配した。こ、怖いぞこの空気！　どんな返答がくるか内心ビクついていたが、陛下は気にした素振りもなく俺の言葉を受け入れてくれた。

「よい、拒む者を無理に入れることはせん。以前にもAランク冒険者の魔物使いに断られている。だが、何かあれば協力はしてもらおう」

「はい、協会を通して依頼をしてくだされば、率先してお手伝いはさせていただきます」

よかった、どうにかお断りできたようだ。同じように断ったAランク冒険者の魔物使いってリッサさんのことか？　あの人の性格からして騎士団に入るのは嫌がりそうだよなぁ。

これで一安心、かと思いきや、続く陛下の言葉に俺は戦慄した。

「しかし、このまま帰すだけではつまらんな。魔人を討伐したというそなたらの力、是非とも見てみたい。……ふむ、我が騎士団と模擬戦をしてもらえないか？」

「えっ……も、模擬戦ですか？」

「確認されただけでもまだ三人も魔人が残っている。もし見つければ騎士団を派遣して討伐しなければならない。その実力を確かめるためにも、撃退したという貴殿らとの模擬戦は理に叶っているだろう？」

おいいぃぃぃ！　騎士団と模擬戦だと⁉　どうしてそうなるんだよ！　理に叶ってないよ！　やめてくれよ！

叫びたくなるのを何とか抑え、そのまま陛下の話を聞く。

「だが、総力戦となると準備も手間だ。我が騎士団と貴殿ら、一人選出しての模擬戦としよう。あくまで模擬戦、危なくなれば中断させる。怪我の回復もこちらで手配しておく。どうだ、この提案を受けてもらえるか？」

ぐぬぬ、一度提案を断った立場として、もう一度この提案を断るのはあまりにも失礼だ。それがたとえどちらも無茶振りだとしても、片方は受けないと建前上とても分が悪い。というか、最初の騎士団の誘いは断られるのが前提で、こっちが本命な気もしてきた。

もしそうならどうしても俺達の力を見たいって感じだが……何それ怖い。けど、ここまで譲歩されてるのに断る訳にもいかないか。仕方がない、この模擬戦受けるとしよう。

「……わかりました。誰を選出するか話し合うのは問題ないでしょうか？」

「構わない。こちらからの提案だ。選出は先にこちらからするとしよう。そうだな……アルブス、頼めるか？」

「頼むなど勿体なきお言葉です。喜んで戦わせていただきます」

陛下に呼ばれたアルブスは一歩前に出ると、胸に手を当てて忠誠を誓うように頭を下げた。おいおい、アルブスが出てくるのかよ。こりゃこの模擬戦、一筋縄でいきそうもないな。今の内にステータスを見ておきたいところだが、これだけの騎士に囲まれてる中不審な動きをするのはまずい。下手なことはできないな。

話もまとまり、一先ず謁見の間から退出して王城の中庭に案内された。そこには模擬戦用なのか、観客席のあるちょっとした規模の闘技場があった。準備が大変よろしいことで……。

さっそくノール達と話し合い、誰がアルブスと戦うか決めることにした。

「まさか模擬戦をすることになるとはなぁ」

「勧誘を断ってこの程度ならまだマシってところでしょうか。ただ、あの騎士を相手にするのは少し不安ですね。アルブスという方、相当強いですよ」

「あら、選ばれたあの子ってそんなに強いの？　確かに凄い力を感じたけれど、見た目はかなり若い子よね。お兄さん、ステータスは見られなかった？」

「すまないがあの状況で見る余裕はなかった。けど、あいつがヤバいのはわかる。ノール達と同じGCのキャラクターだ」

「えっ⁉　それってつまり……イルミンスールから来たってことでありますか！」

アルブス、あいつはＧＣではＳＳＲのユニットとして存在していた。そしてその種族は……龍人だ。

「そうなるとこの模擬戦、油断はできないわね。一対一で戦える相手なのかしら？」

「俺の知る限りじゃ、正直かなり厳しいな。ＳＳＲとはいえカロンと同じ龍人だ。近接タイプだがＵＲ並の強さはあると思っていい」

「私は一対一で戦うのは苦手かなぁ。森の中で闇討ちするなら得意だけど」

「そうなると相手をできるのは、私かルーナってところでありましょうか」

「ふむ、相手をしても構わない。が、あまり戦いたくはない。痛いのはやだ」

アルブスはＳＳＲだから、ＧＣ的にいえばレアリティの高いＵＲのノール達の方が有利……と思えるが、ユニットとしての役割を考慮するとそうでもない。龍人というのはコンセプト的に、高火力と高防御力を兼ね備えた単体として強いユニットだ。

ステータス面から考えると、アルブスはＳＳＲだとしてもＵＲユニットに並ぶ強さを誇っていた。ＧＣでのアルブスはイベント配布キャラクターだったので、彼女にお世話になったプレイヤーは多いんじゃないかな。

ただ、やはりＳＳＲではあるので、スキルや固有能力などを総合的に考慮するとＵＲには劣る。カロンと同じ龍人なのでコストも五十近くと、とても高かった。それでも一対一での戦いとなると、まともに相手にできるＵＲユニットは少ない。

一応模擬戦とは言っているがどうしたものか……この中で戦えるのはノールとルーナぐらいだ。俺が戦いなんてしたらそれこそ瞬殺されちまう。

ルーナは龍人と聞いて戦うのを渋っていたが、一方ノールはやる気のようで相手をしたいと言い出した。

「私が相手をしてもいいでありましょうか？　同じ騎士としてお手合わせしてみたいのでありますよ」

「うーん、ぶっちゃけこの中じゃノールが一番強いからなぁ。相手をしてもらうなら一番だと思うが……」

「いいんじゃないかしら？　ノールは盾で防ぐのも上手だし、王様を満足させられる戦いを見せられると思うわ」

「それなりに戦う姿を見せないと、次は総力戦を見たいとか言われる可能性はありますね。ここはノールさんにお願いいたしましょう」

確かにある程度拮抗した戦いを見せないと王様も満足してくれないか。ノール自身が相手をしたいと言ってるから、ここは任せるとしよう。

同じく闘技場に来ている騎士団に近づくと、俺に気が付いた強面《こわもて》で大柄な男性がこっちへ来た。巨大な大剣を担いで歴戦の猛者《もさ》という風貌だ。鎧もちょっと他の騎士と違う感じがする。この人が騎士団の団長なのか？

「決まったのか？」

「はい、こちらの女性が戦わせていただきます」

「よろしくお願いするのでありますよ！」

「……そうか。まあ頑張るといい」

ノールを見て何か含んでいそうな言葉を残し、団長は騎士団のもとへ戻っていく。あの反応から見るに、ノールがアルブス相手にまともに戦えると思ってなさそうだな。

ＧＣのユニットであるアルブスは間違いなく強い。ノール達の強さから考えても、ＳＳＲですらこの世界ではかなりの強者だろう。たとえＡランク冒険者だって、普通に戦えば勝つのはまず無理。だが、こっちも同じくＧＣのユニット。さらに言えば俺達の中でも最強を誇るノールだ。相手が龍人であろうといい勝負はできるはず。……むしろやり過ぎないかちょっと心配だぞ。

ノールが相手をすることに決まり、彼女を送り出して俺達は観客席に移動した。同じように他の騎士団員も観客席にいて、豪華な個室のようになっているところには陛下の姿もある。

闘技場には対戦相手であるアルブスとノール、そして先程の騎士団長が両者の間に立ち試合開始の合図をするようだ。

「それでは模擬戦を開始する！　両者準備はいいか！」

「はい、いつでも」

「問題ないのでありますよ！」

アルブスは自分の体より遥かに巨大な白い斧を構えている。あれはアルブスのイベントで貰える彼女専用装備であるＳＳＲ武器だ。防具も鎧の一部が他の団員と違っていて、あれも専用装備の防具だろう。

恰好はGCの頃と違っていて雰囲気も違和感を覚えるけど、間違いなく彼女はCGキャラクターのアルブスだ。どうしてこの世界に来ているのか非常に気になるが……今はノールの戦いを見守るとしよう。

「始め！」

団長の合図と共に、アルブスとノールの両者がぶつかる。アルブスのとんでもない速さによる斧の振り下ろしに対して、ノールは剣で受け流す。力を逸らされた斧はそのまま地面にめり込む——かと思いきや、アルブスは強引に腕を引き上げ、回転するように斧を横に振った。

ノールがそれに対して盾で防ぐと、凄まじい音と共に衝撃が闘技場全体に響き渡る。龍人の攻撃を受けてもノールは微動だにせず、一方攻撃を防がれたアルブスは目を見開いて驚いていた。

その隙を見逃さずノールが反撃をすると、慌ててアルブスは斧の腹で剣を受け止め足が後ろへ下がる。そこで一度お互いに動きが止まったが、アルブスはぐぬぬと悔しそうな表情に変わると、力強く地面を蹴ってノールに向かう。

そこからアルブスは嵐のように斧を振り回し、ノールはそれを的確に剣で受け流していく。アルブスは動き回りながら、上下左右あらゆる角度から襲いかかるが、ノールはそれに全て反応し剣と盾で防ぐ。互いに火花を散らしながらの武器を打ち合い、その速さは目で追うのがやっとだ。時には盾で思いっきり弾かれ、攻撃しているアルブスの方が吹き飛ばされている。

一見アルブス優勢に見えるが、明らかにノールの方が勝っている。彼女達の戦いを見ていた騎士団達は驚愕の声を上げていた。いつもノールの戦いを見てる俺ですら、今の彼女の戦いに驚いている。

ノールは騎士だけあって、魔物と戦うより対人の方が強いのか？　レギ・エリトラの魔特攻のおかげで魔物相手にも有利だが、技量的に対人戦でもめちゃくちゃ強い、と。さすがURユニットだ。

「うおぉぉ……いつも以上に凄いな。これが達人同士の戦いってやつなのか？　アルブスのステータス見てみたいなぁ」

「あまり不審な行動は控えましょう。何をしてたのか問い詰められたら面倒ですからね」

「今のところはややノールが優勢ね。あの強さから予想すると、アルブスって子はレベルで言えば九十はありそうね。種族のステータス差を考えると、未強化でそのぐらいならノールと同じだと思うの」

「頑張れ頑張れノールちゃん！　勝つんだよ！」

「大人しくしろ。ノールの気が散る」

ノールはガチャのダブりの影響で強化されているから、ステータス的に考えると確かにそのぐらいか。龍人のステータスがいくら高くても、強化済みのノールと比べると同等程度になるかもしれない。

その証拠に今も打ち合いを続けているが、ノールはまるで堪える様子もなく、一方アルブスはだんだんと表情に焦りの色が見え始めている。団長の様子からして、今までアルブスが負けることはなかったのかもしれない。

次第に攻めていたアルブスの勢いは衰え始め、逆にノールが攻勢に動き出した。アルブスが斧を振ろうとしたタイミングで攻めかかり、攻撃を中断させて斧の腹で受けさせている。続けざまに斬り付けて、斧で防ぎ切れずに鎧にまでノールの刃は達している。一応致命傷にならないよう、鎧で保護されている部位以外は避けているようだ。

だんだんとアルブスは追い詰められていき、とうとう斧で防ぐのもきつくなってきたのかその場で片膝を突いた。……どうやら決着がついた……ん？　何だ、アルブスの体から白いオーラが出始めたぞ！

「あの雰囲気……まさか！」

「スキルを使うつもり？　模擬戦って話だけれど……」

「予想外にノールさんが強く負けそうになって、熱くなってるのかもしれませんね」

「止めないと！　スキルなんて使ったらノールちゃん危ないよ！」

「落ち着け。最悪ノールもスキルを使う」

模擬戦だっていうのにスキルを使う気なのか！　こっちがやるならまだしも、まさか騎士団側が使おうとしてくるなんて……もしスキルなんて使われたら、模擬戦じゃ済まなくなるぞ。

ノールもアルブスがスキルを使うのを察したのか、距離を取って盾を構え様子をうかがっている。アルブスのスキルは攻撃力と防御力を強化し行動速度を上昇させる。カロンと同じようだが多少下位互換といった感じだ。それでも脅威なのは変わらないが。

俺としてはここでやめさせたいと思っていると、騎士団側でも何やら騒ぎ始めている。アルブスがスキルを使うのに彼らも動揺しているようだ。

俺達が迷っている間にも、アルブスから出ている白いオーラが全身を包もうとした時、闘技場に声が響いた。

『アルブス、そこまでだ』

声の主はアルザルス王だ。陛下の言葉を聞いた途端、アルブスはハッとなり白いオーラが消え失せた。構えていた斧も地面に下ろし、戦意もなくなったように見える。ノールもそれを見て盾を構えるのをやめ、二人の戦いは終わりを告げた。

陛下は観客席から降りアルブスに声をかける。

「それ以上は模擬戦で済まなくなる。負けを認めたくない気持ちはわかるが、頭を冷やせ」

「も、申し訳ございません！　陛下の前でこのような失態をお見せしてしまい……」

「構わん。両者見事な戦いであった。冒険者にさせておくのが本当に惜しいな」

「ありがたいお言葉なのであります。これで満足いただけたでありましょうか？」

「想定以上だ。魔人を討伐したのは事実のようだな。貴殿のような者のいるパーティの全力、一体どれほどのものか」

うっ、まさか今度は全員で騎士団と模擬戦とか言い出すんじゃないよな？　なんて考えが過ったが、それが顔に出ていたのか何を考えていたのか陛下は察したらしい。

「ああ、これ以上戦えとは言わない。だが、一つ頼みごとができた。国のこれからに関わる重大なことだ」

「陛下！　それは早過ぎるかと！　この者達が信用できると決まった訳では――」

「バウリス、私の判断が間違っていると言うのか？」

「そ、そういう訳では……ですが、急ぎ過ぎているという意見を変えるつもりはありません」

俺が団長だと思っている男性はバウリスと呼ばれ、陛下に何やら訴えかけている。うん？　陛下に進言できるってことはやっぱりあの人が団長だと思うけど……あんなに焦った感じで止めるなんて、俺達に一体何を頼みたいんだ。……嫌な予感がプンプンするぜ。

内心不安に思いながらも、今度は顔に出さない努力をして続く陛下達の会話を黙って聞く。

「貴様の危惧は正しい。が、彼らなら任せられると私は感じている。それに失敗したとしても、遅いか早いかの違いだけだ。最終的には誰かがやらなければならない。話だけでもしてみようではないか」

「……わかりました。ですが話をするなら代表者のみで、我々を三人程同席させてください」

「だ、そうだ。構わないかね？」

「はい。私は何も起こす気はありませんが、陛下の身を案じるのは当然のことです」

「貴殿は理解が早くて助かるな。それでは一緒に来てもらおう。話している間、彼女らは丁寧に持て成せ」

こうして模擬戦は終わり、俺はノール達と分かれて陛下達に連れられ別室へと移動した。机を挟んで陛下と正面から一対一で向かい合うように座らされ、陛下の後ろに二人、俺の後ろに一人騎士団員が立つ。

一緒に来た騎士団は三人で、メンバーに騎士団長のバウリスさんとアルブスがいる。俺の後ろにアルブスがいて、凄い視線を感じる。……見た目はかなりの美少女だけど、正体が龍人だって知ってるとめっちゃ怖い。怪しい動きをしたら即座に襲いかかってくるんだろうなぁ。

断れる空気じゃなかったけど、俺が一人で陛下と話をするとか勘弁してほしい。陛下が直々に話して頼みたいとか一体何なんだろうか。

地図アプリでノール達の位置を確認してみると、食堂に案内されているようだ。立体地図アプリになったおかげか、どの用途の部屋なのかも表示されている。便利になり過ぎだろ。とりあえずこれでノール達の安全も確認できた。まずは安心ってところか。

緊張から体を硬くしていると、それを感じ取ったのか陛下は柔らかな笑みを浮かべて声をかけてくれた。

「さて、さっそく話したいところだが、もう少し肩の力を抜いてもらおう。今は見ているのもこの三人だけだ。必要以上に言葉を気にしなくても構わん」

「ご配慮ありがとうございます。私は普段からこのような感じですので。陛下の前で相応しくない言葉を使ってしまったら、それだけ許していただけると幸いです」

「心配ない。ここからは私も楽に話させてもらおう」

……うん、ちょっとは緊張が解れたかも。けど、可能な限り失言はしないように注意しなければ。楽にしてもいいって言われても、相手はこの国のトップだからな。最低限度というものがある。

「それで私達に頼みたいことって何なのでしょうか？　ご依頼でしたら冒険者協会を経由していただきたいのですが……」

「話が決まればそうさせてもらおう。これは元々Aランク冒険者達に依頼しようと考えていたことだ。単刀直入に言おう。ハジノ迷宮を踏破してもらいたい」

「迷宮の攻略、ですか」

「貴殿らもこの国で起きている異変は感じているだろう？　魔物の増加や生息地の変化。それだけじゃなく災害も多くなっている。それはこの国にある迷宮に原因がある」

「それがハジノ迷宮ということでしょうか？」

「いや、直接原因となっているのはオウの迷宮という。これは今まで極秘にされてきた迷宮だ」

オウの迷宮……本当にハジノ迷宮以外の迷宮があるのか。どうやら魔人達の言ってたことは真実だったようだ。でも、そんな極秘情報を俺なんかにあっさり教えていいのか？　これ、選択間違えたらこの場で俺消されない？　騎士団三人どころか、アルブス一人ですら相手にするの無理なんですが。

……だけど、これは俺が知りたかった情報だ。最悪女神の聖域があるから、結界を張ってそのままビーコンでノール達ごと逃げられる。その後が怖くはあるが……ここは可能な限り情報を得るとしよう。ハジノ迷宮を攻略する理由も知りたいし。

「この城の地下に出現した迷宮……というよりは、この城が迷宮の上に作られたと言った方が正しいか」

「城の地下に迷宮が⁉　何故迷宮の真上に城など作られたのでしょうか？　何かあったら危険なのでは……」

「それは同意見だ。私は九代目のアルザルスなのだが、この城が作られたのは三代目の頃だ。迷宮というのは見かた次第で資源にもなる。当時のアルザルスがそう考え迷宮を中心に王都をこの地に移し、そして今に至る」

おいおい、この城の地下に迷宮があるのかよ！　そりゃ誰にも見つからない訳だ。まさか王都の中、それもど真ん中にある城に迷宮があるなんて誰も気が付かない。

もし迷宮に何かあったら、それこそ王都が壊滅する可能性だってある。この国の現状って思っていたよりヤバかったのでは？　軍へ積極的に魔導師を入れてるのも、それが原因だったりするのだろうか。

それはいいとしてだよ。今の話を聞くと原因はオウの迷宮っぽいけど、どうしてハジノ迷宮の話が出てくるんだ。

「それでは何故オウの迷宮でなく、ハジノ迷宮の攻略を？」

「オウの迷宮とハジノ迷宮は繋がっているからだ。オウの迷宮を突破するには、まずハジノ迷宮を攻略しないといけないのが近年判明した。できれば秘密裏に解決したかったが、そうも言っていられなくなった。近々ハジノ迷宮は活性化し、魔物が外に溢れ出てくる」

ヴァニアが言っていたのはこのことだったのか……。オウの迷宮が本体で、ハジノ迷宮はそこから派生したもの。どうしてハジノ迷宮が活性化すると知ってるのか疑問ではあるが、オウの迷宮側でも何か起きているのか？

どちらにせよ、魔人達が言っていた災厄領域の拡大と迷宮に関連があるのは間違いない。

「前々から攻略に向けて支援はしていたのだが、今までそれを成し遂げる者達はいなかった。十数年前に八代目、我が父がAランク冒険者達に頼み攻略させたがそれも失敗に終わっている。それ以降も試そうとしたが、失敗の連続で今では攻略しようとする者さえいない。魔物が落とす物目当ての冒険者に、魔物を狩らせて活性化を遅らせるので精一杯だ」

「内部にいる魔物を倒せば活性化が遅れるのですか？」

「微々たるものだが効果はあった。だが、特に最近は比較的迷宮の力が削がれていたように思える。まるで大量に魔物が狩られたかのようだ。もしかすると迷宮の影響で湧いた外にいる魔物も、狩れば影響があるのかもしれない」

外にいる魔物の大量狩り……物凄く覚えがあるのですが。もしかして、俺達が魔石目当てで魔物を狩りまくっていたのが、知らない内にこの国の異変を遅らせるのに役立っていたのか？　へへっ、俺の魔石狩りにまた大義名分が増えたな！

「ハジノ迷宮の攻略は冒険者に任せ、我々はオウの迷宮の探索を続けていた。オウの迷宮は十層まであり、そこから先は封印され進めていない。だが、冒険者がハジノ迷宮を探索し、三十層目でオウの迷宮にある物と似た物を発見した。それがオウの迷宮の先へ進む手がかりだと我々は思っている」

ふーむ、なるほどな。オウの迷宮を攻略するには、まずハジノ迷宮を攻略しないといけない、と予想しているのか。オウの迷宮とハジノ迷宮にあるっていう物が何なのかわからないけど、長年調べた結果としてその予想に辿り着いたのなら、他に何も手がないってことなんだろう。

「ハジノ迷宮攻略のお手伝いをするのは構いません。私達も一度挑戦して十層目で断念しましたので。あの時はまだ三人で戦力不足でした」

何にせよハジノ迷宮は俺達も行くつもりだったところだ。ある意味利害の一致はしているから断る理由もない。

だけど、気になることがある。イヴリス王国は異界の力を手に入れるために、迷宮を巡って魔人と争っていた。たとえ迷宮が原因で異変が起きたとしても、そう簡単に他人の介入を許したりするのか？

この国の危機を回避する手伝いをするのは構わないけど、今この国が異界の力に対してどういう方針なのか、国のトップである陛下に話を聞いてみたい。

だが、それにはあれを使って話を聞かないとな。まずは許可をもらうか。

「一つお聞きしたいことがあります。ですが、その前にこの魔導具を使う許可を貰ってもよろしいでしょうか？」

そう言って俺は黒い角、サイコホーンを取り出した。これは相手の思考がある程度読めるから、嘘を言ってるかどうかの判別にも使えるのだ。これで陛下の真意を知りたいと思う。

「一体その魔導具何だ？」

「これは相手がどう考えているかある程度わかる物なんです。不敬だと思いますが、どうかこれで陛下の真意を教えていただきたいです」

「……ふむ、わかった。許可しよう」

よかった、陛下から許可を貰えた。サイコホーンの効果を言った途端、監視している騎士団から微妙に殺気を感じて内心ブルったぞ。陛下を疑うとか不敬にも程があるからな……許可を貰えて本当によかった。

さっそく額にサイコーホーンを付けて、陛下に質問を始める。

「それでは質問させていただきます。イヴリス王国として、迷宮の力を手に入れたいと考えてはいないのですか？　オウの迷宮の上に城を建てたのも、国がその力を掌握したかったからですよね？　これはアーウルムで見つけた魔人達の文献で知ったのですが、人類と魔人が戦争になったのは、迷宮の力を巡って争ったイヴリス王国の策略もあったと書いてありました。その資料は魔人との戦闘で燃えてしまいましたけど……」

魔人から聞いたという訳にもいかないので、ここは誤魔化しておく。協会から魔人と話した件は聞かれなかったから、リッサさんもあの話はしなかったはずだ。文献から知ったとなれば、こういう情報があったんですがー、というていで話が聞ける。魔人と話したなんてバレたら、変な疑いを持たれそうだからな。

俺の話を聞いた陛下は、こめかみに手を当てて眉をひそめている。どうやら都合の悪い話ではあるようだ。

「……その質問は正直耳が痛いな。当時、先ほど言った三代目の頃は確かにその思想はあったらしい。人以外の種族をまとめて魔人として闇に葬った過去もある。七代目の頃にその考えは薄れ今では殆《ほとん》どない。同時期に迷宮の危険性も判明し、当時は国の関係者以外立ち入り禁止だったハジノ迷宮も冒険者に開放している」

この国の歴史については全く知らなかったけど、そんな過去があったのか。その割には未《いま》だに魔人として他の種族がひとまとめにされている気がするけど……。

そんな疑問に答えるように陛下の話は続く。

「だからといって真実を知らせるにはあまりにも手遅れだった。魔人の国は既に壊滅し、人類以外の種族の痕跡はこの国から抹消されている。周辺国にはまだ情報が残っているが、それも魔人として一括りにされているのが一般的だ。例として挙げるとエルフという種族がいるのだが、魔人という種族の中のエルフ、という認識だ」

イヴリス王国以外の国は知らないけど、話から考えると人類の認識は、人間以外は全部魔人って感じなのか。確かにこの国には他の種族の痕跡は一切ないし、エルフのような耳が長いって特徴も魔人の特徴として認識されていた。

実際にマリグナントとこの前遭遇した双子のデーモンの見た目ですら随分と違ったから、本当に魔人と呼ばれていた奴らも、それぞれ見た目に差があったんだろうな。だから耳が長い、尻尾があるという特徴があれば魔人と呼ばれる、と。

「そういう影響もあり、魔人と呼ばれる種族達は人の前から姿を消した。今でもこの世界のどこかにいるはずだが、詳しくはわからない。しかしもし彼らが戻ってくるのであれば、我々は受け入れようと思っている」

つまり今のイヴリス王国は、魔人に対して排他的じゃないってことか。にしては魔人がいるかもしれないって話になった時、冒険者協会に依頼してまでそれを確かめようとしていたけど……。

「言いたいことは何となく察している。それなのに魔人の調査や討伐を称賛しているのは何故か、というところだろう。魔人達が皆我々の知る二百年前の存在とは思っていない。が、それでも好戦的な者達がいたのもまた事実。これは極秘にしていたが、ここ百年でも魔人の生き残りと騎士団が交戦したことは何度もある。君達も討伐をしたのなら、どういう輩《やから》か想像はできるはずだ」

「……そうですね。我々がセヴァリアで戦ったような魔人なら、絶対倒すべき相手だと思います」

「そして先日の調査で逃がした三人の魔人。そちらは私が受け入れると言った類の者だったのではないか？」

「お答えしづらくはありますが、かなり近いと思います。私達も困惑して仕留め損なった、という感じもあります。セヴァリアの魔人とあまりにも違いましたので」

マリグナントとヴァニア達が同じ魔人かと言われると答えに迷う。ヴァニアは魔王と呼ばれたニズヘッグの思想を受け継いだ過激派がいるって話もしていた。マリグナントのような奴がいるとすれば、それは確かに共存するのは難しいだろう。

こちらから手を差し伸べたとしても、マリグナントだったらそれを馬鹿にしながら襲ってくるに違いない。実際にあいつはセヴァリアの町を遊び気分で破壊しようとしてたからな。

そう考えると、魔人を受け入れる思想になっていても注意をするのは当然か。魔人側からしても過去に国を滅ぼされた事実はあるから、恨んでる奴もいるだろう。これはなかなか難しい問題だと思う。ヴァニアのような奴らだったら、今の陛下と上手く話せそうではあるけど。

……ん？　陛下が俺の後ろを見ているような。視線の先を追って振り返ると、そこにいるのはアルブスで陛下は彼女に声をかけた。

「アルブス、その身の秘密を教えてもいいだろうか？」

「……はい、陛下がお望みとあらば」

「彼女は普通の人に見えると思うが、実は龍人という種族だ。本来なら魔人として討伐されていたかもしれないが、四代目が保護しこうして騎士団に入ってもらっている。若く見えても私よりも遥かに年上だ」

陛下の言葉に合わせるように、アルブスの体の一部が光った。すると頭部に小さな角と、スカートの下から尻尾が飛び出てきた。

龍人だって知っていたから驚かないけど、角と尻尾って隠せたのか。カロンちゃんは全く隠していなかったけど……いや、多分彼女もやろうと思えばできるんだろうな。性格からして絶対に隠そうとしないだけだ。

それよりも、どうしてアルブスがこの世界にいるのかが気になる。随分と昔に保護されたというが……詳しく聞いてみたい。

「アルブスさんは一体どこで保護されたのでしょうか?」

「彼女はオウの迷宮の入り口で倒れていたそうだ。迷宮と繋がったあちら側の世界から来た、だったか?」

「はい、仰られた通りです。私はイルミンスールという世界からやってきました」

「イルミンスール……」

「信じられない話だとは思うが、迷宮は別世界と繋がっているそうだ。我が国はオウの迷宮から時折現れる、彼女のような異界の者や装備を集め発展してきた」

アルブスのような異界の者、それに装備……口振りからしてこの世界に来ているのは彼女だけじゃないのか？

「アルブスさん以外にも異界から来た人はいるのでしょうか？」

「何人かいる。基本的には国で保護し騎士団などの所属だ。Ａランク冒険者となった者もいた。もっとも、今王国騎士団にいるのはアルブスのみだがな。魔人達との大戦時に十人以上はやってきたが、皆既にこの世界にはいない」

「それは……魔人との戦いで命を落とされたということでしょうか？」

「何人かはそうだが、他は我らと同じ人間でな。寿命、と言っていいのかわからないが、彼らは最後光の粒になり消えてしまう。いつまでも歳を取らずこの世界に来た頃と姿は変わらなかったが、本人達にはその日が来るのに気が付いていたと聞く。元の世界に帰ったのか、それとも天寿を全うしたのかはわからない。オウの迷宮発見後から異界の者は度々姿を現していたが、同じように消えているそうだ」

そんな前からイルミンスール、ＧＣのキャラクター達はこの世界に姿を現していたのか。寿命やら何やら凄く気になるのだが……次に陛下が口にしたことは、そんな話よりも遥かに気になることだった。

「が、彼らが残してくれた子らが今もこの国を守ってくれている。騎士団に所属している者の大半は彼らの子孫だ」

「えっ⁉」

陛下はそう言って騎士団長、バウリスに手を向けている。し、子孫って……この世界に来たＧＣ

キャラクター達が子供を授かったっていうのか！　それを聞くとただのゲームキャラクターと思えなくなってくるんですが……ええ、凄く気になるんですが。

騎士団にいる人達がGCキャラクターの血を引いているって、普通の人よりやっぱり強くなりやすいとかなのかな？　……まさかアルブスまで既に子持ちだったり⁉　チラッと彼女の方を見ると、俺の考えを察したのかめちゃくちゃ睨まれた。ヒェ、すみませんでしたぁぁぁ！

「このような重大な情報を冒険者である私に聞かせてよかったのでしょうか？」

「構わない。貴殿は信頼できる人物だと思っている。けして他言はしないだろう。それにこちらも信用を得たい。だが、こちらも色々と話をしたのだ。多少貴殿らについて教えてもらってもいいだろうか？」

「内容次第ですが、可能な限り情報はお教えします。ですがそれを知って騎士団に入れなど言わないと、誓っていただきたいです」

「ふむ、なかなか警戒心が強いな。アルザルスの名に誓ってそのようなことはしない」

正直あまり話したくはないのだが、ここまで色々と情報を貰ったんだ。こっちもある程度質問には答えよう。それに今までの話を聞いて、陛下のことは信用できると思っている。サイコホーンから読み取れる思考からも嘘を吐いている様子はない。十分協力していける相手だ。

「回りくどい質問はよそう。貴殿らは異界の住民だな？　最低でもあのノール・ファニャという騎士は間違いない」

「……はい、そうですね」

「やはり、か。アルブスと一対一で互角以上にやり合う者など、Aランク冒険者といえ存在しない。貴殿らの冒険者として活躍した功績から考えても、普通の人とは思えなかったのでな。貴殿らもやはりイルミンスールから来たのか？　先程の素振りからして知っていたようだが」

「そ、そうですね。イルミンスールという名は最近知りましたが、アルブスさんと同じ世界から来たと思っていただければ。私がこの世界に来た時は、ブルンネの近くの平原に放り出されました」

「そうか。まさか異界の住民がいつの間にかこれほど来ていたとは……それにオウの迷宮の外に現れた。それほど迷宮の影響がこの地全体に広がりつつあるようだな」

薄々会話から感じていたけど、俺達が異界の力持ちだと察していたっぽいな。だからこうやって別室に連れて来て、協力の要請と色々な情報を教えてくれたに違いない。

……せっかくの機会だ、あのことについても聞いてみよう。

「もう一つだけお聞きしたことがあるのですがよろしいでしょうか？」

「構わない」

「ありがとうございます。実は私は元の世界に帰る方法を探しているのですが、方法をご存じないでしょうか？　アルブスさん達のような今までに異界から来た人の中で、元の世界に帰ろうと願う人はいなかったんですか？」

GCから来たユニット達の中にも、元の世界に帰る方法を探す奴はいたはずだ。何か情報が得られればいいのだが……。

「先に結論から言えば私は知らない。帰ろうとする者も確かにいたが、結局手がかりすらなかったようだ。国としてもあちら側の世界と自由に行き来できればと考え色々と試したが、全く成果は得られなかった」

「そうですか……。私達も帰る方法を探して迷宮などに潜りましたが、全く手がかりが見つからなかったんです」

「確か貴殿らは他にも迷宮を二つ発見し、攻略していたという話だったな。近頃異変が落ち着いているのも、貴殿らのおかげなのやもしれん。礼を言おう」

「お、お礼の言葉などとんでもございません！」

「それでどうだろうか。ハジノ迷宮の攻略を貴殿らに任せたい。改めて返事を聞かせてほしい」

ハジノ迷宮の攻略、話を聞いた限り拒む理由はないな。ここは快く引き受けるとしよう。

「先程も申しましたが、ハジノ迷宮の攻略を手伝うのは構いません。元々あの迷宮に再度挑戦するつもりでした」

「そうか。ではハジノ迷宮の攻略は、オークラへイハチ、貴殿に任せよう。皆もそれでいいな？」

「はっ、陛下の身心のままに」

騎士団長を始め、三人の騎士は片膝を突いて陛下の言葉に同意している。だが、続いて陛下は驚くべき提案をし始めた。

「しかしこのまま全て任せるというのも、こちらとしては申し訳ない。そこでだ、ハジノ迷宮の攻略にアルブスを同行させよう」

「えっ、ア、アルブスさんをですか？」

「戦力としては申し分ないと思うがどうだろう？　迷宮攻略経験のある貴殿らなら、アルブスの力を上手く活用してくれると思うのだが。アルブスも構わないな」

「はい、陛下のご命令とあらば。……こちらの冒険者に従うのは不満ですが」

「そう言うでない。互いに協力して迷宮を攻略するのだ。経験豊富な彼らの指示にはちゃんと従え」

「……はい、わかりました」

アルブスはジロリと鋭い目線を俺に向けてくる。何故か敵視されている感じがするんですが。ノールが模擬戦で圧倒したからか？　ちょっとライバル意識を持たれているのかもしれない。

戦力としては申し分ないし、一緒に来てくれるのならありがたいことだ。……監視役も兼ねている気がしないでもないが。

「アルブスさんの同行はわかりましたが、それなら一つお願いをしてもいいでしょうか？」

「何だね？」

「こちらでアルブスさんを確認させてください。これで見た対象の強さがある程度わかるんです。アルブスさんと私達の強さにどのくらい差があるか把握しておきたいので」

「ほお、貴殿は本当に面白い物を持っているな。いいだろう。アルブス、構わないな？」

「はい……さっさと確認して」

よし、本人の了承を得てステータスを見られるぞ！　これで騎士団がどれだけ強いのかわかる！

【救国の騎士龍】アルブス　種族：アウローラドラゴン
レベル▼92　HP▼1万2000　MP▼6500
攻撃力▼6550　防御力▼4500　敏捷▼325　魔法耐性▼30
固有能力【龍の威圧】【純粋なる龍子】　スキル【騎士龍の覇気】【騎士龍の乱撃】

つよっ⁉　これ、アルブスもGCの頃に比べるとかなり強化されているぞ！　俺の知らない称号まで付いてるし……ステータス的に考えたらノールよりも数値が高い。よくこのアルブスを相手にしてノールは互角以上にやり合えた。武器や装備の差でノールが上回ってた感じなのか？

固有能力の龍の威圧は、敵にデバフ効果を与えるものだ。純粋なる龍子っていうのは知らない能力だな。この世界に来てからアルブスが得た物なのか？　GCのユニットに固有能力二つ持ちなんていなかったからな。

スキルも名称が変わっているが……一体どんな効果になっているのだろうか。模擬戦の時に使われていたらヤバかったかも。

アルブスのステータスを確認し、陛下との話も終わり俺達は城を後にした。ノール達はとても好待遇を受けていたようで、相当美味しい料理などをご馳走になっていたそうだ。俺もそっちがよかったよ！

帰宅後、さっそくエステルに陛下との話について聞かれた。

「それで、王様との話はどうだったの？」

「色々と衝撃的な話を聞かせてもらった。とりあえず国からの依頼として、ハジノ迷宮を攻略することになった」

「おお、ついにあの迷宮に行くのでありますか。だけど、どうして国の依頼として迷宮に？」

ノール達にハジノ迷宮を攻略することになった経緯、そして陛下から聞いたイヴリス王国の成り立ち、過去にもGCキャラクター達がイルミンスールから来ていたことを話す。話を聞いたノール達はだいぶ驚いている。

「王様がそんな話を……魔人が言ってた話は本当だったのでありますね」

「ですが、魔人が言ってたのと印象が違いますね。本心なのかはわかりませんけど、時代が変わり過去の王達と考えが変わるのは十分あり得ます。私達の存在を知っても、特に束縛するような素振りもありませんでしたし」

「この世界の危機を解決したらどうなるかわからないけどね。とりあえず今のところ利害は一致してるから、その話に乗った方がよさそうだわ。国の支援があれば迷宮攻略も楽になるし、オウの迷宮って場所にも後で行けるかもしれないもの」

「わーい！　私も迷宮って場所に行けるんだね！　楽しみなんだよ！」

「面倒はごめんだ。だが、平八達が困るなら協力はしよう」

こうしてノール達もハジノ迷宮の攻略に賛成し、俺達は前向きに迷宮攻略に備えた。

数日後、俺達はハジノ迷宮へと訪れていた。

「ようやくあの日のリベンジをする日がやってきたか」

「懐かしいでありますなぁ。あの頃は三人で十層目で帰ったのでありますよ」

「今の私達ならこの迷宮も問題なく攻略できるわよ。人数、装備、アイテムも豊富だもの」

「私はこの迷宮攻略のために召喚されたんでしたっけ。随分と時が経ちましたけど、お役に立たせていただきますよ」

「迷宮！　迷宮なんだよ！　ちゃんとした冒険者として、初めてのお仕事なんだよ！」

「はぁ、行きたくない。迷宮は嫌いだ。作った奴は絶対陰湿な奴だ」

随分と前に初めて挑んだのが、このハジノ迷宮だ。あの頃は俺とノールとエステルの三人で、十層目まで行くのがやっとだった。あれからシスハ、ルーナ、フリージアと仲間が加わり今は六人。このパーティだったらこの迷宮の攻略ぐらい朝飯前のはず。

さらにさらに、今回はイヴリス王国からの助っ人として、王国騎士団兼ＧＣユニットであるアルブスも一緒だ。王都から同行しようとしたのだが、城に行ったら既に一人で行ってしまったと言われ慌てて俺達もハジノ迷宮に向かった。

到着すると既に彼女の姿もあり、ブスッとした顔をして俺達と目も合わせてくれない。城では陛下の目があったからある程度の対応はしてくれていたけど、外じゃそれを隠そうともしていない。そんなに嫌われたというか……ノールにボコられたのが原因な気がする。

とりあえずこのままにしておけないから、挨拶をして最低限の会話はしてもらわないとな。

「アルブスさん、本日はよろしくお願いします」

頭を軽く下げて挨拶をしたが、アルブスは俺にチラッと目線を移したが、プイッとまたそっぽを向いてしまった。見た目は可愛らしいのだが、こう拒絶されるのは困るぞ。城で会った時から思ってたけど、GCじゃアルブスってこんなキャラじゃなかったんだけどなぁ。

幼き龍人の成長、ってイベントで貰えるユニットで、タイトル通りまだ幼い龍人であるアルブスと主人公達が交流するって感じの内容だった。その時のアルブスは本当に子龍って感じで、人懐っこく可愛かった印象があるんだけど……今は微塵もその面影がないんですが。

二百年前の魔人との戦争に参加してるみたいだから、最低でもこの世界に来て二百年は経っている。そんだけあれば純粋だったアルブスも、こうなってしまうのは仕方がないのだろうか。騎士団となれば教育なども厳しそうだし、戦争まで経験している。

そう考えている間にアルブスがやっと声をかけてきたが、こちらを見ないまま俺達を拒むような言葉だった。

「一つ言っておきたい。私は陛下の命令で付き合うだけだから。必要以上に馴れ馴れしくしないでよね」

「は、はあ……わかりました。ですが、迷宮の攻略は陛下からのお願いです。多少言葉が荒くなるのは容赦してください。緊急時は気を使えませんので。危なくなったら私達の傍に来てもらいたいです」

「ふん、その程度で言葉荒れるなんて鍛錬不足じゃないの？　冒険者じゃ仕方がないけどさ。私は強いから危なくなんてならないから」

「生意気な奴だ。その程度騎士なら許容しろ」

「チビは黙ってて！　そもそもあなたみたいなのが一緒なんて大丈夫？　低階層のスライムにやられないでよね」

「ふむ、いいだろう。その喧嘩買ってやる。武器を構えろ」

「待て待て待て！　二人共やめてくれ！」

ルーナとアルブスがお互いに睨み合っている。迷宮に入る前から争わないでくれよ！　ルーナも口が悪いし、アルブスも短気っぽくて相性が悪そうだな。

何とか喧嘩に発展するのは阻止し、ぎこちない空気ではあるが迷宮へ入ることになった。が、その直前にアルブスが声をかけてきた。

「あんた達、荷物はどうしたの？　まさかそれで迷宮に入るつもりじゃないでしょうね？」

「はい？　どういうことでしょうか？」

「どういうことでしょうか？　じゃないよ！　この迷宮が四十階層以上あるのは知ってるでしょ。中で何日も野営して過ごすんだから、その準備をしてこなかったの？」

「ああ、それでしたらこれに全部荷物は入っているので安心してください」

マジックバッグから食料や装備やらを取り出してアルブスに見せた。普通のバッグじゃないのを知ってもらうために、絶対に入らないサイズのベッドなども取り出すと、彼女は目を見開いて驚きの声を上げている。

「なっ⁉　どうして冒険者が魔法のカバンを持ってるのよ！」

「あなたも荷物を持ってないけれど、用意はしてきたのかしら？」

「……ふ、ふん。私だってそれぐらい持ってるし！」

アルブスも負けじと腰に下げていた小さな鞄から、先日の模擬戦で使っていた斧を取り出して張り合うようにアピールしてきた。おお、やはり王国騎士団ともなれば同じような魔導具は持っているのか。この世界で使っている人を初めて見たぞ。

準備は万全だとアルブスに理解してもらい、俺達はハジノ迷宮へ足を踏み入れた。中の様子は以前入った時と変わらず、一層目はスライムが出迎える。今の俺達にスライム程度は問題にもならず、あっという間に五層目まで進んでいく。

五層目には前回少し苦戦したスチールスライムがいたが……発見すると同時にエステルが魔法で爆破して瞬殺してしまった。スチールスライムですらもはや相手にならない。

そんなこんなで何の苦戦もなく十層目の入り口にご到着。まず最初の目標は、オウの迷宮と同じような物がある三十層に行くことだ。このペースなら結構すんなり行けるんじゃないかな。

「うーむ、初めて来た頃に比べるとまるで手応えがないな」

「あっという間に十層に来ちゃったでありますね。スチールスライムも瞬殺でありましたし」

「まだ低階層だもの。レベル的にも今の私達の相手じゃないわ」

「全員九十レベルを超えていますもんね。アルブスさんも同じぐらいでしたっけ？」

「レベル……？　もしかしてその男が変なアイテムで私を見た時のこと？　あーあー、そんなの当てになる訳ないでしょ。そこの騎士っぽい女は強いと思うけど、それ以外は私より弱そうだし」

「うふふ、ノールさんに負けたのを気にしているようですねぇ」

「うるさい！　黙れ！」

シスハに笑いながら図星を突かれたからか、地団太を踏んでアルブスは激怒している。うーん、見かたを変えればある意味、子供らしい部分が残っているとも言えるのか？　実際俺達に強く当たってるのもノールに負けたからだし……そう思うとGCの頃の面影が残っているように感じる。生暖かく見守っておこう。

エステルやシスハも何となくだが、可愛いものを見るような目をアルブスに向けている。そんな空気に居心地の悪さを感じたのか、彼女は怒るのをやめて話を変えてきた。

「そもそも、この迷宮は強くたってダメなんだから！　魔物を倒せたとしても、それ以上に各階層にある仕かけが突破できないし。それさえなきゃ今頃私達が攻略してるっての」

「協会とかの資料を見た感じ、確かにこの階層みたいな仕かけが多いらしいわね」

「私はよくわかりませんが、そんなにこの階層の仕かけって厄介なのですか？」

「凄く嫌らしい階層なのでありますよ……。下手をすると、ここで一日以上足止めされる可能性もあるのであります」

「そうそう。この迷宮の名物、惑いの矢印。前来た時は突破するのに二日もかかったなぁ……あー、ホントここ嫌い」

アルブスは本当に嫌そうに肩を下げて溜息を吐いている。どうやら彼女もハジノ迷宮を訪れたことがあるらしい。十層目は謎のルーレットのある台座を回して、矢印の止まった方向に進んで行くものだ。以前俺達がここに挑戦した時もかなり苦しめられた覚えがある。

運よく一日目で突破できたけど、ここで二日も足止めを食らったらストレス半端ないだろうなぁ。アルブスの気持ちはよくわかるぞ。

だが、今回はここを簡単に突破する秘密兵器があるのだ！　さっそくマジックバッグから黒くて細長い棒を取り出した。これは以前のガチャで出たＳＳＲアイテム**【ディメンションホール】**だ。エステル達と話し合い、今回はこれを活用するつもりでいた。

これは壁などに棒を刺すと、向こう側まで穴を空けることができる。エステルの魔法ですら迷宮の壁を破壊するのは不可能だけど、ガチャ産アイテムならもしかすれば！　そう期待してディメンションホールを壁に突き刺してみると、問題なくズブッと奥へと入っていく。ある程度入ったところで手を離すと、棒から下の部分の壁が空いて向こう側が見える。

「よし、問題なさそうだな」

「よかったわ。迷宮で使えなかったらどうしようかと思ってたもの。これで迷路系は簡単に突破できるわね」

「あのルーレットをやらなくて済むのでありますか！　よかったのでありますよ！」

「迷路を無理矢理突破しようだなんて、大倉さんらしい発想ですよね。ディメンションホール自体が、このためにあるアイテムに思えますけど」

「えー、ルーレットやってみたいんだよ！　回そう回そう！」

「勝手に回してろ。私達は先に行く」

「あっ、待ってよ！」

　へへへ、以前は苦しめられたルーレットだったが、これで問題なく突破できるぜ！　ギミックを完全に無視しての迷宮攻略！　今回は他のガチャアイテムとかも駆使して攻略して行くつもりだ！　ざまぁみやがれ！

　道も開いたので空いた穴から先に進もうとしたのだが、ディメンションホールを見て凍り付いていたアルブスが叫び出した。

「……は？　ちょっとちょっと！　これ何！」

「えっと、魔導具です」

「そんなのわかってるよ！　どう見ても普通の魔導具じゃないでしょ！　それ異界の道具でしょ！　どうしてあんた達がそんなの持ってるのよ！　王国にだってそんな道具ないんだから！」

「えっと、まあ、その……色々とありまして」

「色々じゃないよ！　……まさか、他にもこんな道具持ってるんじゃないでしょうね？　危なくなったら近くに来いっていうのも何かあるんでしょ！」

「あー、そうですね。敵からの干渉を全て無効化する結界を張れたりします。なので危なくなったら、すぐ近くに来てくださいね。それじゃあ行きましょうか」

「あっ、ちょっと！　待ちなさい！」

うん、混乱する気持ちは非常にわかるけど、いつまでも立ち止まっている訳にもいかないので進んで行く。アルブスはまだ何か言いたそうにしていたが、進むしかないので彼女も仕方ないといった感じで付いてくる。

地図アプリを駆使してボス部屋の位置を把握し、ディメンションホールを刺しては抜いてを繰り返し、ボス部屋の前まで辿り着いた。やったぜ、めちゃくちゃ楽だったな！

ボス部屋まで到着すると、フリージアが扉を少し開き中にいる金色の巨大スライムを見てはしゃいでいる。あれはこの階層の主、アウルムスライムだ。

「わぁー、金色のスライムがいるよ！　凄く大きい！」

「こんなスライムまでいるんですか。本当に迷宮は不思議な場所なんですね」

「そうね。とりあえず倒しちゃいましょうか。新しいグリモワールの試し撃ちにちょうどいい相手ね。えいっ！」

エステルがグリモワールを片手に杖を振ると、部屋の中で激しい爆発が起きた。彼女の持つグリモワールからは黒い靄《もや》が発生して片腕に絡みついている。あれがグリモワール『セプテム・ペッカータ』の能力が発動している証拠か。ＭＰを通常より多くすることで、次に使う魔法の威力などを三倍に引き上げるものだ。

それをエステルは何回も乱発し、爆発が終わるとアウルムスライムは影も形もなくなっていた。

「うふふ、やっぱり三倍だと凄い威力だわ。あれぐらいの魔物なら一瞬で溶かせるもの」

「エ、エステルの魔法が恐ろしくなっているでありますね……」

「ああ……一応あのスライムもそれなりの強さだったんだが……」

「もはや敵なしって感じですよ。……これからは怒らせないように気を付けます」

「もう終わり？　ボスなのにつまんない！」

「楽でいい。この調子で進もう」

いやー、本当に楽で助かるけどさ、エステルの魔法の凶悪度が半端ねぇ。アウルムスライムはアステリオスよりも強い魔物ではあるんだが……この程度だったらもう瞬殺できるんだな。

エステルの魔法を見ていたアルブスも唖然《あぜん》としていたが、ハッとなって持ち直した。

「アウルムスライムを瞬殺って、この魔導師も普通じゃないの!?」

「あら、私達がイルミンスールから来たって知ってるんでしょ？　なら疑問に思うこともないじゃない」

「そ、そうだけどさ……もしかしてあなた達、皆この強さってこと？」

「役割が違うので一概には言えませんけど、自分の得意分野では同等ってところですかね。私ほどの信仰心と聖なる心を持つ神官となれば、それこそ一握りだと言っていいでしょう」

「う、うん？　ちょっと何言ってるのかわからない」

「あー、こいつはふざけてるんで真面目に話を聞かないでください。ですが実力だけは本物ですから、信用はしてください」

「……あなた達って変な奴ね。まあ、実力があるっていうのは信用してあげる。陛下のためにもさっさとハジノ迷宮を攻略よ！」

アルブスですらシスハの言葉に戸惑っているようだ。こいつの話はまともに受け止めちゃあいけない。だが、ここまでの俺達の言動などを見て、ある程度実力は受け入れてくれたか。驚きで素に戻ると純粋そうな雰囲気が漂ってくるなぁ。

アウルムスライムを突破し、そのままの勢いで十一層目に降りた。事前に冒険者協会から得た情報によると、ここからはコボルト系の魔物の階層らしい。今の俺達ならコボルト達も相手にならないと思うが、注意はしておこう。

そう思って進んでいたものの、若干普通のコボルトより強い個体がいるだけで、特に問題も起こらずあっさりと十五層目までやってきた。

「アウルムスライムがそこそこ強いから、次の階層からもっとレベルが上がるかと思ったらそうでもないな」

「いえ、外にいるのよりは強いんじゃないかしら？　私達のレベルが上がり過ぎて弱く思えるだけよ」

「以前迷宮を攻略してから随分と経っていますからねぇ。今の私達なら前に攻略した迷宮も楽勝ですよ」

「油断は禁物でありますけどね。魔物よりも仕かけに苦しめられたこともあるでありますよ」

まあ、確かに今まで他の迷宮でも散々ギミックに苦しめられてはいるか。ゴブリン迷宮じゃパーティを分断されたし、アンゴリ迷宮では色々な罠に手間をかけされられた。

そんな感想を抱いて進んでいると、見覚えのある魔物が出てきた。金の冠を被った筋肉ムキムキマッチョマン、コボルトロードだ。相変わらず椅子に座って、他のコボルトが神輿《みこし》のように担いでいる。

「おっ、そういえばハジノ迷宮はコボルトロードがいるって話だったな。一五層目ってことはスチールスライムのような中ボスか」

「大討伐で核の魔物だったわね。ティラノスコボルトもいるし、早々に倒さないとずっと眷属を呼び出しそうだわ」

「ふむ、それは面倒だ。フリージア、合わせろ」

「了解しましたなんだよ！」

気が付かれる前にルーナとフリージアが動いた。ルーナが勢いよく槍を投擲《とうてき》すると、コボルトロードに反応すらさせず体を貫く。間髪を容《い》れずにフリージアが矢を射り、頭と手足に当たりバラバラにはじけ飛ぶ。

コボルトロードを担いでいたコボルト達は何が起こったのかわからずキョロキョロしていたが、そいつらもついでにフリージアに矢で射られて瞬殺された。……やっぱりフリージアの矢の腕前と威力がエグ過ぎだ。

コボルトロードを瞬殺したフリージアとルーナは、ハイタッチして喜んでいる。

「わーい！　命中！　やったねルーナちゃん！」

「うむ、グッジョブ」

「や、やるじゃん。私ほどじゃないけど！　私ほどじゃないけどね！」

アルブスが妙に対抗心を抱いているご様子。俺以外が全員ある程度強いのがわかって、あまり強気に出られなくなったようだな。迷宮に入る前にルーナに絡んでいたが、今ならあんな風にはならないだろう。

コボルトロードも撃破し、順調に階層を降りて二十層目に到達。この階層は入り口のすぐ目の前に扉があり、この奥にボス部屋があるようだ。ただ、この扉を開けるのが大変らしい。

「二十階層の仕かけは……奥にあるスイッチを押すんだっけか？」

「ええ、一番奥にあるスイッチを押して、一定時間以内に入り口に戻ってあの扉に入らないといけないそうよ。一人でも間に合わなかったら、全員十層と同じように強制的に戻されるって書いてあったわ」

「次の階層に進む部屋自体は、この階層の入り口の近くにあるのでありますか。……また嫌がらせに思えるでありますよ」

「目的地はすぐ近くなのに、わざわざ遠回りさせられているようですよねぇ。とても悪意を感じます」

時間制限系の階層だな。目の前に目的の部屋があってそういう設定をしてるってことは、多分奥まで行って入り口に戻ってくるまでの制限時間はギリギリに設定されているだろう。本当に迷宮は嫌らしいことばかり考えやがる。そんな仕かけも俺達の前には無力なんだけどな！

奥には進まずそのまま扉にディメンションホールを差し込み、空いた穴から中へ侵入する。へへっ、すみませんねぇギミックを無視しちゃって！　アルブスが何だか呆れて悟ったような表情をしているが、迷宮攻略に慈悲はない。

事前の情報から二十階層のボスは、コボルトエンペラーだとわかっている。簡単にいえばコボルトロードの上位種らしい。さっそく扉をチラッと開けて中を見ると、大きな玉座に座ったコボルトロードよりさらに大きなコボルトの姿が。ロードのように豪華な物に身を包んでいる訳じゃなく、巨大な斧を片手に携え強者の風貌だ。

こりゃなかなか強そうだな。ステータスを見るとしよう。

コボルトエンペラー　種族：コボルト
レベル▼70　ＨＰ▼8万　ＭＰ▼３０００
攻撃力▼４８００　防御力▼４５００　敏捷▼１３０　魔法耐性▼20
固有能力【覇者の威風】　スキル【帝王の裁き】【眷属召喚】

「うはー、こりゃなかなかの強さだな。さすがエンペラー」

「ロードに比べると猛々しい見た目ですね。力で成り上がった覇者の風格ですよ」

「そうね。ロードよりも随分と強そうだわ。とりあえず、えいっ！」

エステルの無慈悲な魔法がコボルトエンペラーを襲う。アウルムスライムと同じように部屋の中を爆破され、エンペラーは玉座から吹き飛ばされて地面を転がった。それでも帝王の意地なのかすぐに起き上がろうとするが、追撃でさらに爆破される。

そのままコボルトエンペラーは、まともに戦う姿を見せることなく消えてしまった。それを見てノール達は悲惨な物を見るような雰囲気になっている。

「部屋を開けた途端魔法で爆破するのは鬼でありますね……」

「う、うん。エステルちゃん凄いんだよ……」

「こんな部屋にこもってるのが悪い。出番がないのはいいことだ」

ルーナがうんうんと頷いて満足げだ。今回はまともな戦闘が全然ないからな。ギミックもガチャ産アイテムで完全無視しているし、ここまで簡単な迷宮攻略は今までなかった。

あれ、そういえばさっきからアルブスが大人しいな。どうしたのかと見てみると、まるで借りてきた猫のように大人しく肩を縮めている。

「アルブスさん、大丈夫ですか?」

「……あっ、うん。あなた達の指示に従うよ私」

「随分と素直になりましたね。突っ込む気力すらなくなった、と言った方がいいかもしれませんけど」

「それでいいよ。もうね、疲れた。あなた達を見てると常識がなくなっていく」

「あら、まるで私達に常識がないような言いようね」

「ないよ！　ないんだよ！　コボルトエンペラーを一人で焼き殺す魔導師なんているか！」

おっ、勢いが戻ってきた。最初は取っつきにくい態度を取っていたけど、だんだん慣れてきてくれたようだな。

そんなアルブスをシスハが愉快そうに見ている。

「こうツッコミ役がいると、何だか面白いですね。お城で見かけた時はお堅く見えましたけど、人間味のある龍人さんです」

「あー、ＧＣじゃもっと大人しくて純粋な感じだったんだがなぁ。この世界で長く過ごして変わったみたいだ」

「ふむ、私達も召喚されてから多少は変わっている。長い年月が経てば誰だって変わるものだ」

「ルーナちゃんが難しいこと言ってるんだよー」

ルーナが言うと妙な説得力があるから困る。アルブスはＧＣの時と違った感じになっているけど、これはこれで魅力があると思う。ＧＣプレイヤーからすると今のアルブスはとても新鮮だ。根はＧＣの頃のままっぽいしな。

「さて、もう二十層までできたし今日のところは休むとしようか」

「そうでありますね。一日でこのペースなら十分なのでありますよ」

「迷宮攻略に焦りは禁物ね。ゆっくり休みながら進みましょう」

スムーズに攻略できはしたものの、二十層も進めば大分時間が経っている。まだ余裕があるとはいえ、今の内から休憩を取ってこれからに備えよう。

二十一層目に降り、入り口付近に魔物が来ないことを確認してから、マジックバッグからドアノブ、ディメンションルームを取り出して壁に差す。そしていつも通り、異空間の部屋への扉が開かれた。

それを見て案の定、またアルブスが口を開けてぽかんとした表情を浮かべている。

「えっ、何で迷宮内に部屋があるのよ！　というか壁が開いたよ！」

「これも魔導具の一つです。このドアノブを差すと異空間の部屋に繋がります。アルブスさんの分も用意してあるので、遠慮せずに休んでください」

もう王国には俺達が異界の住民だって知られているから、今回の迷宮攻略は遠慮なくガチャアイテムを駆使するつもりだ。当然同行してくれるアルブスの分も、ディメンションルーム内に休む場所を用意しておいた。

今ではこの部屋の中も、ノール達の手によって割と女子向けになっていた。着替えなども大量に持ち込んであるから、アルブスの分もある。

「本当に何でもありね……。こんな魔道具、王国中探したって見つからないって。どうやって手に入れたのか知らないけど、あなた達が皆イルミンスールから来ているのに関係してるんでしょ？」

「あー、まあ、無関係とは言えませんね。どうやって手に入れてるかは内緒ですけど」

「まあいいけどね。おかげでゆっくりと休めるし。……私何もしてないじゃん」

あっ、それ気にしていたのか。大丈夫だアルブス、俺やノールとかだって何もしてないから。エステルさんが頼りになり過ぎてホント出番がありません。

そんなこんなでディメンションルーム内に入って休憩だ。一応入り口に魔物に反応する魔法の罠を張り、出待ち対策も万全だ。

いやぁ、ディメンションルームは本当に役に立つアイテムだなぁ。迷宮や坑道の探索に、この前のアーウルムへの調査の時にも助けられた。ディメンションホールやブレスレットもだけど、ディメンション系はめちゃくちゃ役立つものばかりだ。

皆、服も着替えて伸び伸びと休憩している中、俺はアルブスにあることを尋ねることにした。彼女はパジャマ姿でベッドの上に縮こまっていて、ちょっと不安そうにしている。

迷宮に入る前に強気だったのは、もしかして俺達と行動するのが不安だったのか？　何というか、人見知りっぽい雰囲気がするぞ。俺が話そうと近づくと、ビクついて警戒しているご様子だ。

「な、何よ」

「アルブスさんはこの世界に来てから、ずっと王国騎士団として過ごしていたんですか？」

「そんなこと聞いてきて、急にどうしたの？」

「いえ、イルミンスールから来ている人が今までどのように過ごしてきたのかなって、気になってしまいまして」

「そうでありますね！　凄く気になるのでありますよ！」

ノール達も会話に参加してきて興味があるようだ。アルブスは体育座りをして困った表情で、思い出すかのように語り始める。

「いきなりこの世界に連れてこられて、行く当てもなかったから騎士団に入っただけだよ。それからずっとこの国で過ごしてきた」

「陛下の話だと、二百年前の魔人との戦争にも参加していたんですよね？」

「うん、あの時は私以外にもイルミンスールから来た人が多かったからね。……もう皆いないけどさ」

「全員戦争でいなくなっちゃったのかしら？」

「やられちゃった人も多いけど、王国が嫌になって抜け出した人もいるよ。グロウリーはエルフだったから、まだどこかにいるかもしれない、かな」

「エルフがいるの！　会ってみたいんだよー」

グロウリーはＧＣのイベントで配布されたＳＳＲのエルフだ。まさかグロウリーまで来ているなんて……何だろう、アルブスもいてグロウリーまで来ているとなると、共通するのはイベントによる配布キャラだということ。

もしかして昔に来たイルミンスールのキャラは、イベントで配布されたキャラ達だったのか？

うーむ、これもまたこの世界の謎の一つなのかもしれない。

「しかし龍人と聞きましたけど、カロンさんと違って見た目は人と全く変わりませんね」

「そうね。尻尾もないし角もないわ。カロンは見た目からして龍人って感じだったのに」

ああ、そういえばエステル達はアルブスが尻尾とかを出している姿を見てなかったか。今のアルブスは人と見た目は全く変わらないからな。

……あれ、何かアルブスが驚いている顔してるんだけど。エステル達の会話に驚く要素があったか？　と思ったのだが、どうやら彼女達が口にした人物の名前に反応しているようだ。

「カ、カロン？　もしかして龍神カロン様のこと⁉」

「知っているのでありますか？」

「当たり前でしょ！　カロン様は龍人達にとって神様のような方なんだから！　えっ、カロン様もこの世界にいるの⁉」

「ふむ、あの騒々しい龍人が神か……」

「あー、今はいませんけど、セヴァリアの異変の時に召喚して手伝ってもらいました」

「カロン様を召喚って……あなた達何者なの？」

「アルブスさんと同じ、ただの異界の住人です」

なるほどなぁ。そういえばカロンちゃんは龍神と呼ばれる凄い龍人だった。ある意味龍人の中の龍人、伝説的存在。そんなカロンを召喚したと聞けば、アルブスの反応も納得だ。

それからセヴァリアで起きた異変について、カロンの話も交えて話をすると、アルブスは目を輝かせて俺達の話を興味深く聞いていた。何だよ、無邪気な部分も残っているじゃあないか。

意外にも話が盛り上がると、すっかり俺達と打ち解けてくれたのかアルブスは笑いながら話をするようになっている。ノールとも普通に話しているし、模擬戦さえなかったら最初から仲よくできていたのかなもぁ。

そんな雑談をしている中、俺はずっと抱いていた疑問をぶつけてみた。

「アルブスさんは元の世界に帰りたい、とかは思わなかったんですか？」

「元の世界……帰りたいって思ったことはあるよ。けど、今はこのままでいいかなって思ってる」

「それはどうしてですか？」

「色々とあったけど、この国にはお世話になってるし。私が強いから利用されてるって思った頃もあるけど……今ではこの国が私にとっての故郷って感じかな」

……そっか、イルミンスールから来たアルブスも、今ではこの世界……いや、このイヴリス王国に愛着があるんだな。どういう風にこの国で過ごしてきたのか知らないけど、このアルブスの様子からしてかけがえのない経験をしてきたに違いない。

彼女の陛下に対する忠誠も本物だったし、この世界に来てちゃんと成長したんだろうな。これはこれでGCでは絶対に見られない姿だ。今回の異変を解決したら、アルブスとも交流していきたいな。

翌日……かはわからないけど、十時間程度休憩してハジノ迷宮の攻略を再開した。二十一層目、ここからはアンデッドがはびこる階層らしい。その証拠に体の透けた丸い霊体がフヨフヨと辺りを漂っている。あれはゴースト系らしい。

そのゴーストを見て、シスハが自信満々に胸を張ってどや顔を始めた。

「アンデッド系といえば、神官であるこの私にお任せですね」

「大丈夫なのか？　お前どちらかと言えば武闘家だろ？　攻撃方法物理だし」

「失礼な人ですね。物理的な処理もできるだけで、実体のない相手だって対処可能です。むしろ、その方が得意だったりしますよ。私は神官ですからね。その証拠をお見せいたしましょう！」

……本当か？　凄く疑わしいんですが。エステル達も疑っているのか、ジトーとした目を向けている。

そんな俺達の視線に抗議するように、シスハは前に躍り出て拳を構えた。

「この私、シスハ・アルヴィが成仏させてあげましょう！　安らかに滅しなさい！　――はああああぁぁぁぁ！　アセンションアンデッド！」

叫ぶと同時に拳を前に突き出すと、そこからビームのような眩《まばゆ》い光が飛んでいきゴーストに直撃した。ゴーストは光に飲み込まれた途端蒸発するように消え失せる。

ゴーストを消滅させたシスハは、腰に両手を当ててそれはそれはウザったいぐらいのどや顔だ。

「うふふふふ、どうですか私の神官力は！　この通りアンデッドなんて瞬殺ですよ！」

「いやまあ、確かに凄いでありますが……物理的な物を感じるのでありますよ」

「もっとこう、大人しくはできないのかしら？」

「やろうと思えば歩きながら成仏させる波動を出せるんですけどねぇ。こっちの方が気合が入るんですよ。それに飛ばす方向も安定しますから。無差別に全方位にやろうと思えばやれますけど、ルーナさんに悪影響があるといけないので」

「うむ、私は大丈夫だが助かる。シスハレベルの神官の力はそれなりに効く」

シスハは相変わらずルーナを愛しているなぁ。ゴーストを成仏させる波動を全方向に出せるとか、URの神官なだけはあるか。今までが今までだったから、霊体の相手ができるなんてこれっぽちも思っていなかったぞ。相変わらず攻撃の仕方があれだとは思うけど。

すっかり打ち解けていたアルブスも、シスハの動きを見てジト目になっていた。

「何この神官……神官まで色々な意味で普通じゃない……」

「アルブスちゃん大丈夫？」

「あっ、うん。ありがとう。あなたは比較的普通で安心するかも」

「えへへ、そうかなー」

アルブスはぎゅっとフリージアの両手を握って安堵した顔をしている。この中ではある意味フリージアはまともなのかもしれない。

そんなやり取りがありながらも、俺達はアンデッドの階層を進み始めた。と言っても、シスハが先陣を切り次々とアンデッド達を処理していくから、あっという間に三十層目に到着してしまった。

どのアンデッドもシスハのビームを食らうと、蒸発して即成仏してしまう。二十五層目にいた、デスバーサーカーという中ボスのアンデッドですら、シスハのビームで一瞬で消滅していた。こいつ、どんだけアンデッドに対して強いんだよ！

「シスハ、お前凄いな……マジで一人で無双してやがる」

「アンゴリ迷宮の時は殴っていたでありますが、今は触れなくても消滅させられるのでありますね」

「あれから私もレベルが上がりましたからね。実体を持つアンデッドですら、今の私なら消滅させられますよ」

アンゴリ迷宮の時はマミー相手にここまで無双していなかったが、途中の階層にいたマミーも今では一瞬で消滅させていた。アンデッドに対してはマジで敵なしかもしれない。

シスハの無双っぷりに驚きながらも、さっそく三十層目の攻略に取りかかる。入り口から少し進んでみた光景は、入り口から向こう側の扉まで、巨大な穴がある部屋で、底には無数の針が敷き詰められていた。向こう側に渡る道はどこにもない。

事前情報によれば、この穴の上には見えない床があるみたいで、そこを進んで奥の扉まで進むそうだ。奥に見える扉は豆粒ほどにしか見えず、相当距離があるのがわかる。

「こりゃまためんどくさそうな階層だな」

「下に針がびっしり敷き詰められているのでありますよ」

「見えない床を進んで行く部屋らしいわね。他の階層に比べると楽だけど、落ちたら大変だわ」

「今回ばかりはあなた達でもズルはできないようね。前に調査した時、私達も散々苦労させられたんだから。透明な床に砂を撒《ま》いてもすぐ消えちゃって進むの大変だったんだから」

ふーむ、そういう対策はしっかりされているのか。実を言うと、立体地図アプリに見えない床の位置は表示されている。だが、途中で道が途切れてジャンプして向こうの足場まで行かないといけない場所もある。透明な床から床にジャンプさせるとか、難易度半端ないだろ。

過去にここに潜り込んだ冒険者達はよくここを突破できたなぁ。こりゃ地図アプリなしじゃ絶対に無理だ。危険性を考えると、エアーシューズやウォールシューズを使う手もあるが、あれは一人しか使えないからなぁ。

全員安全かつお手軽の、ここを攻略する方法があればいいのだが……あっ、この手はどうだろうか。

「エステル、魔法で板を作れるか？　結構デカめで丈夫なやつ。土でも何でもいいからさ」

「ええ、それぐらい簡単よ。えいっ！」

エステルに頼むと、黒くて太い板を作ってくれた。手で叩くと硬くてコンコンと音もする。うん、これならいけそうだな。

「それじゃあ全員ここに乗ってくれ。ノール、エアーシューズを貸してほしい」

「いいでありますけど、何をするつもりなのでありますか？」

「またロクでもないことを考えていそうですねぇ」

「平八はその手に関しては信頼できる。大人しく従おう」

ノール達は俺の指示通りに板の上に乗った。俺もエアーシューズを履いて準備をする。

「よし、いくぞ！　そりゃ！」

ノール達が乗る板を持ち上げ、下に潜り込み両手で支える。試しに動いてみると、問題なく普通に歩けた。よしよし、これなら問題ないぞ。六人も乗っている板を持ち上げて動けるとは、俺もだいぶ力が強くなったもんだ。

「平八凄い！　皆持ち上げてるんだよ！」

「ははは！　これで問題なく進めるな！」

「このためにエアーシューズを履いたのね。確かにこれで落ちる心配はなさそうだわ」

「落ちる心配がない……？　まさかその靴も魔導具なの？」

「はい、これは空中を歩けるんですよ」

俺の考えた案、それは俺が地図アプリで足場を確認しつつ、エアーシューズを履いてノール達を持ち上げて運ぶことだ。これなら一つのエアーシューズで問題ない。ふふふ、我ながら名案じゃあないか。

モニターグラスで足場を確認しつつ、扉に向かって進んで行く。透明だが確かに足場があり変な感覚になってくる。途中で足場のない場所もあったが、そこはエアーシューズに魔力を注ぎ込んで宙を歩く。

この階層は敵もおらずこの仕かけだけが障害なので、全く危なげなくボス部屋の前まで辿り着いた。ふぅ、これを普通に攻略しようとしたら、一日で辿り着けるか怪しい距離だぞ。本当にこの迷宮は嫌がらせのバーゲンセールだな。

「とうとう三十層目のボスか。確かリッチ系なんだよな?」

「ええ、マグナリッチっていう魔法を使う魔物ね。魔法対策さえしてれば問題ないと思うわ」

「スマイターじゃなくてよかったですよね。迷宮の穴に落とすような戦法もここじゃ使えませんし」

スマイターだったらマジでヤバかったな……。あいつは迷宮のボスにふさわしい強さだったからなぁ。今の俺達でもあいつの相手をするのは気が引けるぐらいだ。

さて、とりあえずマグナリッチを確認してみるか。扉を開けて中を見ると、ローブを羽織り杖を持ったスケルトンがいた。多少の皮が残っており、まるで生者を憎むような赤い光が目に宿っている。

マグナリッチ　種族：リッチ
レベル▼75　HP▼10万　MP▼25万
攻撃力▼5700　防御力▼2800　敏捷▼20　魔法耐性▼90

固有能力【死を超越した者】 スキル【デススペル】【死の瘴気《しょうき》】【眷属作成】

「今回ばかりはエステルの魔法で瞬殺は無理か。真面目に戦うしかなさそうだな」

「やっと私の出番がきたのね！　ずっと驚かされてばかりだったけど、今度は私が驚かせてやるから！」

「入ってきてから何もしてなかったのを気にしていたんですね。ご安心ください、ツッコミ役として十分活躍してくれましたよ」

「誰がツッコミ役だ！　私は騎士だぞ騎士！　戦うために来たんだい！」

アルブスは斧を振り回し中に突入した。慌てて俺達もそれを追いかけて、マグナリッチとの戦いが始まる。

マグナリッチが杖を振りかざすと黒い霧がアルブスに飛んでいく。彼女はさらに走る速度を上げそれを避けると、マグナリッチを斧の腹でぶん殴る。その凄まじい威力に壁まで吹き飛んだマグナリッチだが、怯む様子もなく骨になった指先をアルブスに向けた。

すると黒い光が彼女に飛んでいくが、後方から飛んできた白い光によってかき消される。その正体はシスハのアセンションアンデッドで、勢いが殺されることなくマグナリッチに直撃。

光を浴びたマグナリッチは全身から煙を上げて苦しんでいる。その隙をアルブスが見逃す訳もなく、接近してまた斧の腹で叩き付ける。壁際に追い詰められ後ろに吹き飛ぶこともなくなり、連続で何度も斧で叩かれたマグナリッチは、最後にバラバラになって砕け散り消滅した。

うわぁ……龍人の力であんなにめたくそにぶっ叩かれるなんて、ひとたまりもないぞ。何だか模擬戦の時よりも強くなっているように思えるな。でも、そのおかげで一瞬で片が付いた。

ようやく活躍らしい活躍ができたからか、アルブスは斧を肩に担いで自慢げにしている。

「ふん！　どんなもんよ！　これが騎士の実力だぞ！」

「やはりお強いでありますね。同じ騎士として頼もしいのでありますよ」

「斧で叩くのは効果的でしたね。アルブスさんのおかげで楽ができましたよ」

「アルブスちゃん凄いんだよ！　カッコよかった！」

「ふふん！　そうでしょそうでしょ！」

「調子に乗るな。が、強さは認める」

褒められたのが嬉しかったのか、いつの間にか生えていたアルブスの尻尾がぶんぶんと左右に揺れている。あっ、そういうところはまだまだ未熟なんだな。

気が付いたのか顔を赤くして恥ずかしそうに尻尾を消して誤魔化している。それで冷静になったのか、アルブスは首を傾げて疑問を口にしていた。

「それにしても、妙に力が強くなってるのは気のせい？　魔導師と神官の支援魔法だけとも思えないんだけど？」

「あー、実は私とノールにも同じような能力があるんです。簡単に説明すると、パーティメンバーの攻撃力と防御力が倍近くになります」

「はっ⁉　何その能力！　反則じゃないそれ！」

あー、そういえば俺とノールにバフ能力があるのを忘れていた。俺達のパーティに入るだけで、大幅にステータスが向上するんだった。それに加えてエステルさんの支援魔法もある。実はエステルの支援魔法もグリモワールの三倍効果を使用しているので、俺達のステータスは大幅に向上していた。

龍人であるアルブスにここまでバフがかかれば、めちゃくちゃ強くなるのも当然だ。

無事に三十層目の階層主も討伐し、ボス部屋を抜けて奥へと進む。

「アルブスさん、この階層に例の物があるんですよね？」

「うん、次の階層に降りるまでの間に大広間があって、そこにオウの迷宮にもある台座があるの。何度か調査に来ているけど、未だにあれが何なのかわかってないのよ」

「大倉殿、その台座ってまさか……」

「ああ、多分あれだろうな」

迷宮で台座となれば、他の迷宮で攻略達成した時にあった、スマホをかざしたあの台座だろうな。あれは俺のスマホに連動して反応しているようだが……台座もイルミンスールと関係ある物に違いない。

大広間に到着すると俺達の予想は正しかったようで、細い支柱に支えられた台座があった。その上には透明な板が載せられていて、前にアンゴリ迷宮などでスマホをかざしたのと同様の物だ。

「やっぱりか。どうして三十層目にこれがあるんだ？」

「いつものパターンだと迷宮攻略後にあるものよね。この迷宮はまだまだ先があるのに、どうしてこ

「この迷宮は意地が悪い。ここで終わりで、この先は徒労にさせるための罠かもしれん」

「いやいや、いくら何でもそれは……」

「あり得そうなのが怖いでありますね……。最後まで進んで行き止まりだったらと思うと…」

いやいや、まさかそんなこと……でも、迷宮の嫌らしさを考えるとあり得そうなのが怖い。もしこれで下に潜り続けた結果行き止まりで、またここに戻ってこないといけないなんて想像したら恐ろし過ぎる。完全にやる気がなくなるぞ。

恐ろしい予想をする俺達の会話にアルブスは付いてこれてなかったが、反応からこれについて知っているのは察したらしい。

「あなた達はこれを見たことがあるの？　オウの迷宮とハジノ迷宮でしか私は見たことないよ」

「はい、他の迷宮を攻略した後の部屋に同じような物がありました。これをかざすと何か反応があるはずですが……エステル、どう思う？」

「うーん、とりあえずかざしてもいいんじゃないかしら。これも罠の可能性があるけど、下に潜り続けるのが正解とも限らないし、後で戻るよりはいいんじゃない？」

そうだな。もしこれで迷宮達成となれば万々歳だし、試してみる価値はあるか。さっそくスマホを台座の板にかざしてみると……大広間全体が輝き始め、床に魔法陣が展開された。そして瞬きをする暇もなく、目の前の光景が一瞬で変わる。

「大丈夫か！」

「ええ、いつもの転移魔法陣だったようね。どうやらどこかに飛ばされたみたいだけれど……」

「壁の感じからしてまだ迷宮内でありますよ」

地面や壁が緑色で未だに迷宮内だとわかる。飛ばされた先はどこにも進む道のない広間で、あるとすれば地面に魔法陣に刻まれている程度だ。地図アプリにも他に行ける場所は表示されていない。このパターン、あの魔法陣の乗ったらどこかへ飛ばされるやつだろ。

「あの魔法陣以外に進む道はないぞ。あそこに乗ったらボス部屋に飛ばされそうだな」

「ルーナさんが言ってたように、あそこで終わりだったのかもしれませんね」

「あの台座にこんな仕かけがあったなんて……グヌゥ！　今まで私達が調査してきたのは無駄だったのかー！　ムカつく！　この迷宮考えた奴ボコりたい！」

「でもでも、ここで終わりじゃないかもなんだよ？　この先を攻略したら特別ボーナスが貰えたり！」

「面倒だ。これで終わりにさせてほしい」

うーん、ここで終わりな可能性もあるし、ただの途中にあるボーナスステージの可能性もあるか。まあボーナスならボーナスでまた魔石とか貰えそうだ。せっかくだからいただいておこう。

エステルとシスハの支援魔法をかけなおしてもらってから全員で魔法陣に乗ると、周囲が輝き始めてまた一瞬で光景が変わる。そして目の前には、黒くてデカい翼を持つ魔物。深紅の瞳に光沢のある鱗、圧倒的存在感を発す――あれはドラゴンだ。

ちょ、はぁ!?　飛ばされた先にいたボスがドラゴンだと！　ふざけんじゃねぇ！

「ドラゴンでありますよ⁉」

「いきなり敵のレベルが変わりましたね。どうやらここが最深部と思ってもよさそうですよ」

「とうとうドラゴンの相手をする日がくるなんてね。しかも逃げ場もないなんて結構ピンチかしら？」

「わー！　私初めてドラゴン見たんだよ！　カッコいいね！」

「言ってる場合か。来るぞ」

「ホント呑気過ぎ！」

四足歩行のドラゴンは俺達の姿を見ると咆哮を上げ、部屋全体に衝撃が響き渡る。おいおいおい、いくらなんでも敵の強さが跳ね上がり過ぎだろ！　過程をすっ飛ばしてドラゴンの相手なんてさせるな！

慌てて戦闘態勢に入り、まずはステータスを確認した。

邪竜カタストロフィ　種族：ドラゴン
レベル▼90　HP▼60万　MP▼45万
攻撃力▼8800　防御力▼6500　敏捷▼340　魔法耐性▼100
固有能力【状態異常耐性】【疾風怒濤】
スキル【獄炎の息吹《いぶき》】【邪竜の風圧】【竜の咆哮】【破滅の瘴気《しょうき》】

「気を付けろ！　かなり強いぞ！　必要以上に前に出るな！　範囲攻撃があるかもしれない！」

ステータスがかなり高い。倒せないレベルではないけど、相当苦戦させられそうだ。それに攻撃力が凄まじい。エステルやシスハがダメージを食らわないようにしなければ。

ノール、ルーナ、アルブスが前に出て、カタストロフィの注意を引いている。俺もセンチターブラを飛ばして彼女達を援護する。

ここまで活躍する場がなかったけど、今の俺は天井ガチャで出たサイコホーンを装着していた。これの補助効果は凄まじく、二個までしか操れなかったセンチターブラを五個まで制御可能になり、操作の精度や硬度なども飛躍的に上昇している。カタストロフィの攻撃先も思考を読むことで事前にわかり、上手くセンチターブラを飛ばしてノール達に攻撃がいかないように防ぐ。

ただ、問題があって、同時に操作するセンチターブラを増やし過ぎると頭に負荷がかかるのか頭痛がしてくる。なので今は三個同時操作にして、ノール達の援護をするので手一杯だ。

時折こっちに炎を吐いて飛ばしてくるが、それも上手く俺とエステルで迎撃していた。カタストロフィ自体はノールが主になって攻撃を加え、レギ・エリトラの能力で動きが常に鈍っている。しかし、防御力がそれなりに高いので決め手に欠けていた。

「一応ノールの行動速度低下が効いてるけど、それでも油断はできないわね。魔法も効き目が悪いわ」

「今回ばかりは私も前には出られませんね。スキルなのか常に何かしらの妨害も入っています。防ぐので手一杯ですよ」

「矢もちょっと狙いがズレるんだよ。能力のせいなのかな？」

うーむ、あの硬い鱗のせいでフリージアの矢が弾かれているな。目も狙っているみたいだけど、上手く狙い通りにいかないらしい。スキルの邪竜の風圧のせいか？　時折カタストロフィの体から、黒い波動のようなものが出ているのがそれっぽい。遠距離攻撃はこいつに効果が薄いのかもな。

その風圧の影響なのかノール達もダメージがあるようで、シスハが絶えず回復魔法を飛ばしている。不用意に近づくだけでダメージがあるとか厄介な相手だな。

必然的に近接戦闘主体になっているけど、このままだと大分時間がかかりそうだ。一応パターンが決まりつつあるが、少しのミスでも致命的になりかねない。可能な限り早く倒したくはあるが……ん？

カタストロフィの動きに注意していると、突然後方に飛び退いて威嚇するように前足を曲げた。まるで溜めの体勢のようだ。まさか！　と思い俺はノール達にこっちへ来るよう叫んだ。

「集まれ！」

ノールとルーナは即座にこっちへ戻ってきて、アルブスも素直に俺の指示に従って戻ってくる。すぐに俺は女神の聖域を起動させて、不可侵の結界を張った。

直後にカタストロフィから黒い霧を伴う衝撃波が発生し、女神の聖域の外全体に衝撃が走る。迷宮の壁の一部はその影響のせいか、緑色だった場所が灰色に変色している。迷宮にまで影響を及ぼすスキルだと⁉　あんなの食らったらどうなっちまうんだ！

カタストロフィのスキルに戦慄していた俺だが、アルブスは俺達を守る女神の聖域を見て驚嘆の声を上げていた。

「これは……結界なの？　出発前に危なくなったら近くに来いって言ってたのはこれのこと？」

「はい、この中に居ればしばらくは外部からの干渉を受けません。逆にこっちから一方的に攻撃もできます」

「相手からしたら最悪の結界じゃない……まだこんな奥の手を残していたなんて」

「せっかく女神の聖域を使ったのであります。ここはスキルで一気に押し込むでありますよ！」

こんなスキルがあるとわかったら、長期戦なんてやってられない。ここは女神の聖域が残っている内に一気に畳みかけよう。

カタストロフィの攻撃が終わると同時に、ノールの体を銀色のオーラが包み、スキルである白銀のアウラを発動させたのがわかる。アルブスも白いオーラが体から漏れ出し角と尻尾が生えた。スキルを発動させた二人は、目にも止まらない速さでカタストロフィに向かい肉薄する。

攻撃力も跳ね上がっているのか、カタストロフィはノールの攻撃で体の一部を斬り裂かれ、その威力で体全体が仰け反る。その反対側には既にアルブスの姿があり、叩き返すように斧を振ってまた反対側に飛ばし返す。

それに応えるようにまたノールが斬り付けて仰け反らせる、という攻撃を繰り返し、まるでボールのラリーのように二人でカタストロフィを攻撃している。即座にあんな連携が取れるなんて、模擬戦をした結果なのだろうか。

しばらくノール達の攻撃は続いたが、時間が来たのか二人の体を包むオーラが薄くなっていく。それを感じ取ったのかカタストロフィが反撃に転じようとしたが、その瞬間に赤い閃光が奴の首を貫いた。ルーナのスキルであるカズィクルだ。

首を貫かれたカタストロフィは崩れ落ちるようにその場に倒れこみ、その隙にノールとアルブスが女神の聖域へと戻ってくる。

そしてお次は、女神の聖域内にいたエステルの体から白いオーラが立ち上る。これは彼女のスキルである大魔術の合図だ。

「それじゃあノール達がスキルで削ってくれた分、一気に私が倒しちゃうわね」

そう言ってグリモワールを開くと、それを持つ片手に黒い霧を纏わせている。グリモワール『セプテム・ペッカータ』の三倍効果の合図だ。スキルの大魔術で攻撃力が百パーセント上昇し、カタストロフィの魔法耐性も八十低下している。そこに俺やノールのバフ、UR武器である賢者の杖などの効果まで乗っているとなれば……想像もできない程の高火力に違いない。

どんな魔法を使うのか期待していると、女神の聖域の外側に眩い光の球体が発生した。カタストロフィはそれを見ると、翼をばたつかせて焦っているのがわかる。あの光がとてつもない物だと本能で察しているようだ。

光の球体はドクンと脈打つと、次の瞬間女神の聖域の外側は真っ白に染まるほどの眩い輝きで満たされた。視界は全てその光で覆いつくされ、その魔法の威力のせいか迷宮内が振動している。

光が収まるとカタストロフィの姿はなく、代わりに地面に行きと同じような魔法陣が浮かび上がっていた。うへぇ……やっぱりエステルの魔法はとんでもないな。ノール達がＨＰを削ったとはいえ、カタストロフィの残りの体力を一発で削り切っちまった。むしろオーバーキルだったかも。スキル時間内だったらこれを連発できるんだから恐ろしい。

こんな魔法を使ったエステル本人は、頬を赤く染めて満足げにしていた。

「ふふ、やっぱり魔法を撃つのは気持ちがいいわね。思いっきりやっちゃったわ」

「スキルにグリモワールの組み合わせが凶悪過ぎますね……」

「女神の聖域で防ぐ前提で、自爆のような攻撃でありますよ。逃げ場がまるでないのであります」

「エステルちゃんの魔法はやっぱり凄いんだよ！」

「ふぅ、やはり大型の魔物はエステルに任せるのがいい。私は雑魚専だ」

「嘘でしょ⁉　今までできもとんでもなかったのに、まだ底力を隠してたの⁉　イグナルトなんて足元にも及ばないじゃない……」

イグナルト……確かイヴリス王国の賢者って呼ばれていた人だっけ？　クェレスにいた時にそんな話を聞いた気がする。やっぱりエステルの方が魔導師としては上だったか。こんなのを知られたらまた騎士団に誘われそうだな。まあ、騎士団には入らないって陛下と約束しているから平気か。

「いやぁ、ドラゴンはビビったけど何とか倒し切れたな」

「今まで迷宮で相手にした中ではかなり強い方だったわね。普通に相手をしたら苦戦させられたと思うわ」

「女神の聖域から一方的に攻撃するのは反則過ぎるであります……」

「よっぽどのことがなければこれは使いませんし、それだけの相手だったということです。実際に普通に相手をしていたら、タダで済む魔物ではなかったでしょうね」

「ドラゴンを倒すのなんて初めて！　ドラゴンスレイヤー、フリージア爆誕なんだよ！」

「ふむ、私も経験はなかった。あんなのの相手は一度で十分だ」

皆ドラゴンの相手をしたからか、安堵したように息を吐いていた。表にはあまり出さないけど、ノール達もドラゴンの相手をするのは不安に思っていたようだ。ドラゴンは伝説的な存在だからなぁ。まさかそんな奴を俺達が相手にするとは思わなかった。……とうとうドラゴンがきたかって思う気持ちもあったけどさ。

無事にドラゴンとの戦闘も終わり魔法陣に向かおうとしたが、アルブスがその場で女の子座りをしてへたり込んでいた。どうやらかなりお疲れのご様子だ。

「アルブスさん、大丈夫ですか？」

「……あっ、うん。気にしないで。力を使った後は少し疲れるだけだから」

「私達と同じようにスキルの反動があるのでありますね。私も動けはするでありますが、ちょっと辛いのであります」

「そうね。今日はこれ以上魔法を使いたくないわ。これで終わりだといいのだけれど」

ノールとエステルも何とか動けてはいるが、二人もスキルを使った反動がある。これでハジノ迷宮の攻略達成だと思いたいが、そうじゃなければディメンションルームで休憩しなければいけない。

これで終わりだと願いながら、新たに浮かび上がった魔法陣の上に乗ると、周りの景色が一瞬で変わった。またもやどこにも他の道がない小部屋のような場所だったが、壁などの色は真っ黒くなっていて、中心には例の台座が置かれている。

ゴクリと唾を飲みこみながらその台座にスマホをかざすと、カッと部屋全体が発光して視界を埋め尽くした。あまりの光に一瞬目を閉じたが、光が収まって徐々に目を開いてみると——俺達はハジノ迷宮の入口へと移動していた。それと同時にスマホに通知が届く。

【ハジノ迷宮攻略達成！　達成報酬：URワープランクアップ、オウの迷宮『最奥の鍵』、称号『神に挑みし者』】

よし、よしよし！　ハジの迷宮攻略達成だ！　いやぁ、長いようで短い感じだったが、ようやくリベンジを果たせたってところか。三十層目で進むか台座にスマホをかざすかの判断を間違えなくてよかった。

これでハジノ迷宮も攻略か、と思っていたのだが、いつもと少し違うことに気が付いた。迷宮を攻略したというのに、ハジノ迷宮の入り口が消えていない。

「あれ？　迷宮が消えてないな」

「あら……もしかしてこの迷宮は、オウの迷宮と連動しているから消えないのかしら？」

「大倉殿、報酬として何か貰ったのでありますか？」

「ああ、オウの迷宮の鍵とかいうの貰ったぞ。王様の予想は正しかったってことか」

「迷宮の鍵ですか。どうやらこれからが本番みたいですね」

達成報酬に入っている、オウの迷宮『最奥の鍵』。これがその迷宮を攻略するための重要なアイテムに違いない。とりあえずは目標達成だと思っていいだろう。これでオウの迷宮を攻略するのに一歩前進ってところだ。

それよりもだ、報酬としてURアイテムが手に入ってるんですが。俺としては魔石も欲しかったんだが……URが貰えたなら仕方がないか。ランクアップって名前からしてアイテム系だと思うけど、一体どんな効果なんだろ。見てみよう。

【ワープランクアップ】

使用者の生命力を消費し、現在召喚中のユニットとその専用装備を一定時間全て☆10まで強化する。使用後このアイテムは消滅し、効果時間終了後、使用者に強化されたユニット分の反動が発生する。

こ、これは⁉　現在召喚中……つまりノール達を一時的にでも強化できるってことか！　全員星十に上げられるとなれば、どんな敵だって倒せるに違いない。だけど使用者の生命力を使う上に、終了後に反動が発生って……要するにスマホの持ち主である俺に何か起きるってことなのか？

ノール達がスキルを使っただけでもかなりの反動があるのに、生命力を消費してのユニットの強化、それも人数分の反動が俺にくるとかどうなるんだ。ユニットの数によっちゃ死ぬ可能性だって……これは迂闊《うかつ》に使えるアイテムじゃないな。だけど、オウの迷宮の鍵と一緒に貰えたってことは、これを使う程の強敵がいるかもしれない……オウの迷宮に行くのなら覚悟しないとな。

それに新しく手に入った称号も不気味だ。

【神に挑みし者】

神性特攻。神にさえ挑む気概が力となる。あらゆる神の不条理な力を払いのけ滅する者の証。

これは……また何とも曖昧な効果だな。名前も神に挑みし者って、これから俺達は神とでも対峙するっていうのか？　何にせよ、これから俺達も行くであろうオウの迷宮、何があってもおかしくなさそうだ。最善の準備を尽くして臨むとしよう。

そう決意を新たにしていると、アルブスが声をかけてきた。

「オークラヘイハチだったっけ？　ありがとう。あなた達のおかげで一歩前進できたわ。騎士団だけじゃあのドラゴンを倒すのは難しかったと思う。方法はすっごく非常識だったけどね！」

「あははは……お力になれたようでよかったです。この後もまだありそうですから、最後までよろしくお願いしますね」

アルブスがへへっと笑いながら手を差し出してきたので、お返しにその手を取って握手をする。

この世界で起きている異変の解決、それはまだ始まったばかりだ。

3章 平八の決意

ハジノ迷宮攻略後、本格的にオウの迷宮攻略に向けイヴリス王国と冒険者協会は協力していた。Aランク冒険者も多数迷宮に派遣される予定で、各地に散らばっていたAランク冒険者達も招集されつつある。

オウの迷宮は城の地下にあり、国によって厳重に隔離されており城内からしか行くことができない。分厚い鋼鉄製の扉が道中にいくつもあり、城の一階部分から地下へと潜っていく。

最下層に到達すると、そこは迷宮の特徴である緑色の壁や地面になっていた。黒い謎の材質で作られた巨大な扉があり、沢山の警備兵達が厳重に守りを固めている。その警備は外からの侵入者に対するものではなく、迷宮の内部から出てくる魔物に対してという意味合いが強いとか。

そんな警備で守られたオウの迷宮内部は、非常に強い魔物達が徘徊していた。ステータスアプリで見ると、レベルでいえば一層目から六十レベルとかなり高レベル。そして出てくる魔物は、体が石などで構成された頑丈なゴーレム。基本的に攻撃力と防御力が高く厄介な相手だ。

二層目三層目と、階層ごとにゴーレムの材質が変わっていく。動きが遅いのばかりだけど、五層目などはスピードタイプの奴がいたりと相手をするのが難しい。

だが、一度に出てくる数がそんなに多くないので、一対複数に持ち込めば無難に倒すことができる。王国はこの迷宮を使って騎士団や一部の兵士達のレベルを上げていたそうだ。軍に魔導師を優先的に入れていたのも、オウの迷宮でレベルを上げやすいという理由もあった。一層目のゴーレムは魔法に弱く、魔導師なら簡単に倒すことができる。ある意味パワーレベリングってやつだ。ステータスやレベルの概念はなくても、魔物を倒すことで自身の力が強くなることは広く認知されているらしい。ただし、アルブス達に援護されながらの安全なレベル上げだからか、外で様々な魔物と戦って成長してきた冒険者に比べると実力は劣るという。それでもレベル上げの対象は、実力が一定以上で忠誠心の高い人達が選ばれるそうだ。安定して五十レベル以上の兵士まで鍛えられるなら、戦力としては相当なもの。

さらにはゴーレムからは異界の力の宿る装備やアイテムが落ちるので、兵士の強化には持ってこいだ。こういうところがあるからこそ、イヴリス王国は迷宮の上に城を建て独占していたんだな。昔はその力で他国と戦争をしていた歴史もあるとか。

そんな話も聞きながら、俺達はオウの迷宮十層目まで案内してもらっていた。現在オウの迷宮の調査はここまでで、これ以上先に進む道は扉により固く閉ざされている。そこには迷宮の最深部にある例の台座が置いてあった。

その台座にスマホをかざすと、**【オウの迷宮『最奥の鍵』を使用しますか？　Ｙｅｓ、Ｎｏ『攻略達成：ゴブリン迷宮、アンゴリ迷宮、ハジノ迷宮』】**と表示されたのだが……Ｎｏを選択した。理由はオウの迷宮攻略に向けてしっかりと準備をしないといけないからだ。俺達がここに案内されたのは、ハジノ迷宮で得た鍵が本当に使えるかの確認作業。もし準備をして向かったのに、使えませんでしたなんてことになれば徒労に終わるからな。

それにこの攻略達成に表示されているもの……今まで俺達が踏破してきた迷宮の名前だ。ハジノ迷宮だけじゃなくて、アンゴリ迷宮とかもオウの迷宮に関連していたのだろうか。謎は深まるばかりだ。

そんなこんなでオウの迷宮攻略は、後日イヴリス王国の騎士団や軍、Aランク冒険者達の準備が整ってからとなった。準備は順調に進む……かと思われたが、ある問題が発生した。

ハジノ迷宮攻略以降、突然イヴリス王国全土で本格的な魔物の大発生が起き始めたのだ。そのせいで軍の一部は魔物の対処に追われ、オウの迷宮攻略への準備に支障が出ていた。

この事態に冒険者協会も魔物の相手をするべく、国と協力して対応に当たっている。その中で特に協力を要請されているのが俺達だ。

協会長と陛下に迷宮攻略の準備が整うまで、先頭に立ってこの異変に対応してくれと頼まれてしまった。そんな訳で俺達は、軍や冒険者達が対処しきれない数の魔物や、特に強力な魔物が発生している地域へ、ビーコンを使いあっちこっちへ行って毎日のように魔物討伐だ。

ここまで来るとガチャ産アイテムの存在を隠すこともやめ、協会長や各町の支部長、そして騎士団長にもトランシーバーを渡して連絡を取っている。これで協会や軍との情報共有もスムーズになり、魔物が今どこに大量発生しているかもわかりやすくなった。

現在も俺達は魔物の討伐に出ているのだが……今回はちょっと特別な討伐パーティだったりする。

俺達だけでは大変だろうと、国と冒険者協会が人を送ってくれたのだ。

冒険者協会からはディウス達のパーティとリッサさん、そして国からは騎士団のアルブスを派遣してくれている。単純に人数が増えただけじゃなく、各々の戦闘力も高くとても心強いパーティだ。

ある程度散らばりながら魔物を討伐し、あらかた片づけ終わりトランシーバーで各員に連絡を送る。

『オークラ、こっちは片付いたよ』

『ん、私も』

『数が多いだけで大したことないわね。さっさと帰りましょ』

「皆さんお疲れ様です。今呼び戻しますね」

うん、やっぱりトランシーバーがあるだけでも大分楽だな。おかげで意思の疎通がとてもスムーズだ。急に魔物の侵攻が始まったらそっちに応援に行ったり、漏らした魔物の対処を別のパーティに任せたりなど、臨機応変に対応ができる。

やはり情報共有ができるのはかなりの強みだ。王国にも同じような遠距離での会話ができる魔導具はあるそうだが、ここまでお手軽にはできないとか。トランシーバーの存在を知った陛下がとても興味深そうにしていたからな……異変が終わった後欲しいって言われないか不安だぞ。

とりあえず今回の魔物討伐も終わったので、ビーコンを置いてディウス達を呼び戻す。呼び戻すとミグルさんは羨ましそうな目でビーコンを見て呟いた。

「ホントにこれ便利ですね。オークラさん達が羨ましいですよ」

「全くその通りだね。普通に行けば十日かかる距離ですら、一瞬で帰ってこれるとかさ……。冒険者協会でオークラ達の移動速度はおかしいって噂が出ていたのは、これを使っていたんだね」

「ああ、だからブルンネの自宅から王都までいつも通ってたんだよ。クェレスやセヴァリアにも自由に行き来できるからな」

「この異変の対応でわかっていたけど、その距離を一瞬でなんてね……。だからお土産で新鮮なマタンゴのキノコを持ってきたりしたのか。本当に羨ましい限りだよ」

「そのせいで酷い目に遭っていたりするでありますけどね。毎朝狩場に送り出される日々が……」

ノールがどこか遠くを見るかのように虚空を眺め、どんよりとした雰囲気を出している。未《いま》だに魔石狩りがトラウマになっているのか。……朝早くから強制的に狩場に送り出されると思うと、確かに嫌になるのも頷ける。最近は頻度もだいぶ減ってるからマシだとは思うのだが。

「それにしても、オークラ達がもうAランク冒険者になっているなんてね。以前は見かけなかった子達まで増えているし……」

そう言ってディウスはルーナとフリージアを見ていた。見られたルーナはプイッと顔を背け、フリージアは笑顔で手を振っている。

既にルーナ達はAランク冒険者として認められているから、今回の魔物討伐にも同行してもらっていた。冒険者として活動できることにフリージアはとても喜んでいるのだが、ルーナは暗い表情で生気が抜け落ちている。連日の魔物討伐作業によって寝る時間が減り、日に日に弱っているようだ。

そのストレスをぶつけるように魔物に対しては猛烈に攻め立てて、おかげさまで一日の魔物討伐は物凄く早い。一応数日置きに休んでもらってはいるのだが……この異変が長く続くようなら危ないかもしれない。

おっと、ディウスと話しているのに考えが逸れるところだった。

「俺達も色々とあってな。でも、正直まだ荷が重い気もしてるんだけどさぁ」

「君達の活躍からすれば当然じゃないかな？　本当に昇格してるのを知った時は驚いたけど、すぐにやっぱりかって思ったぐらいだよ。もう立派なAランク冒険者なんだから、冒険者の顔として頑張ってほしいね」

「それはそれでプレッシャーがかかるんだが……まあ、お前がそう言うなら自信は持っておくか」

正直唐突にAランク冒険者に認定されたからなぁ。Aランクになった自覚があまりない。冒険者としての経験ならディウスの方が豊富そうだしな。

けど、ここまで言われていつまでも自信を持たない訳にもいかない。Aランク冒険者としての自覚を身に付けないとな。いやぁ、こいつと会った時は敵対心バリバリでこういう風に会話する仲になるとは思わなかったぞ。あの時の決闘も今ではこの世界での懐かしい思い出の一つだ。あれがあったからこそ冒険者としての自覚も多少は芽生えた。

あの一件で冒険者ランクを上げた方がいいと教えてくれたグリンさんは、本当に親切な人だったんだと思えたな。そんなグリンさんも今ブルンネで魔物の対処を引き受けてくれた。彼とパーティを組んでいたアルミロさん達も頑張ってくれている。この異変を含めオウの迷宮、それと災厄領域の件が片付いたらまたグリンさん達とも会いたいものだ。

今までの冒険者活動を振り返っていると、今度はリッサさんが声をかけてくれた。

「ディウスの言う通り。オークラは自信を持つ。私と同じAランク」

「これもリッサさんと調査ができたおかげですよ。そういえば、リッサさんとディウスは面識があったんだな」

「協会の依頼で相談することがあったからね。でも、僕達がAランクのリッサさんと一緒に戦う日がくるとは思いませんでした。光栄です」

「ん、謙遜しなくてもいい。あなた達もその内なれるはず」

今回リッサさんとディウス達が俺達との共同パーティに選ばれたのは、皆面識があったのが理由でもあった。リッサさんはAランク冒険者だけあって、Bランクとかからの相談ごともよくあるんだろうな。俺達も今後Aランク冒険者として活動するんだから、リッサさんをよく見てどういう振る舞いをしたらいいか学んでおこう。

そんな会話を終えた後、俺はアルブスに気になっていることを尋ねた。

「アルブスさん、オウの迷宮の攻略準備はどんな感じなんですか？」

「ある程度は進んだところかな。軍の精鋭を集めて行軍の準備中って感じ。オウの迷宮の十層目まで行ける兵士だけでも多くはないからね。攻略組はさらに精鋭にして、十層目まで補給線も確保しないといけないし大変って訳。ハジノ迷宮に潜る時も似たようなやり方だったし」

「できるだけ急ぎたいところですけど、そうもいかないみたいですね」

「焦っても仕方がないのよ。あなた達にも手伝ってもらうから、攻略開始前にはちゃんと休憩してもらうわ」

「それは助かりますけど、アルブスさんも休んでくださいね。私達と一緒にずっと魔物の討伐をしているんですから」

「私はいいの私は。騎士団なんだからこのぐらい当然。龍人の体力舐めんなよ！」

アルブスはふんと鼻息を鳴らし、肩に大斧を担いで得意げな表情だ。……カロンも自信満々な性格だけど、龍人っていうのは成長すると皆こんな感じになるのだろうか。GCのアルブスとまるで性格が違うから見る度《たび》に驚かされるぞ。

けど、これはこれで凄《すご》く頼りに思えるからいいのかもしれない。実際今回の魔物討伐に同行してくれてとても助かっている。ノールにタイマンで負けたとはいえ、アルブスは物凄く強い。ある程度の魔物の集団なら一人であっという間に壊滅させちゃうからな。

大斧と龍人の怪力が合わさって、戦っている姿は嵐そのものだ。あれを見ると味方で本当によかったと思える。オウの迷宮攻略まで力を貸してもらいたいものだ。

今日の魔物の発生も無事討伐できたので、ディウスとアルブス達を王都に送り俺達も自宅へ帰った。

「ふぅ、何とか私達で抑え切れているでありますが、この頻度で異変が起きると厳しいでありますなぁ」

「数日おきに大討伐級の魔物が発生していますからね。やはりハジノ迷宮を攻略したのが引き金でしょうか？」

「そう思っていいんじゃないかしら。あそこを攻略した直後から異変が頻発しだしたんだもの。迷宮自体は消えなかったけれど、攻略した影響はあったみたいね」

「毎日ノールちゃん達と一緒で嬉しいけど、遊ぶ暇もないんだよー」

「……はぁ、もう嫌だ。早く自宅警備に戻りたい」

ハジノ迷宮攻略以降、とんでもない頻度で魔物の大発生が起きているからなぁ。これがずっと続くようなら、とてもじゃないが持ち堪えられそうにない。俺達がフルに動いてカバーしていても、だんだんと他の冒険者や軍は疲弊してきているみたいだからな。

ルーナも机に顔を置いて今にも死にそうな顔だ。原因であろうオウの迷宮を攻略して、一刻も早くこの異変を終わらせないと。

そんな俺達の働きもあり、何とかイヴリス王国全体で起こっている魔物の大量発生に対処し続けて十数日後。とうとう準備が整いオウの迷宮攻略の日がやってきた。俺達がハジノ迷宮攻略前からある程度用意していたようで、多少だが早く準備を終えられたようだ。

攻略組に選ばれたのは軍の精鋭に騎士団達は勿論のこと、Aランク冒険者も俺達を抜いた三パーティの十八人、全員合わせて七十人はいる。少し多く感じるが、これから入る未知の迷宮を考えると少ないのかもしれない。まさに少数精鋭部隊。

さらに王城からオウの迷宮十層目まで補給線を確保するのに、多数の軍が各階層に配置されている。十層目には定期的にオリハルコンゴーレムというボス個体が湧いてくるので、騎士団の一部の人達もここに残るそうだ。中に入った後に何かあって俺達が戻ることになっても、退路が断たれていたらどうにもならないからな。

そんな万全の準備も終え、これからオウの迷宮の最奥に挑むことになったのだが……その前に驚くべきことが予定されていた。なんとアルザルス王が十層目まで来て、これからオウの迷宮に行く俺達に激励の言葉を贈ってくれるそうだ。

陛下自らこんな危険地帯まで来るなんで……冒険者の俺ですら気分が高揚してくる。他の人達の様子を見ても皆高揚した表情で、士気が上がっているのを感じる。

そんな熱気が高まる中、陛下が集まっている全員の前に出た。その姿に気圧《けお》されるように迷宮内の空気は静まり返り、陛下の言葉が響く。

「ようやくオウの迷宮攻略の準備が完了した。アルザルスの名において、皆の働きに感謝の意を表する」

陛下はそう言い頭を下げた。その姿に全員困惑している。俺もしている。冒険者達も目を見開いて驚き、軍と騎士団は特にざわついて、アルブスに至っては青ざめてアワアワと慌てていた。

だが、陛下は片手を上げてそのざわつきを静める。

「さて、知っての通り現在イヴリス王国は魔物の脅威に晒されている。その原因は我々が長年秘匿してきた、このオウの迷宮にあるのだ。迷宮はこの地を侵食し始め、様々な異変を引き起こしている。今各地で起きている魔物の大発生がまさにそれだ。我々は長年迷宮の恩恵を受け国は発展し続けてきた。しかし、迷宮はこの地に災いをもたらすものでもあったのだ。先代、そのさらに先々代からその事実に気が付いていた。迷宮からもたらされる富に迷宮を封鎖することもせず、その方法もわからずにいた」

おう……まさかその事実をこの場で言うなんて。軍の人や冒険者達がまた驚いた顔をしているぞ。騎士団の人達も驚いているけど、オウの迷宮の秘密を隠してきたことは知っているから、軍や冒険者にこの話をしたのに驚いているんだろうな。

陛下は俺達一人一人にしっかりと目を合わせながら、力強い瞳で話を続けていく。

「そしていよいよ、迷宮を閉じなければならない時がきてしまった。このままではこの国……いや、この世界自体が迷宮に飲み込まれるだろう。だが、同時に希望ももたらされた。この者達がオウの迷宮を攻略する手がかりを掴んでくれた。Aランク冒険者であるオークラ・ヘイハチだ」

うぇ!? こ、ここで俺!? ちょ、陛下がこっちに手を向けたから皆の視線が集まってるんですが! 勘弁してくれ!

どうも名乗り出ないといけない雰囲気になってしまったので、恐縮しながらも前に出て頭を下げておいた。

「ど、どうも……」

「どうか、彼らと共にオウの迷宮を攻略し、この国を救ってもらえないだろうか。このふがいない王の願いを、どうか聞いてもらいたい。頼む、この国の未来はそなたらの手に委ねられているのだ」

再度陛下が頭を下げてから発破をかけると、軍や冒険者達の困惑した空気がなくなり皆応じるように声を上げた。オウの迷宮攻略前に混乱しそうな話をして驚いたが、結果的に全員の士気は高まったようだ。

激励が終わると陛下は俺に対して声をかけてくれた。

「オークラ・ヘイハチ、ハジノ迷宮の攻略と魔物の大量発生の対処と続けて、貴殿らには面倒をかけてすまないな」

「お、お礼なんてとんでもないです! 私達もこの国を守りたい気持ちは同じですから!」

「そうでありますよ! 私もこの国が好きでありますからね!」

「アンネリーやマイラが住む国だもの。絶対に守ってみせるわ」

ノール達のやる気も十分みたいだな。俺達もこの国で活動をしてきて、様々な人達と知り合ってすっかりと馴染んでいる。危機となれば助けない訳にはいかない。

この場にいる全員に見守られながら、俺は見上げる程巨大な扉の前に置かれている台座にスマホをかざした。


【オウの迷宮『最奥の鍵』を使用しますか？ Ｙｅｓ、Ｎｏ『攻略達成：ゴブリン迷宮、アンゴリ迷宮、ハジノ迷宮』】


今回はＹｅｓを選択。すると、迷宮の壁全体が強く発光し始め、ゴゴゴと音を立てながら巨大な扉が開いていく。閉じられていた扉の中は、今までの迷宮と違い上下左右の床や壁が紫色に変わっていた。並々ならない雰囲気があり、この先に何があるのかと思わず身構えてしまう。

いつもと違う迷宮の様子にごくりと生唾を飲み込んだ直後、突然迷宮全体が激しく揺れ出した。

「な、何だ⁉」

「迷宮が揺れているのでありますよ！」

立てない程の激しい揺れに、全員驚きの声を上げながらその場にしゃがみ込んだ。立て続けに開いた扉の奥から紫色の光が大量に吹き出し、迷宮の外へと流れていく。それをしばらく動かずに堪えていると、徐々に揺れと光の量が少なくなり揺れは収まった。

……おいおい、今の紫色の光は何だ？ それと同時に迷宮が揺れるとか、ただごとじゃないだろ。

「今の光は何だったんだ？」

「凄《すさ》まじい力の魔素だったわ。揺れたのはあれが原因ね」

「何というのでしょうか……邪悪な思念を感じました。今の振動、何者かの強烈な意思が宿っていましたよ」

「こ、怖いんだよ……」

「ふむ、不気味だ」

迷宮が揺れるほどの魔素か……不気味なんてもんじゃないな。この迷宮から生まれだそうとしているのは一体何者なんだろうか。最深部で待ち構えているんだろうけど、今から対面するのが怖くなってくるぞ。

この場にいた他の人達も突然の事態に混乱していたが、また陛下が声を上げて落ち着かせていた。そんな中突然スマホが振動する。画面を見ると協会長であるクリストフさんからの着信だ。トランシーバーって地下では通じないはずだったんだが……異変が起きてる影響だろうか。とりあえず出てみよう。

『オークラ君！　一体何が起きたんだ！』

「クリストフさん、そちらでも何かあったんですか？」

『突然魔物が大量に姿を現したと各協会から報告があった！　王都近辺の監視からも報告が相次いでいる！　このままでは町が守り切れなくなる！』

「えっ⁉　そ、そんなことが外で……」

『とにかく私達は軍と協力して総出で対処に当たる！　原因がわかっているならどうにかしてほし

い！』

協会長は凄い剣幕で叫びながら通話を切った。おいおい、そこまで切迫するほど魔物の大量発生が起きているのか。あのクリストフがあんなに焦った声を上げるなんてただごとじゃないぞ。これは陛下に判断を仰ぐしかない。

「陛下！」

「ああ、わかっている。どうやら外で何か起こったようだな。私は急ぎ外へ戻り対処に当たるとしよう。バウリス、オウの迷宮攻略の指揮、任せたぞ」

「はっ！　必ずや陛下のご命令を成し遂げてみせます！」

騎士団長が跪いて礼をすると、陛下はその場で手のひらサイズの四角い箱を出す。その箱にある赤いスイッチを押すと、陛下の姿は粒子となって消えていく。あの箱は俺が渡したガチャ産アイテム、脱出装置だ。今頃オウの迷宮の入り口に転移しているだろう。

ここで激励の言葉を贈ると聞いて、何かあったら危険だと事前に渡しておいた。まさかこんな風に役に立つとは。

さて、陛下の判断としてはこのまま迷宮攻略をする方針みたいだな。考えてみれば異変の原因は間違いなくオウの迷宮だし、放置して戻るなんてあり得ないか。元凶を絶つのが一番の解決方法なんだから、オウの迷宮を攻略するのが最善だ。

「それでは進軍を開始する！　皆警戒を怠らず前に続け！」

バウリス団長指揮のもと、俺達はオウの迷宮最深部へと足を踏み入れた。俺も万全の態勢にするため、ゴージャスヘルムにサイコホーンも付けておく。これである程度の相手なら遅れは取らないはず！

「これがオウの迷宮か……今までとは雰囲気が違うな」

「壁の色も紫なのでありますよ。一体どんな迷宮なのでありましょうか」

「迷宮内を循環している魔素も桁違いだわ。これは注意した方がよさそうね」

上手《うま》く言葉にできないけど、途轍《とてつ》もなく不穏な空気をビンビンと感じる。ここが今までの迷宮と別物なのは間違いない。罠があったとしたら、かなり悪質な物になっていそうだ。入った瞬間部屋ごと爆破されたり、迷宮の通路の壁が全て迫ってきて潰されるとかないよな？　それか出てくる魔物が全部ボス級だったり……考えただけでも怖いぞ。

そんな不安を頭に過らせながらしばらく進んでいたのだが、罠は全くなく魔物すら出てこない。地図アプリで見える範囲にも魔物は見当たらず、他の道や部屋がある様子もない。

「魔物がいないな。それに他の迷宮と違って一本道だぞ」

「罠がある様子もありませんね。迷宮としては逆に不気味です」

「奥から変な気配がするんだよぉ。何かが待ってるのかも」

「楽でいい。が、嫌な予感がする」

今までの迷宮は様々な方法で俺達に襲いかかってきたけど、オウの迷宮はまるで妨害がない。それが逆に怖くなってくるのだが……警戒しつつも順調に進んでいると、ようやく変化が訪れる。

一本道が続いていたのだが、二つの別れ道が俺達の前に現れた。バウリス団長の声に従い全員その場で止まる。

「分かれ道か。これはどっちに行くか悩むだろうな」

「地図アプリでどっちが正解かわからないんですか？」

「うーん、それがこの先を見るとどっちも全く同じだ。魔物の反応もない」

地図アプリでこの先を見ても、また一本の道が続いているだけだ。立体的に見てもまるで違うところがなく、どっちに進んでいいか判断できない。どうしたものか……できれば片方ずつ皆で行って確認したいところだが、今はそうも言ってられない。そうなるとこれからの方針は――。

俺の考えがまとまると同時に、バウリス団長の声が響く。

「時間が惜しい。ここで右と左で二班に分ける。騎士団と軍は半分に分かれ、冒険者はパーティ単位で分かれてもらう。異議のある者はいるか？」

誰も答える者はおらず、沈黙は団長の判断を肯定しているようだ。俺も同じ答えに至ったけど、それをはっきりと言い出すのはなかなかできることじゃない。さすが騎士団をまとめているだけあるな。

バウリス団長の指示に従って、俺達は部隊を二つに分けた。軍と騎士団は人員を上手く半分に分け、冒険者パーティは俺達を含め四パーティーなので単純に二つに分かれる。これで一つの部隊三十五人ずつになった。

うーむ、仕方がないとはいえいきなり戦力が半減だ。これで進んで行くとなると全滅の危険性も高まる。少しでも迷宮攻略の成功率を上げるには……エステルさんにお願いしよう。

「ここで分かれるとなると少し不安だな。エステル、皆に三倍の支援魔法をかけられるか？」

「ええ、その程度簡単だわ。魔導師も神官も何人かいるみたいだけれど、私とシスハで支援魔法をかけ直した方がよさそうね」

「そうですねぇ。来ている神官の方々もかなりのものですが、支援魔法でしたら私の方がいいかもしれません」

よし、それじゃあエステルだけじゃなくて、シスハの支援魔法もかけてもらうとするか。支援魔法をかける許可をもらうため、俺が代表してバウリス団長に声をかけた。

「騎士団長、分かれる前に私達のパーティの魔導師と神官で支援魔法を全員にかけてもいいでしょうか？　あまり言いたくはありませんが、この中じゃ一番効果が高いと思いますので」

「ん？　それが本当ならありがたい話――」

「おいおい、こんな時に冗談はよしてくれ」

バウリス団長の話を遮り、眼鏡をかけた騎士団の青年が会話に入ってきた。俺が団長に紹介するようにエステルに手を向けていたが、彼女を見て青年はふっと鼻で笑って自信満々な表情だ。

「それなら賢者イグナルト様の一番弟子である僕がかけなおすよ。皆もいくらAランク冒険者でも、こんな幼い少女の支援魔法の世話になりたくないだろう？」

「アウリアス、やめなって。あの子あんたより凄い魔導師よ。イグナルトだって多分勝てないわ。大人しくあの子の支援魔法に頼るべきだって」

「はっ？　アルブス、いくらお前でもその侮辱は許さないぞ！　イグナルト様がこんな少女に負けるなどふざけたことを抜かすな！　今ここで粛清してやろうか！」

「はっ、あんたが私に勝てる訳ないでしょ。私はただ事実を言っただけだし、迷宮攻略の可能性が高くなる方に賛成しただけよ」

アウリアスと呼ばれた青年は、ガルルと唸るアルブス相手に真正面から言い合っている。同じ騎士団といえ龍人相手に張り合えるとは、この青年も相当な実力者ってことか。賢者イグナルトの弟子っていうのも気になる。

そんな二人の争いを、バウリス団長が間に入って制止した。

「二人共よせ。今は争っている場合じゃない。アルブス、本当に彼らの支援魔法の方が強力なのか？」

「うん、何回も一緒に戦ってるから間違いないよ。特に魔導師の子は凄いから、支援魔法をしてもらった方がいいと思う」

「お前がそこまで言うほどか……なら頼もう。だが、この人数に支援魔法をして魔力が持つのか？」

「ふふ、攻撃魔法に比べたらこのぐらいの人数大したことないわ」

「私も問題ありません。エステルさんに比べたら、少し時間はかかってしまいますけどね」

バウリス団長からの許可も下りたので、エステルとシスハが支援魔法を始めた。エステルはグリモワールを開き、次々と三倍の支援魔法を放っていく。一度に複数人にかけているのか、あっという間に二人共七十人に支援魔法をばら撒《ま》いた。

その速さにも皆驚いていたが、支援魔法をかけられた人達は自分の体の変化にも驚いているのか、武器を振ったり手をぐーぱーと開いたりして確認している。不満そうにしていたアウリアスも驚いていた。

ふっふー、どうだ、これがエステル達の力だ！　……俺が自慢げにするもんじゃないけどさ。

騎士団である団長ですらエステル達の支援魔法に驚いているようだ。

「これは……凄まじいな。力が何倍にもなったかのようだぞ」

「う、嘘だろ。あんな早さでこの人数に支援魔法をかけられるなんて……」

「だから言ったでしょ。私は嘘なんて言わないし。変なプライド持たずに人の言葉は素直に聞きなさい」

「くっ、お前に言われたくないな。僕より遥かに年上の癖に、中身は見た目のまま子供じゃないか」

「何ですって！　お前ぶん殴られたいか！」

「二人共、やめろと言ってるだろう。支援魔法も済んだ、そろそろ分かれて進むとしよう」

騎士団同士でもこんな争いをするんだな。もっとお堅そうなイメージがあったけど、そうじゃないのかもしれない。

呆れた様子のバウリス団長に諭されて、アルブス達は言い争うのをやめて俺達は迷宮の先へ進み始めた。

俺達はバウリス団長と違う部隊になったが、その代わりアルブスと一緒の部隊だ。一応トランシーバーで通話できるかは確認済み。何かあればバウリス団長と連絡を取れるようになっている。

「ふっふっふー、こっちは私がリーダーだからね！　あんた達、私に従いなさいよ！」

「ふむ、こんな奴がリーダーで平気か？」

「ルーナうるさい！　これでも騎士団じゃ頼りにされてるんだぞ！」

「それは戦力としてだろう……。一番年長の癖に騎士団長に選ばれたことすらないじゃないか」

「アウリアスもうるさい！　もういいよ！　オークラがやりなさい！」

「あー、はい。それじゃあ恐縮ながら先導させてもらいます」

やりたくはなかったけど、俺が先頭に立つしかないのか……まあ、地図アプリもあるし適任か。魔物とかも出てこないしそこまで気負う必要もないだろうし。

それから特に何事もなく進んでいると、今度は広間がマップに移り込む。そこにも魔物は特にいないようだが……一本道から突然の広間。明らかに罠に違いない。その広間の奥にまた一本道があって、そこを通らないと先に進めなくなっている。

視認できるところまで移動して一度立ち止まり、広間の中を見渡す。団長達の方を見ても全く同じ広間があり、そこの前で彼らも立ち止まっているようだ。

「ここは……ボス部屋っぽいな」

「魔物は見当たらないでありますね。これは……」

「入ったら魔物が出てくるパターンね。お兄さん、騎士団長さん達の方はどんな感じ？」

「どうやらあっちも同じみたいだ。反応を見るとこの広間に入るのを躊躇《ちゅうちょ》している感じがするけど……ん？」

どうしたものかと考えていると、スマホにバウリス団長のトランシーバーから通話がきた。

『オークラ君、そちらはどんな様子だ？』

「はい、こっちは広間に到着しました。そちらも同じような場所にいますよね？」

『ああ、入ったら間違いなく何かあるだろう。そちらも同じとなると……オークラ君、ここはこのまま分かれて進もう』

「大丈夫ですか？　一度合流して片側の広間に突入するべきでは？」

『いや、さっき連絡のあった外の様子からして、あまり時間もかけていられない。両方とも奥に繋がっているのかわからないが、ここは同時に進む。オークラ君はこちらの状況もわかるのだろう？　なら、状況を見てこの後は進むか待つか判断してくれ。こちらは奥に到達したら連絡を入れる。繋がらないようならこちらで判断するから、そのつもりで頼んだ』

「わかりました。どうかご無事で」

バウリス団長との通話を切り、俺達は広間へと進むことにした。何が起きてもいいように警戒をしつつ、向こう側にある通路を目指す。

中央に差しかかった辺りで特に警戒したのだが……何も起きず。結局そのまま奥の通路に辿り着いてしまった。あれれ、おかしいな？　いやまあ、ありがたいんだけどさ。

ノールやアルブス達も何も起きなかったからか、気の抜けた表情をしていた。

「何も起きなかったな」

「思わせぶりな部屋でしたが拍子抜けですね。こちらが外れなのか、それともあっちが正解だったのか……」

「お兄さん、騎士団長さん達の方はどうなってるの？」

「えっと……あっ⁉　魔物の反応があるぞ！」

おいおい、バウリス団長達の方に赤い点が出てるぞ！　一つってことはボスモンスターだと思うが……散開して対処しているってことはかなりの相手っぽいな。無事に倒せるだろうか。

「どうするでありますか？　一旦戻るか、それとも奥へ進むか……」

「うーん、魔物は一体だけで既に戦闘中みたいだが……」

あっちにボスモンスターがいたってことは、こっちは外れなのか？　何もないからボスが出てこなかっただけかもしれない。ここは引き返して団長達と合流するか？

けど、逆にこっちが当たりの可能性だってある。どうするべきなんだ……。

そう頭を悩ましていると、アルブスが提案をしてくれた。

「オークラ、進もうよ。こっちが正解なのかわからないし、時間を考えたら奥まで見た方がいいって。バウリスもそれをわかってて分けたまま進んでるんだから。それにあっちの部隊も強いから、心配しないで大丈夫だよ」

「同感だね。ここで引き返すのは悪手だ。二手に分かれた以上この程度は想定内だ。僕達はこのまま進むべきだね」

アウリアスもどうやら進む意見に賛成のようだ。そうだな、確かにあまり時間はかけていられない。戻るにしても奥がどうなっているか確認するべきか。団長達が無事にボスを倒して進めるのに期待して、こっちはこっちで先に進むとしよう。

「わかりました。それじゃあこのまま奥まで行きましょう。もし次の層への入り口があったら、そこでどうするかもう一度考えましょうか」

意見もまとまりさらに先へ進んで行くと、また広い場所に出た。その部屋の中央には魔法陣があり、どうやらあれを使ってこの先に進むようだ。こっちが正解だってことなのか？　団長達が進んでいるルートにも、同じような部屋があるからあっちにも魔法陣があるはずだ。

「次の層への魔法陣か。あっちの道とこっちは繋がってないけど、多分同じような魔法陣があるっぽい」

「道が分かれた先で、さらにどこかに移動でありますか。これは本格的に判断をしないとダメでありますね」

「正直戻りたいところではあるけれど、それは難しいわね。ここまで来るのにもそれなりにかかったから、今から戻ったら凄い時間がかかるわ。あっちはまだ戦闘中？」

「ああ、まだ戦ってる。結構苦戦しているのかもな」

「それだと合流は難しいかもしれませんね。私達だけで先へ進みましょう」

仕方がない。ここまで進んでくるのに結構時間もかかっているし、今からバウリス団長と合流するのは厳しい。これはもう合流を考えずに、こっちはこっちで迷宮の攻略を目指すしかないな。

騎士団や冒険者パーティの人達からの反対も特になく、俺達は魔法陣の上に乗った。魔法陣が強く光り輝くと、目の前の光景が一瞬で切り替わる。

そこはまた広い広場で、目の前には見上げるほど巨大なゴーレムが鎮座している。体は虹色に輝く物体で構成され、それもその数五体。動き出す様子はなく壁際に綺麗に並んでいた。地図アプリで見るとその背後には通路があり、どうやら通れないように塞いでいるようだ。

まさかあれと戦うんじゃ……と嫌な予感していると、突然迷宮が激しく揺れる。

「うおっ⁉」

しばらく揺れは続いて収まったが、それと同時に迷宮内の雰囲気がさらに陰湿な物に変わったように感じた。エステル達もそれを感じ取っているのか不安げな様子だ。

「す、凄い揺れなんだよ……」

「本格的に迷宮の活性化が始まったのかしら？　あまり時間は残っていないかも」

「この層に来てからより強い悪意を感じる。何か起きるのは近そうだ」

何にせよ、あまり猶予は残されてなさそうだな。早くオウの迷宮を攻略してこの異変を食い止めなければ。

そう決意した直後、目の前で鎮座していたゴーレム達の目に紫色の光が宿った。ゴゴゴという地響きと共に巨大ゴーレム達は動き出し、一体だけその場に残りこっちへ歩いてくる。やっぱりあれと戦わないといけないのか！　まずはステータスの確認だ！

アンオブタゴーレム　種族：ゴーレム
レベル▼90　ＨＰ▼？　ＭＰ▼10万
攻撃力▼３０００　防御力▼？　敏捷▼40　魔法耐性▼？

固有能力【不動の守り手】【不可逆物質】
スキル【堅剛なる守護】【自己修復】【状態異常耐性】【ブロッキング】

えっ、表示されないステータスがあるぞ⁉　こいつはそれほどの魔物ってことなのか？　それとも体を構成している謎の物質のせいなのか……どちらにせよ厄介なことに変わりない。

能力やスキルから見るに、完全に先へ進むのを妨害するのが目的。一体だけ入り口を塞いでいるのがその証拠だ。

とにかく先へ進もうと、向かってくるアンオブタゴーレムと戦闘を始めた。動きはそれほど速くなく、攻撃も盾役なら難なく捌ける。が、いくら攻撃してもダメージがあるように思えず、ノールとエステルの攻撃ですら体が軽く仰け反る程度だ。

こいつ、体力と防御力と魔法耐性の重要な部分が見えないのは厄介極まりないぞ！　これじゃ倒すまでにどれだけかかるかわからん！

「くっ、時間がないっていうのに！」

「これ、倒せるのでありましょうか？　私の攻撃すらダメージが入っている気がしないのでありますよ」

「絶対に奥へ進ませないって感じだわ。この先の道へ行けないようにしているようね」

「複数いるのも厄介です。無視して進むのは難しいですね……」

騎士団と軍、それに冒険者達で総攻撃をかけているのに一体すらまともにダメージを与えられずにいる。何かいい手はないかと考えながら、アンオブタゴーレムの攻撃を受け止め弾き攻撃を加えるがダメージはほぼない。

くっ、手こずるってレベルじゃないな……これはノール達のスキルを使うしかないのか？　でも、こんなところで使ったら最深部にいるであろうボスとの戦いが……。

いい案が浮かばずにただただ時間だけが過ぎていたのだが、不意にここにいるはずのない奴の声が聞こえてきた。

「おいおい、こんなところで時間をかけてる場合じゃないだろう？」

振り返るとそこには、黒いマントを羽織った白い肌の男。こ、こいつはアーウルムで会った吸血鬼のヴァニアだ！

「おまっ⁉　どうしてここに！」

「私達もいるよー」

「いるんだねー」

すぐ近くには双子のデーモン少女達の姿もあった。どうしてこいつらがここにいるんだ！

突然の三人の登場に全員困惑していたが、魔人だと知らないのでそこまで騒ぎにはなっていない。

が、アルブスは魔人だと気が付いたのか驚きの声を上げる。

「なっ⁉　魔人！　どうしてここにいるのよ！」

「ちょっ、待って待って！　僕達は敵じゃないよ！　そんなことしている場合じゃないでしょ！」

「うるさい！　隠れて忍び込んでる時点で――ぐっ⁉」

混乱している最中でも容赦なくアンオブタゴーレムの攻撃が飛んできて、アルブスは慌ててそれを斧で弾いた。これは言い争っている場合じゃないな。まずはここに来た理由を聞いておくか。

「お前ら、どうしてここにいるんだ？」

「君達に異変の解決を押し付けておいて、僕達も黙っている訳にもいかないだろう？　迷宮攻略の助力に来たのさ」

「だからって魔人が……異界の力目当てじゃないでしょうね！」

「疑われても仕方がないけど、そうじゃないから安心してほしい。災厄領域の方はもっと早く異変が始まっていてさ。もしかしたらってこっちに来てみれば、案の定迷宮攻略をしていたから手伝いに来た訳さ。ああ、他の同志達も外で魔物の相手をしているはずだ」

アルブスはかなり疑っているが、ヴァニアの目は真剣そのものだ。装着しているサイコホーンからも、その言葉が嘘じゃないのが伝わってくる。双子のデーモン少女達も同様の気持ちのようだ。本当に俺達の手伝いに来てくれたんだと思う。

まさか魔人が手伝いに来てくれるなんて……世界の危機には敵も味方も関係ないってことなんだな。

「まあ、信用してくれるかどうかはいいとして、早く先へ進んでくれ。ここは僕達が抑えるからさ……僕達だけだとキツいから、騎士団に手伝ってほしいけど。これ、あんまり時間が残されていないよ。迷宮の完全活性化の兆候が出ている。まだ不安定ではあるけど、何かが生まれ出てきそうだ」

ヴァニアは余裕がなさそうな雰囲気でそう言う。本当にもう猶予が残されていないのか。だけど、騎士団や軍、冒険者の人達を置いて先にいくなんて……と、迷いが出ていたが、アルブスがそんな俺に言葉を投げかけてくれた。

「オークラ、あんた先に行きなさい」

「えっ、ですが……」

「いいから行きなさい。あいつを信用した訳じゃないけど、私達も協力して先へ進む道を作るわ。あなた達が行く方が迷宮攻略できる可能性も高いだろうし」

「……わかりました」

「それでよし！　また迷宮の最深部で会おう！　フリージア、やられないでよね！」

「うん！　アルブスちゃんも気を付けてね！」

「あっ、ついでにルーナもね！」

「ついでとは何だ。失礼にもほどがあるぞ」

「あはは一、じゃ、オークラ達も頑張るのよ！　どりゃぁぁぁぁぁぁ！」

アルブスの体が発光し、アンオブタゴーレム達に向かっていく。彼女の一撃を受けると、ゴーレムは体を大きく仰け仰け反らせた。一体、二体と吹き飛ばし、その勢いのままこの先の道を塞いでいるアンオブタゴーレムに向かっていく。

入り口を塞いでいたゴーレムが体を発光させ守りの体勢に入るが、構わずアルブスは突っ込む。両者の体を包む光が激突し眩《まばゆ》い光を放つと、両者共吹き飛ばされて別方向へと飛んでいく。

それに反応して前に出ていたアンオブタゴーレムの一体が入り口を塞ごうと動き出したが、その隙に俺達は駆け出して奥の通路へと滑り込んだ。それからすぐにドスンと後方で音がして振り向くと、アンオブタゴーレムの虹色の体が入り口を塞いでいた。どうにか先に進むことができたな……。

「結局私達のパーティだけになっちゃったわね」

「皆無事だといいのでありますが……早くこの迷宮を攻略して、外の異変を解決しないとでありますよ」

「しかし魔人達まで来ていたのは驚きましたね。協力してくれるなんて思いもしませんでした。でも、このタイミングだと少し怪しくも思えますね」

「大丈夫だよー。インテちゃんもインノちゃんもいい子そうだったもん！」

「出し抜く気なら黙って進んでいたはずだ。胡散臭《うさんくさ》い吸血鬼だが今は信用しておこう」

「ああ、サイコホーンであいつらが言っているのが本当だって伝わってきた。信じてもいいはずだ」

まさかの援軍だったけど、協力してくれたのはありがたい。他にも魔人を連れて来て外で魔物の対処までしてくれているらしいし、あいつらには感謝しておかないと。これが終わったら魔人とこの国が和解できるように、俺達も協力してやりたいなぁ。

話はここまでにして、アルブス達の協力で入れた道の奥へと進んで行く。そこにはまた地面に描かれた魔法陣があり、上に乗るとまた輝いて景色が変わった。そして同じように一本道が続いていたので地図アプリで確認すると、今回はすぐ先が行き止まりになっている。

「ん？　今度は随分と道が短いぞ。すぐに行き止まりがある」

「あら、それじゃあここが最下層？　三層目で終わりだなんて、迷宮としての規模は小さいのね。だからさっきの層で足止めをする魔物が出てきたのかしら？」

「もしかすると他の迷宮を攻略したからかもしれない。扉を開ける時に攻略した迷宮が表示されていたんだ」

「ハジノ迷宮はオウの迷宮から派生した迷宮だと言われていましたが、ゴブリン迷宮やアンゴリ迷宮もそうだったのかもしれませんね」

「他の迷宮を攻略したことで、オウの迷宮の力が削がれていたのでありましょうか。大倉殿のガチャ欲が、知らないところで人助けになっていたのでありますね」

「別にガチャ欲で迷宮攻略してた訳じゃないんだが……困ってる人達がいたら、助けるのは当然だろう？」

「平八がそれだけで動くとは思えない。ガチャの報酬目当てだ」

「あのなぁ、俺はそんな薄情な人間じゃあないぞ」

「そうだよ！　平八は意外といい人だもん！」

意外は余計だ意外は！　全く、この誠実の塊のような俺に対して何たる評価だ！　……そう言われても仕方がない気はするけど。

それにしてもだ、オウの迷宮の最深部が三層しかないのは、やはり扉を開く時に表示されていた他の迷宮を攻略していたおかげなのかな。それで三層になっていたのなら、俺達がやってきたことは間接的にこの世界の危機を救っていたってことか。俺のガチャ欲が巡り巡ってそんなことになっていたとは……我ながら恐ろしいぜ。

とにかく今は先へ進むべく、奥へと続く道を進んで行く。するとやはりすぐ行き止まりの広間にぶち当たり、地面には魔法陣が描かれている。移動してきたそのすぐ先にまた魔法陣って……まるでラスボス直前のようだな。セーブポイントはないのでしょうか？

「一本道の一番奥に魔法陣。こういうのって魔法陣に乗ったら、もう引き返せませんがいいですか？　って忠告文出そうだよなぁ」

「何の話でありますか？　でも、これは確かにハジノ迷宮のドラゴンのように、移動したらもう戻れなそうでありますけど」

「ここで騎士団長やアルブス達が来るのを待つのも手だが……どうする？」

「さっきから地震の頻度も増えているし、あまり長い時間は待っていられないわ」

「魔物との戦いですぐに来れない可能性もありますね。私達だけで突入した方がいいかもしれません」

「私は待ちたい。が、平八達に任せる」

「私も難しいことはわからないけど……どんどん怖い感じが大きくなってる気がするよ。このままだと何か起きちゃうかも」

エステルの言う通り、小さくはあるが迷宮が揺れる頻度が増えている。この振動が起きるごとに外でも何か起きていそうだ。正直な話、ここでバウリス団長やアルブス達を待ちたいところなのだが……そうも言っていられなそうだな。

団長達が追い付いたとしても、アルブス達が相手をしているアンオブタゴーレムを突破するのにとても時間がかかるはず。待っていたらその前に、迷宮から生まれ出ようとしている存在が出てきてしまうかもしれない。それだけは絶対に避けないといけない事態だ。

……ここは覚悟を決めて、俺達だけで挑むしかなさそうだな。

「よし、突入しよう」

意を決して俺がそう言うと、ノール達は無言で頷いてくれた。……ここまでずっと一緒に来てくれたノール達には、いつも救われてきたな。彼女達と一緒なら、俺はどんな敵が相手だとしても立ち向かえる気がする。

全員で魔法陣に乗ると強く発光し始め、視界が白く染まっていく。そして目の前の光景が変わるかと思いきや――声が聞こえた。

『――やっと――きて――』

……誰の声だ？　それに一体何を言って――。

「――にさん！　お兄さん！」

「はっ!?」

エステルの声でハッとすると、彼女は心配そうな表情で俺を見上げていた。お、俺は一体何を……

誰かの声が聞こえた気がしたんだけど……気のせいか？

「お兄さん、大丈夫？」

「あ、ああ……すまん」

「もう、今からボスに挑もうっていうのにボーっとしてどうしたの？」

「突然足を止めたでありますが、何かあったのでありますか？」

「いや、その……声が聞こえなかったか？」

「声、ですか？　特に気になる声はありませんでしたけど……何か聞こえたのでしょうか？」

「……いや、気のせいかもしれない」

「変な平八なんだよー」

「平八はいつもおかし……うむ、何でもない」

いつもおかしいとか言うんじゃねぇ！　俺は至って正常だ！　……うーむ、何か聞こえたのは本当に気のせいなのか？　自分でもよくわからない。とりあえず何か起きた訳でもないし、今は気にしないでおこう。

どうやら魔法陣でちゃんと飛ばされたみたいだが……また不気味な場所に飛ばされたな。壁とかの色が紫色からどす黒い色に変わってやがる。吐き気を催すような感覚に気分まで悪くなってきた。尋常じゃない何かを感じるぞ。

「これがオウの迷宮の最深部なのか……」

「雰囲気が一段と変わったのでありますよ。肌がピリピリとするのであります」

「今までの異変、そしてイヴリス王国と魔人の争いを起こした原因。一体この奥に何がいるのかしらね」

「昔に活性化した迷宮は魔王を生み出したそうですが……イルミンスールの強力な存在、大倉さんの言う、レイドボスってやつが来るのでしょうか？」

「テストゥード様と同じぐらい強い魔物が来たら大変なんだよ……」

「やれやれ、面倒なことに巻き込まれた。早く終わらせて静かに暮らしたい」

一体この先に何がいるのかわからないが、必ず元凶を倒してこの異変を終わらせる。この世界を救うだなんて大それた動機ではなく、ただ今まで過ごしてきたこの国を守りたいだけだ。

恐怖がない訳じゃない。不安もある。でも、俺にはノール達がいる。彼女達を俺は頼りにしているし、俺も彼女達の頼りになりたい。情けない姿を見せてきた俺だが、こんな時ぐらいは恰好《かっこう》をつけたい。俺だって男だからな！

とりあえず何がいるのかわからないので、偵察カメラを飛ばして先行させ様子を窺《うかが》う。真っすぐな一本道を抜け、またもや広間があるようだ。そこには壁のあちこちに糸のような物が張り付いていて、中央にはドクンドクンと脈打ち鼓動する黒い塊がある。

一体これは何なのだろうか……他に敵もいないみたいだし、自分達の目で実際に見てみるしかないか。偵察カメラを停止させ、俺達は広間へと向かった。

「あれは……繭、か？」

「黒くて不気味なのでありますよ……脈打っているのであります」

「ヴァニアの生まれ出てきそう、って表現はそのままね。あの中で何かが育っているわ。迷宮はあれを育てる役割を担っているのかしら？」

「見た目の通り、とんでもなく邪悪な気配ですね。まるで世界中の悪意を凝縮したようです。それにこれは……」

「寒気がする……あの繭、凄く怖いんだよ」

「ふむ、今の内に仕留めよう。繭を壊せば産まれる前に中身も死ぬ」

繭の中で成長しているとは……あれからニズヘッグすら超える存在が出てくるっていうのか。なら
ルーナが言ってるように、生まれる前に繭を破壊するしかない。

とりあえずステータスでも確認してみるか。

種族：？
レベル▼？　ＨＰ▼？　ＭＰ▼？
攻撃力▼？　防御力▼？　敏捷▼？　魔法耐性▼？
固有能力　？　スキル　？

「……あの繭、ステータスが見えないぞ」

「やっぱり危険そうね。一体中身は何者なのかしら」

「イルミンスール由来の存在で間違いなさそうですね。神に近い気配も感じます」

「神に近い気配、でありますか？」

「はい、邪悪ではありますが、あれは神の気配を纏《まと》っています。言うなれば邪神の力、というところ

でしょうか。もっとも、まだ僅かに感じる程度です。ですが神の力を持っていることに変わりはないので、注意はした方がいいかと」

「か、神様？　それってテストゥード様と同じなのかな？」

「いや、あの亀より強烈だ。カロンとも違う」

神の力……それもテストゥード様やカロン以上とか、まさか本物の神でも出てくるっていうのか⁉

しかも邪神！　そんなのが出てきたら一体どうなってしまうんだ……。

ステータスが見えないのはそのせいなのか？　けど、繭だからまだステータスが見えないだけの可能性だってある。

とりあえずまだ繭の状態だ。生まれてくる前だったら、たとえ神であろうとどうにかできるはず。

「神と言っても誕生する前に俺達が辿り着いたのが運の尽きだな。さっさと破壊しちまおう」

「いつもの大倉殿の発想でありますねぇ。今回ばかりは大賛成でありますけど」

「私としても、どちらかといえば大賛成ですね。あんなのが解き放たれたら、戦う以前にこの世界にどんな影響があるかわかったもんじゃありません」

「そうね。躊躇する理由もないんだから、今の内に仕留めてしまいましょう」

フリージアとルーナもうんうんと首を縦に振り、満場一致で繭の破壊に賛成のようだ。生まれるまで待つなんてあり得ないし、問答無用で破壊させてもらおう。

繭ではあるが一応反撃が来る可能性もあるので注意しつつ、俺達は攻撃をすることにした。まずフリージアとルーナによる矢と槍の遠距離攻撃で繭を貫き、それで空いた穴にエステルが魔法をぶち込む。

繭の中にエステルの魔法が入ると、内部から強烈な光を発して大爆発が起きる。あまりの威力に肉塊が飛び散ることなく、跡形もなく繭は消し飛んだ。中身も残っている様子はなく、完全に消滅している。

「よし、これでオウの迷宮攻略だな」

「何だかあっけない最後でありましたね」

「中身が何もないってことは、まだ形成段階ですらなかったのかしら。それか私の魔法で消し飛んじゃったのかも。ここまで先走って来た甲斐があったわね」

確かにあっけない終わりではあるなぁ。まあ、今までの異変の元凶だからって苦戦するとは限らない。むしろ俺達の努力のおかげでこうして楽に終わらせたってところだろう。これなら今までの迷宮の方が遥かに苦戦させられたぐらいだ。

……ふぅ、楽に終わって本当によかった。そう俺は安堵したのだが、シスハとフリージアとルーナの様子がおかしい。各々武器を構えながら周囲を警戒し、ついにはシスハが叫んだ。

「待ってください！　気配がまだ消えていません！」

「まだ何かいる。来るぞ」

「怖い感じが全体に広がってるよ！」

繭だけじゃなくて他にもここに何かいるのか⁉

シスハ達の警告に素直に従い周囲を警戒していると、突然目の前に人影が現れた。よそ見をしていた訳でもなく唐突に、まるで最初からそこにいたかのように現れたのだ。ノール達も不意を突かれたように反応できず、その姿を確認してから慌てて武器を構えなおす。

急に現れた人物は長髪の黒い髪に紫の瞳、装いは黒いローブ姿だ。その顔立ちは中性的で、女性にも男性にも思える。どちらにせよめちゃくちゃな美形だ。周囲に黒い靄《もや》が漂い、とても神秘的な光景だが不気味に思える。

そんな目の前の謎の人物は俺達のことを見ることなく、眼中にないといったご様子。すると突然頭の中で声が響いた。

『ふむ、ようやく目覚めの時が来たか……いや、少しばかり早いな。忌々しい女神と眷属共に付けられた傷は癒えたようだが、まあいい』

こいつ、頭の中に直接⁉　こっちを意識している訳じゃなく、ただただ垂れ流しているといった感じだ。何とも言えない不快感があるが、こっちから拒否できるものでもないらしい。

奴は自分の体を触り何やら確認しているようだ。こいつは一体何なんだ？　ステータスアプリで見ておこう。


真なる常闇『ヴェルマヌム』　種族：？

レベル▼？　ＨＰ▼？　ＭＰ▼？

攻撃力▼？　防御力▼？　敏捷▼？　魔法耐性▼？

　ヴェルマヌム？　ＧＣでも聞いたことない名前だな。イルミンスールとは関係ないのか？　それよりこいつもステータスが全くわからないぞ。オウの迷宮に入ってから、ステータスアプリが役に立たなくなってきてやがる。

　これじゃ俺達で勝てる相手なのかすらわからない。……いや、これが普通なのか。俺達以外の人達は、皆相手のステータスなんて見えないんだから、自分で戦えるかどうかの判断をしていたんだ。完全にステータスアプリに依存し過ぎていた。

　サイコホーンで思考を読み取ろうとしても、靄がかかっているように何も伝わってこない。他のガチャアイテムもあいつには通用しないようだ。

　ただ、今の俺でもわかることは、ヴェルマヌムの圧倒的存在感。完全にこちらが気圧され、あいつのいる周辺の空間が捻じ曲がって歪んでいるように思える。

　警戒心を最大限に引き上げ、ヴェルマヌムがどう動くのか見ていたが、一向に俺達に気が付く様子なく周囲を見回す。一体何を見ているのかと首を傾げたら、奴は納得したかのように頷きだした。

『……はは、なるほど。我が領域に手を出した愚か者がいるようだな。異界の地にやってきてまで邪魔をするとは、物好きな輩《やから》がいたものだ』

　独り言だと思うけど、何を言ってるのか全くもって意味が分からないぞ。領域に手を出す？　こいつ以外にも何かやってる奴がいるってことなのか？　……駄目だ、まるで理解できそうにないぞ。

　このままだとこっちの存在に気が付かなそうだし、声をかけてみるか。意思疎通できればいいのだが……。

「あの！　ちょっといいでしょうか！」

『……ん？　何故このような矮小なる者達がここに……ほお、なかなか面白いのがいるではないか』

　最初はまるでその辺の石ころでも見るような目でこっちを見たが、何かが興味を引いたのか顎に手を当てて観察するように俺達を眺めている。何だ？　一体俺達の何がこいつの興味を引いた？

　訳も分からず無言でいると、ヴェルマヌムの納得したような声が聞こえてくる。

『どこの世界から来た者だ？　周りにいるのは我が世界の者のようだが……いや、異界の力が混ざっているな。なるほど……くくっ、ははははは！　全くどこまで！　そこまでして我を妨げようとは！　随分と矮小で狡猾な者がいるようだな！』

　俺とノール達が異世界の住民だって気が付いただと⁉　それにノール達を見て我が世界の者って……つまりイルミンスールのことか？　そこまで認識しているなんて、こいつは本当に何者なんだ。

　呆然とヴェルマヌムの話を聞いていたが、奴は突然目を鋭くして睨みつけてくる。

『虫けらは地に伏しているのが世の常であろう』

　がっ⁉　な、何だ！　めちゃくちゃ重い何かに上から押される！

　その重圧に耐えながら後ろを見ると、ノール達も同じ力を受けているのを武器を地面に突き立て耐えていた。中でもエステルは両膝を突いて自分の杖にしがみつき、今にも潰されてしまいそうだ。俺は何とか歩いてエステルのもとに行き、彼女が倒れないよう体を支える。

『ほお、本来の力の一端にも満たぬ身だが、我が圧に耐えるか。ただの虫けらではないようだ。よかろう、目覚めの余興として戯れ程度にはなるか』

ヴェルマヌムがパチンと指を鳴らすと同時に体が軽くなる。どうやら重圧を解いたようだ。特に動作もなくこれほどの力を使えるなんて……まともに戦って勝てる相手なのか？　いや、弱気になってどうする！　やるしかないんだ！

「いくぞ！」

俺のかけ声と共にノール達も動きだした。ヴェルマヌムは全く慌てる素振りもなく、愉快そうに口元を緩ませて俺達を見ている。舐めやがって、その綺麗な顔を歪ませてやるぞ！

まずフリージアが矢を射かけるが、奴の周りに漂っていた黒い靄が収束しそれを受け止めた。ルーナも合わせて槍を放つが、槍は黒い靄に弾かれてクルクルと飛んでいき、その先にいたヴェルマヌムが掴み取る。間を空けずにルーナに投擲《とうてき》し返すと、彼女は飛んで回避すると同時に下を通った槍をキャッチして自分の手元に戻した。

そんな攻防の間にもエステルが魔法で攻撃を加えていたが、やはり当たる直前で黒い靄に阻まれてしまう。あいつがいる場所を直接爆破しても、狙いがズレるようで見当違いの場所で爆発が起きている。何やら妨害されているに違いない。魔法で攻撃するのは難しいようだ。

俺もサイコホーンで強化したセンチターブラを飛ばして攻撃を加えるが、やはり黒い靄が集まって阻まれる。だが、俺には狙いがあった。視界を遮るようにセンチターブラを四つ動かし、エステルとフリージアも攻撃を加え黒い靄を引き付ける。

するとヴェルマヌムの周囲を漂っていた黒い霧が減り薄くなっていく。それに乗じてノールとルーナが、俺がセンチターブラで作った死角から滑り込んだ。タイミングを合わせるようにシスハがヴェルマヌムに向かって強烈な浄化の光を飛ばし、ついに奴を覆っていた黒い靄が晴れる。

その機会をノール達が逃す訳なく、一気に距離を詰めてノールが斬りかかった。が、彼女の剣をヴェルマヌムは難なく片手で受け止めている。う、嘘だろ⁉　ノールの剣を片手で止めやがった！　しかも素手で！

「う、動かないのであります……」

『痛みを感じるとはなかなかいい剣だ。やはり我が世界の力を込めた物か。だが、その程度では足りんな』

剣を持たれたままノールは持ち上げられ、俺達の方へ投げ捨てられた。入れ替わるようにルーナが槍を突き出すが、やはり軽く受け止められ、グイッと引っ張られ首を鷲掴みにされて持ち上げられる。

『我が支配する側の者が歯向かうか。その勇気は称賛に値する』

「ぐっ……誰が貴様の下につくか。その心臓を貫いてやる」

『ははは！　面白い！　屈服させて飼ってやるとしよう！』

「っ、下衆《げす》め」

ヴェルマヌムは愉快そうに笑いながら、ルーナのことも放り投げた。俺達を殺すつもりなんて微塵もなく、ただ遊んでいるようにしか見えない。……さっき言っていた戯れっていうのは本気でだったようだ。悔しいがあいつにとって、本当に俺達は遊び相手にしかなっていない。

「全く攻撃が通らないのであります。私のレギ・エリトラを素手で受けるなんて、一体何者なのでありますか」

「私の矢も黒いモヤモヤに弾かれちゃうんだよ……」

「完全に遊ばれている。下衆だが力は本物だ」

「神の力を宿していますから、テストゥード様と同じく神の眷属かもしれません。あそこまでハッキリと神の力を感じるのは、かなり色濃く加護を貰った眷属だと思います」

神に加護を貰った眷属か……それならこの強さも納得だ。全盛期のテストゥード様と渡り合った、ニズヘッグぐらいの強さはあるのかもしれない。つまりガチのGCのレイドボス並の強さだ。俺達だけでどうにかなる相手じゃない。

だが、俺達の会話を聞いていたヴェルマヌムは、さらに驚くべきことを口にし出した。

『この我が神の眷属だと？　無礼にもほどが過ぎるぞ。だが、その無知を許すとしよう。事実、本来の力の砂粒一つ程度にも満たぬ身だ。我が名はヴェルマヌム。かつてイルミンスールを支配した神の一柱よ』

神……神だと⁉　眷属とかじゃなくて、神本人だっていうのか！　それならこの圧倒的な強さも納得できなくはないが……神が迷宮から生まれてくるなんてあるのか？　それにどうしてイルミンスールを支配していた奴がここにいるんだよ。

エステル達もあいつの言葉に疑問があるのか、次々と言葉を口にしている。

「かつてってことは、今はもう支配できていないのね。忌々しい女神とか言ってたけれど、もしかしてやられちゃったの？」

「傷がどうとかも言っていましたね。もしかしてやられそうになって、別の世界まで逃げてきたんですか？」

『……口のよく回る虫けら共だ。逃げたのではなく我がイルミンスールを捨てただけだ。より上位の次元へ上り詰めるためにな。このセイバを苗床とし、その力を持って次元に穴を穿《うが》つのだ』

次元？　それに苗床って……正直意味はよくわかっていないけど、俺が地球からこの世界にやってきたように、さらに異世界へ行くってことなのか？　そのための力を得るために、この世界で何かしようとしている、と。

何にせよ、ロクでもないことをしようとしているのは間違いない。絶対にこいつはここで仕留めないといけない。

俺の意思を感じ取ったのか、こっちを見ながらヴェルマヌムは不愉快そうな顔をしていた。

『しょせん矮小なる存在に理解できる話ではないか。これだけ力の差を示してもまだ反抗する意思を見せるとは。……ふむ、そうだ。先ほどから効きもしない魔法を使っていたな。しょせんは神の御業の模倣に過ぎん。真なる魔を見せてやろう』

ヴェルマヌムの体から黒いオーラが発せられ、それに呼応するように迷宮全体が揺れだす。奴が片手を上げると黒い何かが集束していく。まるで闇を凝縮したような、空間から完全に浮いた黒い点のように見える。

見た途端得体の知れない恐怖を感じ、即座に俺は装着していた指輪で、女神の聖域を発動させた。俺達を覆うように光の壁が現れる。

それと同時にヴェルマヌムの手の平の黒い何かが解き放たれる。手の平サイズだった黒い点は周囲を飲み込むように広がっていき、空間にビキビキと亀裂を生じさせながら迫ってくる。

女神の領域までそれが迫ってくると、表面を滑るように黒い物は広がっていくが中まで入ってくる様子はない。さすが女神の領域だ、あいつの攻撃さえ防ぎ切ってくれたぞ！

なんて安堵したのもつかの間、空間と同じようにビキッと音を立てて、女神の聖域による光の壁に小さなヒビが入った。だが、そこで浸食は止まったようで、黒い物体はヴェルマヌムのもとへ戻っていく。

「おいおい、女神の聖域にヒビが入ったぞ……」

「防ぎ切ってくれたでありますけど、この中も絶対に安全って訳じゃなさそうでありますね」

「女神の聖域に影響を及ぼすなんて、今のは神の力の一端でしょうか。魔法とは桁違いの力を感じましたよ」

「……ええ、あれは魔法なんて次元じゃないわね。概念そのものに干渉して、全てを飲み込もうとする理から外れた力。世界の法則自体を捻じ曲げているようだわ」

なるほど、わからない。けど、魔法を超えた何かヤバイ物だっていうのは理解できた。あんな力を使えるなんて、本当にヴェルマヌムは神なのか？

今までどんな攻撃を受けてもビクともしなかった女神の聖域にヒビが入るぐらいだ。まともに食らったら一巻の終わりだ。

攻撃を終えたヴェルマヌムは、俺達が無事だったのに少しだけ驚いた顔をしていた。

『我が魔を防ぐとは……その結界、我と同格の力か。どうやらただの虫けらではなさそうだ。我が領域に手を出してきた者からの手引きか？　……まあいい、余興も飽きてきた。そろそろ狩るとしよう』

ヴェルマヌムはもう終わりだと言わんばかりに、さっきよりどす黒いオーラを放っている。女神の聖域内にいるのに肌がピリピリとして冷や汗が出てきた。

……ダメだ、こんな奴俺達だけじゃどうにもならない。女神の聖域だって長く持ちそうにない。こうなったら……あれを使うしか！

俺は焦りながらスマホを操作し、あるアイテムを選択して使用した。そのアイテムは、天井ガチャで手に入った緊急召喚石だ。スマホから光が溢れ出して、女神の聖域内で人型の光が形成されていく。

それを見て今にも攻撃してきそうだったヴェルマヌムは動きを止め、ノール達も驚きの声を上げた。

「緊急召喚石を使ったのでありますか！」

「ああ、このままじゃまるで勝ち目がないからな。……正直誰が来ても勝てるか怪しいけどさ」

「せめてカロンさんが来てくれれば、この危機も脱せそうですけど……」

「来てくれる子もランダムだもの。でも、私達より強化された子が来てくれるから、誰でも希望にはなるはずよ」

正直誰が来てもこの状況を打破できるか怪しいところではあるが……カロンがまた来てくれる可能

性はあるかもしれない。けど、緊急召喚はランダムだ。二回続けてカロンが来てくれるなんて……と、若干諦めかけていたが、驚くべきことが起きた。

俺の鎧の中が急に光り出したのだ。何事かと慌ててゴージャスヘルムを外して鎧の中を見てみると、光源は胸元にあるカロンの爪で作った首飾りだった。

「こ、これは⁉」

「カロンちゃんの爪が光ってるんだよ！」

「ふむ、呼応しているのか？」

緊急召喚石の光に反応するように、カロンちゃんの爪も光輝いている。もしこれが呼応しているのなら……そう思い俺は首飾りを外してスマホにかざしてみると、爪は光の粒子となりスマホに吸い込まれていく。

そしてカッと強い発光が起こり光が収まると、見覚えのある黒髪の少女が姿を現した。……カロンちゃんだ。

「はっはっは！　カロンちゃん参上！　お呼ばれに応じて来てやったぞお前様！」

絶体絶命の空気の中、それを吹き飛ばすようにカロンは仁王立ちで豪快に笑っている。

マジか……マジでカロンちゃんが来てくれた。俺と同じ心境なのか、ノール達もカロンを見て言葉を失っている。そんな俺達の様子を見てカロンは不服そうに眉をひそめた。

「何だ何だ、全員揃って辛気臭い顔しおって。このカロンちゃんが来たのだからもっと喜べぇい」

「お、おう。まさか本当にカロンが来るなんて……」

「もしかして、お兄さんに渡した爪のおかげかしら？」

「はっはっは、以前と似たようなことがあれば呼ばれやすいよう、私との因縁を付けておいたのだ！　本当に上手くいくとは思わなかったがな！」

貰った爪にそんな効果があったなんて、おかげで助かったぞ。でも、カロンちゃんが来てくれてやっと何とかなるかもって程度だ。油断はできない。

カロンちゃんもはしゃぐのをすぐにやめて、ヴェルマヌムを見て訝《いぶか》しげな顔をしている。

「それで、あ奴は何だ？　見たところ神の力を持つ者のようだが、随分と辛気臭い輩だぞ。しかしかなりの強者か。お前様達はいつも追い詰められておるなぁ」

「だからこそ緊急召喚石を使っているのでありますけどね……」

「でもでも、カロンちゃんが来てくれたなら安心なんだよ！」

「うむ、悔しいが頼りになる」

「はっはっは、相変わらず愛《う》い者達だな！」

「ルーナさんを可愛がるとは、本当にカロンさんはわかっていらっしゃります！」

カロンはルーナの頭をくしゃくしゃと撫でている。ルーナ自身も悪い気はしてないのか、ジッとされるがままだ。

カロンちゃんの登場で穏やかな空気が流れ始めていたが、ずっと黙り込んでいたヴェルマヌムが笑い出した。

『くくっ、そういうことか。やはりこ奴らを仕向けてきたのは、我と同じ存在のようだな。先ほどの結界、あれは女神共も一枚噛んでいるか。何奴かは知らんが、なかなか面白い真似をしてくれるものだ』

また勝手に納得しているようだけど、カロンを見て何かわかったのか？　それに女神の聖域も女神が絡んでいるって……。ノール達と召喚の契約を結んだり、俺をこの世界に呼んだのは女神？　うーむ、謎が深まるばかりだが、とりあえずガチャの運営は女神ってことか！

なんてこと考えていると、カロンが不愉快そうにヴェルマヌムに対して反応を見せた。

「とんでもなく偉そうにする奴ではないか。神に関わる奴らは大体あんな感じではあるがな」

「神に関わるというか、あいつは自分で神だって言ってたぞ。ヴェルマヌムっていうらしい」

「ヴェルマヌム……奴があのヴェルマヌムだというのか」

「知っているのでありますか？」

「一応な。イルミンスールで神代と呼ばれていた時代、世界を支配しようと目論んだ邪神だ。このカロンちゃんも奴の支配下にいた魔神共を何体か葬った。最後は女神と勇者によって滅ぼされたと聞いていたが……こっちの世界に来ていたとはな」

神代にいた神……カロンが知ってるってことは、ヴェルマヌムは本当に神だったんだな。話していたことをまとめると、イルミンスールで女神と勇者との戦いに負けて、命からがらセイバに逃げてきたってところか？

そしてまた同じようにセイバを支配しようとしている、と。何とも諦めの悪い奴だな。だけど一度やられたにしても、こいつが強大な力を持っていることに変わりはない。

どうせならイルミンスールでこいつを倒したっていう、女神と勇者とやらが来てほしいんだが……期待できそうにないな。ここで俺達がどうにかするしかない。

召喚した直後だというのに、カロンちゃんは拳を作ってやる気満々みたいだしな。

「さて、それでは今回呼ばれた役目を果たすとしよう。ボッコボコにしてやろうではないか！」

「ああ、やっちまってくれ。でも、前に戦ったミーズガルズよりも遥かに強いぞ」

「はっはっは！　望むところ！　神を直接殴れるなどまたとない機会だ！　真っ直ぐ行ってぶん殴ってやる！」

カロンちゃんは喜々とした声を上げながら、黒いオーラを纏い髪が伸びて長髪となった。スキルの龍魂解放を発動した証だ。エステルとシスハが慌てて支援魔法をかけると、カロンは地面を蹴って女神の聖域から飛び出しヴェルマヌムは焦った様子もなく、周囲の黒い靄が集まっていく。

武器であるティーアマトを変形させて、左手に纏わせて巨大なドラゴンの手が形成されている。それを見てもヴェルマヌムは焦った様子もなく、周囲の黒い靄が集まっていく。

カロンがその靄と衝突すると、彼女は弾かれ――ることなく、そのまま突き破った。さすがのヴェ

ルマヌムも目を見開いて驚いている。肉薄したカロンは宣言通り、ティーアマトを纏った拳で奴をぶん殴った。

殴られたヴェルマヌムは片手で受け止めたが、カロンの拳の重さに体ごと後ろに下がる。

『ぐっ！　何だこの力は……』

「はっはっは！　神の癖にこの程度か！　これならまだ亀の方が強かったぞ！」

『図に乗るな！』

受け止められても構わずカロンちゃんは拳で殴り続け、ヴェルマヌムは苛立ちを隠さずにそれを捌《さば》いていく。黒い靄を動かしてカロンに襲いかかるが、腕に纏っているティーアマトを鞭のように伸ばして一気に吹き飛ばす。変形する武器を上手く使っている。スキルを使ったカロンなら拮抗する戦いができるようだ。

「スキル発動状態のカロンと互角でありますか。やはり神だけあって強いのでありますよ」

「それでもギリギリといったところでしょうか。援護になるかわかりませんが、私達も加勢いたしましょう」

「そうね。攻撃を防ぐ隙をなくさせることぐらいはできるはずよ」

「カロンちゃんを応援するんだよ！」

「うむ、任せっぱなしは癪《しゃく》に障《さわ》る」

パンタシア・ミーズガルズとの戦いではカロンを見ているだけだったが、今回は俺達も可能な限り加勢しなければ！　そう思いカロンを援護するように俺達もヴェルマヌムと戦い始めた。

俺はさっきと同じようにセンチターブラを飛ばして死角を作り、ノールとルーナが近づいてちょっかいをかけつつ、フリージアとエステルによる遠距離攻撃を加える。カロンは先頭に立ってヴェルマヌムと対峙しているせいで被弾も多く、シスハが常に回復魔法を飛ばしていた。

俺達が加わったことによりだんだんとヴェルマヌムもカロンの攻撃を防げなくなり、ついに彼女の拳が体を捉えた。顔面を思いっきり拳が殴り抜けたのだが、体を仰け反らせながらもヴェルマヌムは踏ん張る。

『ええい！　煩わしい！　まとめて消し飛べ！』

紫色の目を光らせヴェルマヌムの片手に黒い物が集束していく。女神の聖域を侵食した一撃を放つつもりだ。そうはさせるものか！　隙を作れる機会をうかがっていた俺は、用意していた閃光玉のスイッチを押した。

「目を瞑れ！」

叫ぶと同時にディメンションブレスレットを起動し、手を転移させてヴェルマヌムの顔面の前に閃光玉を放り投げる。光を直視しないよう目を手で覆うと、強烈な閃光が広間全体を照らす。

光が収まりすぐにヴェルマヌムを見ると、閃光で怯み片手に集束していた黒い物が霧散している。

この好機を逃す訳もなく、俺は叫んで手に持っていたエクスカリバールをカロンに投げ渡した。

「今だカロン！」

「任されてやろう！」

カロンはエクスカリバールを受け止めると、ティーアマトをオーラ状にして纏わり付かせる。スキルである黄金の一撃を発動したのか、エクスカリバールは黄金に輝いて、黒と金が混ざり合い最強の武器のようだ。

それを目の前で怯んでいるヴェルマヌムに向かい、カロンは思いっきり振りかぶった。その一撃はヴェルマヌムの胸元に突き刺さり、黄金の光が奴の体中を駆け巡っている。

『ぐおおおぉぉぉぉ⁉』

ヴェルマヌムは雄たけびを上げながら、勢いよく後方に吹き飛ばされて迷宮の壁へと激突。その衝撃で迷宮内は激しく揺れて、黒い壁の表面を黄金の光が走り周囲に閃光がまき散らされる。

「やったぞ！　あれを食らえばタダじゃ済まないだろ！」

「ミーズガルズを倒したほどの一撃でありますからね。けど、これでダメージがないようなら……」

セヴァリアの聖地で戦ったパンタシア・ミーズガルズすら葬り去った攻撃だ。間違いなくダメージは通っていたはず。倒し切れなくてもこれで多少は弱るだろうから、そこから全員でタコ殴りにして勝利を掴む！　頼む、頼むから効いていてくれ！

黄金の光がまき散らされてヴェルマヌムの姿は見えなくなっていたが、すぐに光は収まり奴の姿が見えてくる。黄金の一撃を食らい弱った姿――ではなく、右手が巨大な黒い腕に変貌していた。攻撃を受けたはずの胸元に傷はない。代わりに変化した右手の一部から煙が上がり、黄金の光がバチバチと迸《ほとばし》っている。

それもすぐに右腕に吸い込まれるように消えていき、ヴェルマヌムは感心する声を上げた。

『驚かされたぞ。矮小なる者達にここまで手傷を負わされるとはな』

う、嘘だろ⁉　あの一撃でさえ殆《ほとん》どダメージがないのかよ！

黄金の一撃を当てエクスカリバールを俺に返しにきたカロンちゃんは、ほぼ無傷なヴェルマヌムを見て豪快に笑っている。

「はっはっは！　参ったぞ！　殆ど効いておらん！　さすがは邪神だ！」

「笑っている場合じゃないだろ！　あれで倒せないとかどうするんだよ！」

「どうもこうも気合で倒し切るしかない！　私の力が切れる前にやるぞ！」

「私達もスキルを使って援護するのでありますよ！」

「そうね。この総攻撃で倒し切れなかったら、私達に勝ち目はないわ」

「あまり悲観的な考えはしたくありませんが、何としてもこれで倒すしかありませんね」

「私もスキルを使いたいけど、使ったら気絶しちゃうし……」

「任せておけ。その分私がスキルを使ってやる」

黄金の一撃ですらダメージを全然与えられなかったが、ここで諦める訳にもいかない。ノール達もスキルを使い、カロンのスキルが切れない内に総攻撃を仕かけた。

ヴェルマヌムは巨腕の右腕でカロンとノールとルーナの攻撃を弾き返し、さらに濃くなった黒い靄を周囲にまき散らす。その靄の影響かノール達の動きが鈍くなっているが、シスハが回復魔法などを飛ばして何とか拮抗させている。

俺はさっきと同じくセンチターブラで死角を作ろうとしたのだが、同じ手は通じないとばかりに巨腕が鞭のように伸びて破壊された。それから俺も女神の聖域から出てディメンションブレスレットを使い、ヴェルマヌムにエクスカリバールを突き刺そうとするが察知されて防がれる。くっ、こいつは他人の思考でも読めるっていうのか？

試しにスキルである**【称号変更】**を使い固有能力を**【神に挑みし者】**に変更した。ハジノ迷宮を攻略した際に手に入れた、神性特攻を取得できる称号だ。あいつが神っていうのなら、この称号はまさにこの時のためにあるようなもの。

再度その状態で殴ってみたが、エクスカリバールは軽く右腕で弾かれ効果があるように思えない。

……この称号はあいつに効かないのか？　これじゃ意味がない。ノール達のステータスの底上げをした方がマシだから、総長に戻しておこう。

カロンが猛攻しつつその隙にスキルを発動させたノールが攻撃をしていたが、火花を散らしながら巨腕で剣をへし折られ、彼女は黒い靄に吹き飛ばされた。

ルーナのカズィクルを発動させたオーラを纏った槍の一撃も、黒い靄が集まり阻まれるが、それをどうにか突き破りヴェルマヌムに届く。が、そこから右腕に阻まれて槍を受け止められると同時に、ルーナの深紅の槍も真っ二つにへし折られ、彼女自身も殴り飛ばされる。

エステルとフリージアによる遠距離攻撃での援護もあるが、ヴェルマヌムはもはや防ぐこともせず平気な顔をして攻撃を食らっている。全くダメージがないようだ。

カロンが戦ってくれている間に、俺は倒れたノールとルーナを回収し、女神の聖域内へと戻った。

「ノール！　ルーナ！　大丈夫か！」

「うぅ……わ、私のレギ・エリトラが……」

「……痛い。槍も折られた。心も折れた……」

「ルーナさん！　許せません！　今度は私が相手になってやりますよ！」

「やめなさい。さっきからこっちも狙っているから、ここから出てもすぐにやられるだけよ」

カロン達が戦っている間にも、ヴェルマヌムはエステル達がいる女神の聖域に向けて黒い玉を飛ばしていた。あれもさっき放ってきた侵食する黒い物体なのか、当たる度に聖域の壁のヒビが広がりつつある。カロンにもあの攻撃をしているが、何とか避け続けていた。食らえばどうなるかわかったもんじゃない。

主戦力であるノールとルーナがシスハによる治療を受けている間、俺はどうすればいいかエクスカリバールを強く握りしめて考えていたが、ついにその時が来てしまった。カロンの持つ大剣に変形させたティーアマトが、ヴェルマヌムの右腕に掴まれる。

「なっ――」

『そろそろ余興は終わらせるとしよう。目覚まし程度のいい運動になった。礼として絶望をくれてやる』

カロンの動きが止まると共に、ヴェルマヌムから周囲に黒い波動が解き放たれる。間近で直に食らったカロンは迷宮の壁まで吹き飛ばされ、俺のいるところまでその波動は達し――ピキピキと音を立てて女神の聖域は砕け散った。

俺は即座に近くにいたエステルを抱き抱えたが、直後に凄まじい衝撃を受けて飛ばされる。上下左右の感覚もなくなるほど激しく揺さぶられて、どこかにぶつかったのか背中に強い痛みが走った。

……い、いてぇ、何とか意識は飛ばずに済んだけど、しばらく動けそうにない。腕の中に抱いている感覚はある。どうにかエステルを離さずに済んだ。

ようやく目を開けて胸に抱いているエステルの姿を確認し安堵したが、彼女は完全に気を失っている。ノール達は無事だろうか……ただでさえダメージを受けて回復中だった。それにあれを間近で食らったカロンも心配だ。

何とか肘を地面に付いて立ち上がろうとしていると、ヴェルマヌムの呟きが聞こえてきた。

『これで全て片付いたな。ようやくセイバの支配を始められるが……その前に』

歩く音が徐々にこっちへ近づいてくる。地面に影が差しかかり顔を上げると……目前にヴェルマヌムが立って俺を見下ろしていた。奴は巨腕を伸ばすと、俺が抱き抱えていたエステルを掴み上げようとする。必死に渡さないよう強く抱きしめたが、さらに強い力で腕をこじ開けられ、エステルを連れて行かれた。

くっ……ロクに抵抗すらできないなんて、俺はこんなにも無力なのか。持ち上げられたエステルを見て、ただただ手を伸ばすことしかできない。

「や、やめろ……」

『ふん、これに用はない』

エステルは放り投げられ地面へ転がる。それを見た途端、俺の中で何かがブチ切れた。

「お、お前ぇぇぇぇ！」

近くに落ちていたエクスカリバールを手に取り、倒れたまま黄金の一撃を発動させ、光輝くエクスカリバールをヴェルマヌムの足に突き立てる。が、奴の体は鋼鉄のように固く、直撃したというのに微動だにしない。それでも何度も何度も奴の体にエクスカリバールを振り下ろす。

くっそ、くそ！　畜生！　俺じゃ何にもできないっていうのか！　目の前にいるっていうのに、手も足も出ないじゃないか！　畜生、エステルがあんな扱いされて、やり返すことさえ俺には……。

つまらなそうな顔をしながら、ヴェルマヌムはエクスカリバールを弾き飛ばすと、俺の首を掴んで持ち上げてきた。

「ぐっ、は、離せ！」

『……ふむ、珍妙だ。この程度の力しか持たぬのに、貴様には何やら他の力が宿っている。これは……まさか、貴様上位世界の者か？』

「し、知らねーよ……」

『そうか。どちらにせよ、その力は私が貰うとしよう』

「うっ――がっ⁉」

首から手を放されると同時に、ドスッと鈍い感触が腹にあり異物感がしてきた。下を向くとヴェルマヌムの体から触手が伸び、俺の鎧を貫通して腹に突き刺さっている。

痛みはないがあまりの光景に血の気が引き、直後にドクンと体が脈打つ。腹から一気に何かを吸い出され始めて、全身から力が抜けていく。俺は一体何をされているのか、こいつは俺の体から何を吸っているんだ。

さっきまでの怒りも忘れて、恐怖に頭が支配され始めた。必死にもがいて触手を殴るが微動だにしない。だんだんと暴れる力すらなくなっていき、目前で歪んだ笑顔を浮かべるヴェルマヌムを見てされるがままになっていたが……突然触手が斬られて俺は地面に落ちる。

前を見るとそこには、息を荒くしながら折れた剣を持つ銀髪の少女、ノールの姿があった。鎧はあっちこっちボロボロになっていて、ヘルムも取れ素顔になった頭からは血が流れている。未だにスキルが継続しているのか体は銀色のオーラに包まれていたが、その光は消えかけて弱々しい。

「はぁ、はぁ……」

『ほお、まだ立って歯向かえる者がいたか。我が力をまともに受けて戦おうとするとは、誠に驚いたぞ。その意思に敬意を表し、我が直々に手を下してやろう。光栄に思うのだな』

「ノール！　逃げろ！」

巨腕を振り上げたヴェルマヌムを見て、俺は地面に這いつくばりながら叫んだ。ノールはそんな俺の方を見ると、優しく微笑んでいる。次の瞬間、ヴェルマヌムの巨腕がノールを殴り飛ばし、彼女は地面を何度もバウンドし転がっていく。

壁に激突したノールは前に倒れ込み、その後呻く声すら上げず全く動いていない。その姿を見て最悪の考えが頭に過ると、彼女の体は召喚した時のように輝き始め、光の粒子が漏れ出していく。

えっ……う、嘘だろ？　そんな、嘘だと言ってくれ！　ノールが、ノールが死んだっていうのか？

『これで確実に息の根は止まっただろう。さて、次は貴様の力を全て貰うぞ』

……許さねぇ、絶対に許さない！　どんな手を使ってでもこいつに地獄を見せてやる！　俺は力を振り絞ってスマホを取り出した。

「……これで終わったと思うなよ」

『ん？　まだ何かやろうと言うのか？　面白い、できるものならやってみるといい』

「その言葉、後悔するなよ」

蔑んだ目で見てくるヴェルマヌムの前で、スマホを操作してアイテム欄から**【URワープランクアップ】**を選択。**【本当に使用しますか？　Yes、No】**Ｙｅｓを選択。**【本当に使用してもよろし**

いのですか？　Ｙｅｓ、Ｎｏ】迷わずＹｅｓを選択した。

するると俺の体が発光し始めて、光の粒子が溢れ出しスマホに吸い込まれていく。全身から力が抜けていくのを感じるが、さっきヴェルマヌムにやられたのと比べると不思議と心地よく思える。

そうして俺の体から光が抜けるのが収まると、スマホの画面がカッと輝いて光の粒子が溢れ出す。その勢いは今までの比ではなく、目の前が全て光で埋め尽くされている。

溢れ出した光の粒子は空中で六つに枝分かれして、勢いよく散らばっていく。その行き先を見ていると、近くで倒れていたエステルに吸い込まれていき彼女の体は輝き始めた。

その光景を目の当たりにしていたヴェルマヌムは、目を見開いて驚いた声で呟く。

『これは……我の世界からの力が漏れている、だと。貴様、何をした？』

「お前の世界じゃないだろ。無力な俺が唯一できることをしたまでだ」

俺の力がヴェルマヌムに通じないのはわかっている。こんな状況でもノール達に頼ることしかできない己の無力さが悔しい。でも、彼女達が戦えるように補助することはできる。それを俺の命を使ってできるなら喜んでやろう。

スマホから光の粒子が出るのが終わると、遠くでドカンという音と共に煙が上がった。

「はっはっは！　漲《みなぎ》る、漲るぞ！　カロンちゃん絶好調だ！」

豪快に笑うカロンの体から黒い稲妻が周囲に迸る。角と尻尾もいかつくなり、服装も若干変わっている。体を覆う黒いオーラはより濃くなり、大剣になっているティーアマトは黒い雷を帯び、振り回す度に雷がまき散らされる。

金色の目を輝かせるカロンちゃんは、戦意剥き出しの表情で地面を蹴り、ロケットのような勢いでヴェルマヌムに向かってきた。そのあまりの速さにヴェルマヌムも対応が遅れ、カロンの大剣をもろに食らう。ダメージが入ったのか斬られた箇所から黒い煙が上がり、慌てて右腕でカロンの攻撃を受け止め始めた。

『くっ、な、何だというのだその力は！　神である我にこれほどの――ぐっ、がっ⁉』

突然深紅の槍がヴェルマヌムの胸から突き出てきた。何事かと奴の背後を見ると、そこにはいつの間にかルーナが立っている。彼女もまた赤いオーラを体から発し、瞳は深紅色に輝いていた。

ヴェルマヌムの体から触手が伸びてルーナを襲おうとしたが、今度は緑色に光る矢が飛んでくる。触手の全てが弾け飛び奴の頭にも矢が突き刺さった。飛んできた方向を見れば緑色の輝きに身を包んだフリージアの姿だ。

「散々やってくれた。頭プッツンだ」

「凄く力が出る！　ルーナちゃん！　一緒にあいつを倒すんだよ！」

二人共少し大人びた雰囲気で、カロンちゃん同様に姿も変わったように見える。星十に強化されている影響だろうか。

次々と強化された姿を見せるルーナ達に、ヴェルマヌムから焦りの雰囲気が漂っている。ルーナが槍を引き抜き飛び退くと、ヴェルマヌムからここぞとばかりにさっき俺達を壊滅させた黒い波動が放たれた。

しかし、奴の周囲に突如光の壁が形成され、黒い波動は広がることなく阻まれている。

『何ぃ⁉　ふ、防いだだと！　――ぐあぁ⁉　今度は何だ！』

ヴェルマヌムの体を虹色の閃光が突き抜け、巨腕になった右腕が千切れ飛ぶ。さらに次々と光弾が飛来し、奴の体にいくつも風穴が空いていく。

「うふふ、今の私ならあの魔法も防げるようですね。いっそのこと直接ぶん殴ってやりますか！」

「調子に乗らないの。強化されたとはいえ、回復に専念しなさい。やられた分は私がやり返してあげるわ」

エステルは虹色の光、シスハは青い光に包まれて立ち上がっていた。二人と目が合うとニコリと笑いかけてくれ、俺の体を光が包み込みヴェルマヌムに空けられた腹の穴が治癒していく。シスハの回復魔法、本当に暖かな光だな。

皆無事で本当によかった。けど、ヴェルマヌムにやられて消えかけていたノールは……。

エステル達に一方的に攻撃され続けたヴェルマヌムは、ふらつきながらもさらにどす黒いオーラが増していく。

『え、ええい！　死にぞこない共が！　今度こそ復活できぬよう、灰も残らず無に還してやる！』

「そんなことさせませんよ」

凛とした声が響き渡り、また一人立ち上がる姿があった。全身から銀色のオーラが漂い、同じく銀色に輝く剣と盾を持っている。彼女は俺の方に歩いてくると、優しく微笑んで手を差し伸べてくれた。

「ノ、ノール！」

「大倉さん、ありがとうございます。おかげで助かっちゃいました」

「いや、俺の方こそお前のおかげで助かった」

「それじゃあお互いさまってことですね。無事で本当によかったです」

よかった……本当によかった！　ワープランクアップに消えるのを阻止する効果があるかわからなかったけど、ノールは消滅せずに済んだ。俺の判断は間違っていなかったのか。

ヘルムがなくて若干恥ずかしいのか、頬を赤くしているが真っ直ぐに見つめてくるノールの手を取り、俺は立ち上がった。

「さて、これで形勢逆転したな。ヴェルマヌム、お前はここで俺達が倒してやるよ」

『小癪な……よかろう、我が真の姿を見せてやる！』

既にカロン達の総攻撃でヴェルマヌムはボロボロの体になっていたが、全身から黒いオーラを滾らせて力を貯め込んでいる。胸元から黒い水晶が露出しだして、体がどんどん膨れ上がり怪物の風貌へと変わっていく。

おいおい、目の前で変身なんてまだ油断しているんじゃあないか？　そんな隙許す訳ねーだろ！

俺は即座に称号を**【神に挑みし者】**に変更した。次にエクスカリバールの黄金の一撃を発動させ、ディメンションブレスレットで右手を飛ばし、ヴェルマヌムの胸元にある黒い水晶目がけて振り下ろす。

「どりゃあああぁぁぁ！」

『ぐおおおぉぉぉぉ⁉』

ヴェルマヌムの水晶にエクスカリバールがぶち当たると、全身に黄金の光が駆け巡って悲鳴を上げた。若干だが胸元の水晶にヒビも入っている。ヴェルマヌムはそのまま地面に倒れ込んで、苦しそうにもがき苦しみながら体の変化を継続させているようだ。

さっきは称号を変えても効果がなかったけど、今は異常なほど攻撃が効いているように見える。なるほど、あの水晶を狙えば効果があるんだな。

その様子を見てノール達から驚きの声が上がっていた。

「変身中に攻撃するなんて、相変わらず大倉さんは鬼畜です……。でも、攻撃が効いているようですよ」

「はっはっは、お前様は面白い奴だな！　卑怯な手段上等上等！」

「あら、邪神相手なんだから遠慮する必要もないわよね。徹底的にやっちゃいましょ」

「平八らしい戦いだ。私達もやろう」

「うふふ、私の神聖な力で浄化してあげますよ！」

「私も矢で射抜くんだよ！　もう負けない！」

ノール達もやられたことに対して怒りがあるのか、地に伏しているヴェルマヌムに容赦なく攻撃を加えていく。さっきまで圧倒的強者の立場だったのが一転して、奴は俺達の猛攻を防ぎ切れずにいる。

ようやく変身を終えたヴェルマヌムは、もはや人の姿を保っておらず、巨大化し全身が黒く染まり見た目は化け物だ。胸の中央の水晶内には黒い炎が燃え盛っている。水晶がカッと輝くと、黒い光線が俺達に向かって飛んでくる。

しかし、シスハがパンと両手を合わせてから手の平を向けると、眩い光が放たれて黒い光線を押し返しヴェルマヌムに直撃した。それで怯んだ途端カロン、ノール、ルーナが瞬時に迫り、体のあちこちを斬られ穿たれ、ブシュッと黒い霧が吹きだす。触手を伸ばしノール達を絡め取ろうとするが、的確に矢が飛んできて全て千切れ飛んだ。

それでもまだヴェルマヌムは反撃しようと動き出すが、それを予想していたように飛んできた虹色の光線に飲み込まれる。四肢の一部は体が焼き切れてバラバラになり、見た目がさらにボロボロになっていく。

ははは、やっぱりノール達は強いわ。星十の力がこれほどになるなんて。ステータスの確認……はいいかな。今のノール達は完全にヴェルマヌムを上回っている。ステータスを見る必要もない。

『し、真の姿でも圧されるというのか！　あり得ぬ、あり得ぬぞ！　おのれぇぇぇぇぇぇ！』

情けない声を上げながらヴェルマヌムは、体を再生させ悪あがきするようにあっちこっちに黒い光線を放ち暴れ出した。胸元を突き出して放たれるそれを、俺はタイミングよくさっきと同じようにエクスカリバールでぶっ叩いてやる。

するとガキン、と小気味のいい音がして、ヴェルマヌムは全身を痙攣《けいれん》させてその場に蹲《うずくま》った。

ノール達の攻撃もかなり効いているが、俺の攻撃は見た目は大したことないが一番効果的に思える。体じゃなくもっと根本的なものに効いているようだ。

それを何度も繰り返し、ついにヴェルマヌムは体を再生できないほど弱って前のめりに倒れ込む。

『この我が……この我がこんなところで、こんな奴らにぃぃぃぃ！』

本当に悔しそうな声を出し、ヴェルマヌムは地面を巨腕で叩いている。往生際が悪いというか、神を名乗っていたのに小物感があるぞ。……まあ、俺もノール達を頼りにして戦ってきたから、偉そうなことは言えないか。

だけど、こいつは放置していられないからな。悪いが確実に消滅させてもらうぞ。

ひとしきり暴れ回ったヴェルマヌムはピタッと動きを止めると、今度は高笑いを始めた。

『クッ、クハハハハ！　だが、だが貴様らにこの我を滅することはできない！　この身が滅びようとも、既にこの地に我が力は根付いている！　また時を経て再生するだけのことだ！』

「そうはいかないぞ。ここで完全に存在を滅ぼしてやる」

『ふははははは！　そんなことできるはずが……はっ⁉』

「どうやら察したらしいな」

エクスカリバールを持ってヴェルマヌムに近づくと、俺に胸の水晶を攻撃されて効いていたのを思い出したのか露骨に焦り出した。こいつの何にダメージを与えているのか、どうして称号を**【神に挑みし者】**にしただけであんなに効いたのか、よくわからないことだらけだ。だが、この称号を持つ俺がこいつに止《とど》めをさせば、恐らく消滅させられる。それをヴェルマヌムも察し、最後の力を振り絞るように立ち上がった。

ノール達が動こうとしたが俺はそれを片手で制して、ＭＰポーションを飲んでからヴェルマヌムに向かい走り出す。豪快に振り回された巨腕が伸びて迫ってくるが、サイコホーンで感覚を強化しギリギリで避けた。

俺を捕まえようと伸ばされた触手は、センチターブラを展開して薄く円状にし回転させ弾く。勢いを殺さずそのまま走り抜けると、引き戻された腕を振り上げて俺を潰そうと振り下ろしてきた。それを鍋の蓋で受け止め斜めに逸らす。胸元の黒い水晶の目前に迫ると、攻撃するのをやめて奴は腕を胸に巻き付けて守りの体勢に入る。

『やめろ！　やめろ！　それ以上我に近づいて――』

「じゃあな」

黄金の輝きを発動させ、胸元に隠した水晶の位置に全力でエクスカリバールを振り下ろす。巻き付いていた腕を破って黒い水晶に突き刺さると、ヴェルマヌムは絶叫した。

『がっ!?　う、うごごぉぉぉぉぉぉぉぉ!?』

エクスカリバールの黄金の光が黒い水晶からヴェルマヌムの体内を駆け巡り、あちこちから亀裂が走り光が漏れ出している。光が頭部まで達すると口と目から黄金の光を発し、ヴェルマヌムの体から黒い煙が上がり出す。そしてついに黒い水晶が割れると、全身に亀裂が生じ足の先から崩壊し始めた。最後は内に秘めていた強大な力が破裂するように爆発し、完全にヴェルマヌムは目の前から姿を消した、

「消滅、したんですか？　さっきのってもしかして……」

「ああ、ハジノ迷宮を攻略した時に手に入った称号、神に挑みし者、の効果だ。変身前は効かなかったけど、黒い水晶が出てから効くようになった。弱っていたからなのか？」

「神性を高めたせいで称号の効果がより強く反映されたのではないでしょうか。ですが、どうしてそんな物が迷宮で手に入ったんでしょうね？」

「うーん、わからないわね。迷宮を作り出していた元凶がそんな称号付加する訳ないし、迷宮には他にも何かあるのかもしれないわ」

「何にせよ奴は倒した。これで終わりだ」

「私達の大勝利！　やったね平八！」

そうだな、まだ謎は残っているけど、全ての異変の元凶だったヴェルマヌムは倒した。これで魔物の大量発生も収まるはずだ。とりあえず今は激戦も終わったし、少し休ませてほしい。

ヴェルマヌムは倒し終えたが、今までの迷宮と違ってこれより先に行く道はない。スマホをかざす台座もないから、後は迷宮から出るだけのはずだ。オウの迷宮が消滅するのかわからないけど、多分その内何か変化が起きるだろう。今はこの場でバウリス団長とアルブス達が来るのを待とう。

強化されたシスハの治療を受けていると、それほど時間が経たずにバウリス団長とアルブス達がやってきた。誰一人欠けることなく、ここまで無事に来られたようだ。

「バウリス騎士団長、アルブスさん、ご無事でしたか」

「ああ、最初の魔物を倒し終えて向かっている途中だったんだが……どうやら我々の到着前にことを終えたようだな」

「私達の方は突然あのゴーレムが消えたから急いで来たわ。オークラ達も倒し終わっちゃったようね。オウの迷宮のボスも大したことなかったみたいじゃない」

「いやいや、とんでもなく濃い魔の気配を感じたよ。あれはニズヘッグ様も超えていた。それに彼らの力もさっきと比べ物にならないぐらい強く……あれ？　知らない子が増えてる？」

「はっはっは、私はカロン！　カロンちゃんと呼んでいいぞ！」

「えっ……カカカ、カロン様⁉　オークラ！　本当にこの方はカロン様なの⁉」

「あっ、はい。ここのボスがあまりにも強かったので、助っ人として来てもらいました」

「カロン様！　お会いできて光栄です！　遥か昔からあなたに憧れていました！」

「はっはっは、そう畏まらなくてもいいぞ！　むっ、お主も龍人ではないか。この私を知っているとは、どうやらイルミンスールの者のようだな」

カロンの名を聞いてアルブスは興奮して目を煌めかせている。ハジノ迷宮でカロンの話をした時、凄く食いついてきたからなぁ。アルブスにとって憧れの存在、興奮するのも無理はない。

全てが終わり全員気が抜けたのか、穏やかな空気が流れていた。そんな中、ノール達の体が突然輝きだす。光が収まると彼女達はいつもの姿に戻っていた。ワープランクアップの効果が切れたのか。

いやぁ、星十になったからか、全員恰好がいつもより豪華になっていたな。ノールもヘルムが脱げて平気そうにしていたけど……またヘルム姿に戻ってやがる。めちゃくちゃ可愛かったのに残念だ。

「あっ、終わったみたいでありますよ」

「一時的とはいえ、私達はあんなに強くなれるのね」

「自分でも驚いちゃったんだよ！　いつかずっとあの強さになってみたい！」

「いやはや、なかなか爽快な体験でしたね。是非また味わってみたいです」

「うむ、戦いは好まないがあの高揚感は堪らなかった」

「ふーむ、このカロンちゃんですらあれほどの力はイルミンスールでも出せない。一体お前様は何をしたんだ？」

「ああ、迷宮で貰ったワープランクアップってアイテムを使って――」

な、何だ？　急に視界がグラついて……それに吐き気もしてきたぞ。あっ、これヤバい、ヤバいやつだ。全身から力が抜けて――。

「――倉殿!?　――殿！」


――ん？　俺は何をして……それにここはどこだ？　上下左右どこを見ても真っ白だぞ。というか、俺がいる以外に何もない。何もなさ過ぎて不気味だ。音すらしない。

どうして俺はこんな場所にいるんだ？　……そうだ、オウの迷宮でヴェルマヌムを倒した後、バウリス団長達と合流して帰るところだった。けど、突然目の前が暗くなって……まさか、あれがワープランクアップの反動？

ノール達の強化が切れてすぐにあの感覚に襲われた。無関係ということはないだろう。そこから考えられることは……ここってあの世、じゃないよな？

「大体そんなところですかねぇ」

うおっ!?　だ、誰だ！

声がした方を振り向くと、さっきまで誰もいなかったはずなのに女の人が立っていた。その姿は――

——ノールだった。

「ノ、ノール⁉　……いや、違うな。誰だ？」

　顔は完全に一緒だったが、髪の色も瞳も黒く完全に別人だ。けど、それ以外は見た目も声も全くと言っていいほど瓜二つ。一体何者だこいつは？

　ヒラヒラの黒いワンピースを着ている女の子は、ニッコリと笑いながら話し始めた。

「名前などありません。今はあなたが一番親しみやすい者の姿を借りているだけです。この方が話しやすいでしょう？　名前はお好きなようにお呼びください。ノール、ジェーン・ドゥ、名無しの権兵衛、どれでも構いませんよ」

「いや、それはちょっと……どれも偽名じゃん」

「あっはは、そうですよ。それじゃあ……クレアーレとでもお呼びください。ヴェルマヌムのいる場所へ行った時、あなたに語りかけたのも私なんですよ」

　それも偽名っぽいな。……まあいい、まともに名前を言う気がないようだし、本当に名前自体ないのかもしれない。クレアーレと呼ぶとするか。あの時聞こえた声は彼女だったのか。

　それよりも聞きたいことが山ほどある。

「えっと、色々と聞きたいんですけど……さっきのは冗談ですよね？」

「別に丁寧口調に直さなくていいですよ。さっきのって、ここがあの世ってことですよね。半分本当、半分冗談ってところですかねぇ。今のあなたは生命力を削られ過ぎて生死の狭間を彷徨《さまよ》っているって感じなんですよ」

「……やっぱりワープランクアップのせいか？」

「はい、あれを使うにはあなたの生命力も必要でしたから。六人分のランクアップに加えて、ヴェルマヌムに少し力も吸われていましたし。即死せずに済んでよかったですね」

つまり仮死状態に近いってことか？　おいおい、まさかと思っていたけど、ワープランクアップの反動で本当に死んじまったのか俺。……いや、まだ完全に死んだと決まった訳じゃない。俺の生命力のしぶとさと、シスハが回復魔法をかけてくれていることに期待しよう。

「それで何で俺はこの場にいて、クレアーレはここにいるんだ？」

「ヴェルマヌムが消滅したおかげで、こうやって顔を出すことができました。あなたをセイバに招待したのは私ですから、この機会に一度お話をしようかと思いまして」

「異世界への招待状がGCのガチャで出たのは、クレアーレのせいだっていうのか。……神様、なのか？」

「厳密に言えばあなたの世界で言われている全知全能の神ではありません。ただ力を持った特殊な存在、といったところでしょう。イルミンスールで神と呼ばれてはいましたけどね。ヴェルマヌムのような邪神や、イルミンスールの女神に比べると私は弱小です」

やっぱり俺を呼んだのは神様だったんだな。ということは、ノール達をセイバに召喚するよう契約したのもクレアーレなのか。

「どうして俺をセイバに招待したんだ？」

「全部を説明すると結構大変なんですよー。気まぐれってことでどうでしょうか？　いいですよね？」

「よくありません！　ちゃんと説明してくれよ！　人をわざわざ異世界にまで連れ出してるんだから理由あるんだろ！」

「冗談ですよー。うーん、そうですねぇ。呼ぶのに複数の必須事項があって、その中であなたが適任だった、ってところですね」

そう言いクレアーレは向き直り、俺は正座しながら話をじっくり聞くことになった。

「まず私がセイバにあなたを呼んだ理由ですが、これは大体察していますよね」

「ヴェルマヌムを倒すため、だろ？」

「はい、最終的な目標はそこでした。いやはやぁ、見事達成なされたようで、私としても嬉しい限りですよ。あなたを選んで本当によかった」

パチパチと拍手を贈られる。……ノールの顔で言われると何とも複雑な気分になるな。

「それで必須事項ですが、上位次元の住民なのがまず一つ目」

「上位次元……つまり地球ってことでいいのか？」

「その認識がわかりやすいでしょう。上位次元に住む者が下位次元に来ることで、特殊な力を得ることができます。これは偶然に起きることもあり、死後に魂が次元の壁を突破し、下位の次元に落ちてくることがあります。俗にいう転生ってやつですね」

へー、そんなことがあるもんなんだなぁ。ってことは、セイバやイルミンスールにも、元地球育ちの人がいるかもしれないのか。じゃあ強い人や特殊能力持ちの人は、転生した人って可能性もある訳だ。魂とか信じてなかったけど、今はそれも信じられるぞ。

「で、あなたの場合はさらに特殊で、生身の肉体を持ったまま上位次元から下位次元に私が引き摺り落としました」

「は？　おい、何してくれてるんだよ！」

「あははー、怒らないでくださいよ。生身で落とした分、かなり強力な能力になったんですから。ただでさえか弱い私の力の大半を注ぎ込んだんですよ」

この神様は何てことしてくれてんだ！　……いや、おかげでノール達と会えたんだから感謝したくもなるんだけどな。けど、引き摺り下ろすなんて聞こえの悪い話だ。

「ヴェルマヌムも上位次元に上り詰めるとか言ってたな。そんな簡単に次元の壁超えられるんなら、あいつだってわざわざセイバを支配せずに上位次元とやらに行けたんじゃないか？」

「上から下に落とすのは比較的簡単ですけど、下から上がるのは難しいんですよ。物を運ぶ時だって、下から上より上から下の方が楽でしょう？　それに下位次元とはいえ、一応は神と呼ばれるほどの力を持つ存在です。次元の壁を超えるというのは、存在をその次元の者達と同格にする意味合いもあります」

「難しい話になってきたな……つまり上位次元に上がるには、力を同じぐらいにしないといけないってことか？」

「簡単に言えばそうなりますね。上位次元と同格の存在になった神となれば、下位次元から来たとしても相当な脅威となります。逆に上位次元から下位次元に神がくればそれこそとんでもない事態ですが……まずありえないので考える必要もありませんね。メリットがありませんし、下手をしたら自滅してしまいますから。イメージとしては、圧がかかっていた袋が破裂する感じです」

　うーむ、理屈としてはわからなくもない。俺みたいな一般人だと特別な力を得られるけど、神様クラスになると力が強大過ぎて自滅するって感じかな。登山で高い山に行った時、お菓子の袋が膨らむやつのスケール拡大版だ。

「でも、俺の世界が上位っていう割に、セイバは魔物と戦える人もいて魔法まであるじゃないか。あの世界の住民の方がよっぽど力があって上位じゃないか？」

「上位世界だからといって、特殊能力を備えた人達がいる世界とも限りませんので。さっきの圧の話と似ていますが、上位世界の締め付けはかなりのものです。特殊な能力を持つ素養があっても発現にいたりません。いやまあ、探せばあなたの世界にも能力の発現者はいるんですけどね。実際色々と探りましたけど、魔法に似た力を使う存在はちらほら確認しましたし。あの者達がセイバに来たら、さらに強力な能力者になっていましたね」

「マジかよ……だったらそいつら連れて行った方がよかったんじゃないか？」

「いいえ、私が求めていたのはあなたのような存在でしたから。ヴェルマヌムを倒すには、一人だけ強くてもダメなんです。イルミンスールから人材を呼び、共に戦っていける人物を求めていました」

　俺のような存在が必要だった、か。地球にも魔法使いやら能力者がいたのも驚きだけど、そんな人達よりも俺が特別だっていうのか？　まるで自覚がねーぞ。俺なんてただソーシャルゲームやってガチャしてた一般人でしかない。

そもそもだ、イルミンスールに関しても謎しかないぞ。

「正直なところ、イルミンスールって何なんだ？　ゲームの世界……なんだよな？」

「いいえ、イルミンスールは実在します。あなたの世界で広まっているＧｉｒｌｓ Ｃｏｒｐｓ、あれって私がイルミンスールの出来事がソシャゲとして広まるように仕向けた物なんですよねー」

「……は？」

「ですから、あのゲームも実はセイバに転移させるための選考作業の一環だったんです。私は戦う力がない代わりに、他人への思考誘導などが得意なんですよ。ですので地球へちょろちょろっと潜り込んで、あらゆる人に思考誘導を施してですね。より多くの人に広めるため、ソーシャルゲームという媒体を選んでみました」

「えっ、いや。だってさっき上位世界に行くのは大変だって……」

「大変ですよ？　ですが、それは存在を同格にして上がる場合です。私は自分の一部を分けて端末とし、殆ど何の力も持たない状態で地球へと行きました。あなたの認識で言えば幽霊が近いですね。他人に言葉を伝えること、砂粒一つ動かすことができない状態です。が、それでも他人の思考に干渉して誘導する力に極振りしておきました」

な、何だと……Ｇｉｒｌｓ Ｃｏｒｐｓを作り出した大元がクレアーレだっていうのか！　イルミンスールの世界がＧｉｒｌｓ Ｃｏｒｐｓで作られた物語なんじゃなく、Ｇｉｒｌｓ Ｃｏｒｐｓがイルミンスールを基に作られただと！

つまりノール達は俺達の世界で作られた空想の存在ではなく、本当にイルミンスールで生まれ育っているっていうのか。……何だろう、その事実を知って何故だかホッとしてしまった。

けど、その割にはノール達の記憶が凄く曖昧だった気がする……という疑問が浮かんだが、クレアーレは構わず話を続けていたので耳を傾ける。

「まあ、完全にイルミンスールの歴史をゲームで再現するのは不可能でしたけど、その手の制作をする人達に情報を流し込んだんですよ。キャラクターデザインもイルミンスールにいた英雄達を基に、可能な限り近づけました。本人と比べると多少の差がありますけど……アルブスを見た時に違和感がありましたよね？　あれはアルブスの召喚に、あなたが関わっていなかったからなんですよ」

アルブスを王城で初めて見た時に違和感を覚えたけど、それが原因だったのか。どうして俺が関わっていないとそうなるのか疑問ではあるが……今は話を聞こう。

「そんな感じでイルミンスールの話を広げ、キャラクターへの思い入れや親和性を図っていたんですよ。これが二つ目の条件です」

「何となく理解はしたけど、どうしてイルミンスールの存在じゃないとダメだったんだ？　もっとこう、方法とかは？」

「ありませんでした。上位世界から連れて来れるのは一人が限界で、戦力になりそうな子を沢山呼べるのもイルミンスールからだけです。イルミンスールとセイバは、ヴェルマヌムによって歪《いびつ》ながらも繋がっています。イルミンスールとセイバはほぼ同等の次元世界ですが、それでも本来なら転移するにはそれなりの力が必要です。ですが、歪《ゆが》みを利用することによりその問題を解決しました」

「歪みを使うって、具体的にその歪みって何なんだ？」

「ヴェルマヌムは勇者と女神によって倒される前から、天敵のいない同レベルである別の次元に転移する準備を進めていたんです。あいつの持つ魔の秘儀はあらゆる概念を侵食して飲み込むもので、それを利用してイルミンスールの力をセイバに移していました。おかげでイルミンスール全体の力がだんだんと失われ始め、放っておけば次元そのものが崩壊する危機にありました。数千万年単位での話ではありますけどね」

「なら歪みとやらを使って、勇者や女神を送ればよかったじゃないか」

「そうもいかないんですよねぇ。ヴェルマヌムの開けた通り道は魔の力、瘴気《しょうき》とでも言っておきましょうか。瘴気そのものによって形成されたものでして、同じ魔の力を持つ者以外はとても通れたもんじゃなかったんです」

「それってつまり、クレアーレもヴェルマヌム側の存在ってことなのか？」

「なかなか察しがいいですね。その通り、私はあなた方からしたら邪神寄りの存在と言っていいでしょう。別に悪いことするつもりはありませんけど」

「邪神って……じゃあヴェルマヌムと仲間なんじゃ？」

「あははは、面白い冗談ですね。あんな奴と仲間だなんて。邪神も一枚岩じゃありません。それに私はセイバの侵食には反対していましたから。あいつのことは元々嫌いでしたし、女神達と利害の一致もあり私が動いたんですよ。私はイルミンスールが好きでもありますから」

クレアーレは笑いながら言っているが目が笑っていない。同じ邪神だとしても仲が悪かったりするんだな。……あー、同じ魔人であるマリグナントとヴァニアも仲が悪そうにしていたもんな。あれと似たような感じか。

「そんな力の通り道を利用して、私と契約した子達をイルミンスールからセイバに送り込んだんですよねぇ。あの子達は本人そのものじゃなく、意識のみがこっちへ来ている状態なんです。私の力を使って仮の肉体を形成し、その体を操り活動をしているといったところです。本人の肉体は時間の概念がない特別な空間で保護しているので、心配は無用ですよ」

「それがノール達、ってことか？」

「そうなんですよー、と言いたいところですが、実は少し違います。あなたをこの世界に招く前に、一度私の力で何人かこの世界に送ってはいたんです。それがアルブス達となります」

……ん？　また話が難しくなってきたぞ。ノール達は肉体は仮のものだが意識は本人、ってことなのか？　さっき俺が生身で転移したのは珍しい事例だって言ってたし、抜け道として意識のみの転移で済ませていたって感じかな。

だけど、俺がいなくてもアルブス達を送れるんだったら、別に俺が転移させられる必要なかったのでは……と思っていたが、続く話はその考えを否定したものだった。

「ですが少々問題が生じてしまいまして、私の力だけではGCでいうSSRまでの力を持つ子達しか送れなかったんです。UR級の力を持つ子達は存在力も強く、仮の肉体を形成するのにかなりの力を使用するんですよ。肉体を維持するにも力を使いますからねぇ。あまり人数も送れず、それ以外にも記憶障害やら問題が多発してしまいまして……上手く留まってくれたのはアルブスぐらいです」

そんな問題があったなんて……というか、ＧＣユニットのレアリティーってそんな基準で決められていたのか。つまりクレアーレの力だけでイルミンスールから誰かを転移させても上手く成功しなかった、と。

さらに話を聞くと、その間にヴェルマヌムの影響でGCのレイドボスだったニズヘッグもセイバに来てしまったらしい。魔人を生み出しヴァニアが魔王と呼んでいた存在だ。ニズヘッグは眷属のような扱いで、奴の意志を受けてセイバを支配下におき、邪神復活の準備をするつもりだったとか。

だが、それもクレアーレと協力した女神によって眷属であるテストゥード様が送られて阻止できた。召喚自体は不安定で色々と失敗だったが、上手くクレアーレが動いてニズヘッグとテストゥード様を遭遇させて魔人の侵攻を防いだそうだ。

遥か昔にセヴァリアがニズヘッグに襲撃されたのは、クレアーレによる思考誘導が原因だったらしい。結果的に見ればそれで世界は救われているけど、町の住民からしたらたまったもんじゃないな。

そのような騒動も起きたこともあり、ヴェルマヌムの討滅を急がないといけないとクレアーレ達も焦ったらしい。

「そこで目を付けたのが、上位世界からの住民を連れて来て、その力を使い彼女達を召喚することでした」

「うーん、何となく話は見えてきたけど、具体的に俺の力とやらは何なんだ？」

「あなたの欲望をベースに私が誘導した結果、求める物を含んだガチャからランダムに排出する能力になりました。おまけとしてGCを基にした固有能力も付加されています。いやはや、そこまで完璧にGCにのめり込んでくれていたとは、裏方冥利に尽きますよ」

「何で能力がランダムなガチャなんだよ……。それなら自由にノール達を選んで召喚できる能力がよかったんですが」

「いやいや、対象を選択して召喚なんてなると、上位世界の住民だとしても相当な負荷がかかりますからねぇ。コスト的に言えば、ノールで百ぐらいになりますよ」

「ひゃ、百だと⁉」

「はい、能力の制約が緩ければそんなところですね。あなたはランダムな上に本人は強くないので、その分強力な見返りが起きているんです。ガチャ能力がなかったら、召喚した直後に出会ったゴブリンに殺されていたところですよ、あははー」

ノールがコスト百になるとか、他のユニットを同時に召喚すること自体無理じゃねーか。制約があるだけでそんなに優遇されるとは……。というか、俺は素のままだとゴブリンにすら勝てないのか！

本当に情けないな俺！

「そもそもコストって何なんだ？　俺はノール達を召喚する代償を何か負担しているのか？」

「ユニットのコストというのは、あなたの魂から力を引き出して、彼女達の存在を維持する目安になっているんですよ。レベルというのも、魔物を倒すことで肉体を形成していた力が近くにいる人に流れ込むことで起きているんです」

さらに詳しく説明を聞くと、魔物の発生はイルミンスールの力の流入によって引き起こされていた。だからGCで見覚えのある魔物、つまりはイルミンスールにいた魔物がセイバにも発生している。魔物の大半はヴェルマヌムの悪意から発生しているから、人間を排除しようと襲いかかっていた。ドロップアイテムが落ちるのは、クレアーレが手を加えているからだとか。

魔石はイルミンスールの力の結晶で、希少種を倒すと手に入るのは特に力が凝縮されているせいだ。魔石を回収できるのも、クレアーレが用意してくれたスマートフォンの機能のおかげである。

イルミンスールの力の結晶である魔石を媒介にして、その結果ガチャから様々な物を具現化できた。それが俺のガチャの能力。こんな能力になったのは、クレアーレとしても想定外のことだったそうだ。

「正直ガチャ能力を狙った訳じゃなく、何か違う召喚能力を得ることができる人で十分だったのですが……まさかこれほどの人がいるとは思いませんでした。相当なガチャ狂いですよ」

「ガチャ狂いとは失敬な……はっ⁉ まさか俺がガチャに執着するのも、思考誘導の仕業だったのか！」

「あっ、それはあなたの素養です」

凄く申し訳なさそうな顔で否定されたんですけど！ 悪かったなガチャ狂いで！

「そんな訳でノール達に関しては、完全にイルミンスールの人物という訳ではなく、あなたの持つGCのイメージが混ざり込んでいたりします。彼女達が強化されることによって、だんだんと本来の姿に近づいていました。まあ、それほど違いがある訳でもありませんけど、ワープランクアップを使った姿、大分変わっていましたよね？」

「……ああ、確かに見た目も結構変わっていたな」

ワープランクアップで星十になったノール達の姿は、衣装も含めて変化していた。あれがイルミンスールでのノール達の姿だったのか。俺のイメージも反映されていたのは、ノール達の意識のみ転移させて肉体を形成していたことによる影響だろう。

それがいいことか悪いことなのか判断はできないが……おかげで親しみやすかったかもしれない。

「そして最後の条件、それは……彼女達と仲よくしてくれることです」

「な、仲よくすること……？」

「はい、共に戦う上で最も重要なことですよ」

「そんなことが最も重要って……仲よくするなんて当たり前のことだろ？」

「……ふふふ、そんなあなただからこそ、彼女達に好かれたのかもしれませんね。一癖も二癖もある彼女達をまとめあげるのは、容易なことじゃありませんよ」

「別にそんなつもりはないんだけどな。ノール達は頼めば快く引き受けてくれるし、誰だって同じ風になるんじゃないか？」

「そういう考えを含めて、あなたは適任だったんですよ。彼女達も何でもやってくれる訳じゃありませんから。……まあ、魔石集めの時は少し危な気ではありましたけど」

うっ、その件に関しては本当に反省しております。ガチャのキャンペーンが来たからって、ノールに無理をさせ過ぎたからな……。後ろから斬られるんじゃないかと、自分でも思っていたぐらいだ。

ある意味最初に来てくれたのが、何だかんだ付き合ってくれるノールでよかった。

「ちなみにあなた方が攻略してきた迷宮、あれを作ったのも私だったんですよねぇ」

「えっ、どうしてあんな物を作ったんだ？」

「それに関しても色々と理由があるんですけど、一番はヴェルマヌムの力を削ぐためですね。あいつが奪った力を利用して迷宮を作って、力を分散しておいたんですよ。そのついでにセイバの人達に強くなってもらおうと、迷宮を作り出したんです」

それからクレアーレの説明は続き、さらに驚くべき事実が判明した。イヴリス王国周辺にあった迷宮は、全てクレアーレによって作られたものだそうだ。ヴァニア達の言っていた災厄領域の迷宮はまた別物らしい。あっちのは迷宮と呼べる代物でもなく、ヴェルマヌムがイルミンスールから眷属を召喚するための門の役割をしているとか。

あいつが活動停止している間にそれをクレアーレが乗っ取り、これ以上魔人などが増えないようしながら、セイバにいる人達の力の強化に使っていた。そうすることによりヴェルマヌムの復活を遅れさせ、時間を稼いでいたようだ。

ゴブリン迷宮などが発生した原因は、イルミンスールの力が貯まり過ぎた緊急措置として作られていた。あのまま放置していたら大討伐どころではなく、土地そのものが災厄領域化していた可能性もあった。

クレアーレもイルミンスールの力を完全に扱える訳ではないようで、ヴェルマヌムの力が混ざっているせいで迷宮などを作っても攻撃的な物になってしまったそうだ。セイバに流れ込んだイルミンスールの力は一度魔物などに変換し倒せば、純粋な力に還元されある程度自由に扱えるようになる。

俺達が迷宮などを攻略した時に報酬を貰えたのは、そういうカラクリが裏にあったんだな。

ヴェルマヌムのいた場所は正確にはオウの迷宮ではないようで、あの迷宮は奴のいた異空間へ送るための装置。休眠中でもあいつの力は転移の魔法陣を通して漏れ出すほどだったから、オウの迷宮の最深部の扉は閉ざされていた。だから俺達が迷宮に突入した時、ヴェルマヌムの力を感じたんだな。

オウの迷宮の最深部にいた魔物達は、目覚めかけていたヴェルマヌムの力によって顕現した。一層目の俺達が進んだ広間で魔物が出てこなかったのは、クレアーレがギリギリ抑え込んでくれていたからだ。俺達がゴブリン迷宮などを攻略し、その力の一部がスマホを通してクレアーレに渡ったからできたそうな。

「長々と話しましたけど、大体わかってくださいましたか？」

「うーん、納得できない部分もあるが大体な。ヴェルマヌムも倒してクレアーレの目的は達成された訳だ。それで、俺達はこれからどうしたらいい？」

「後はあなた達の自由になさってください。と、言いたいところですけど……実はまだイルミンスールとセイバが繋がったままなんですよねぇ。可能でしたら、セイバに残って引き続き魔物を討伐してもらいたいです。このままじゃ災厄領域が残ったままですから」

ヴェルマヌムを倒せば全て解決、って訳にはいかないのか。あいつを倒してもイルミンスールからの力の流入は、しばらく収まらないという。セイバとイルミンスールの繋がりはかなり強固で、ヴェルマヌムの力の影響も残ったまま。魔物の発生は半永久的に起きてしまう。

災厄領域を潰して無数にあるヴェルマヌムの痕跡を消滅させて、ようやく終息するかどうか。クレアーレとしては引き続き俺達に対処をお願いしたいようだ。

「でも、ヴェルマヌムが消滅した今、セイバの住民だけでも十分やっていけると思います。なので本当に後はあなた達の自由です。それとあなたにはこれを渡しておきましょう」

そう言ってクレアーレが手をかざすと、ポケットに入ったスマートフォンが振動する。取り出して見てみると、画面には**【『UR異世界からの帰還状』を取得しました】**と表示されていた。

「これは！」

「これを使えば元の世界、地球へ帰ることができます。あっ、いなくなっている間の不都合はお任せください。私の方で関係者の思考や記憶ををちょくちょくっと弄ってありますから、騒ぎになっていませんので」

「それはそれで恐ろしい気がするぞ……」

「そんな怪しまないでくださいよ。説明もなくお呼びしてしまったお詫びです。使う使わないは自由です」

どうやら帰った後の心配はしなくていいらしい。大変ありがたい話ではあるけど、実際に聞くとクレアーレの力って恐ろしいな。……俺も実は思考操作されたりしてないよな？

それはいいとしてだ。ついに追い求めていた元の世界へ帰る方法を手に入れてしまった。それはつまり、俺は決断をしなければならないということを意味する。帰るのか、それともセイバに残るのか。……クレアーレからもう少し話を聞いておくか。

「一つ聞きたいんだけど、もしこれで地球に帰ったとして、またセイバに帰ってこられるのか？」

「……可能性はなくはありません。でも、そう簡単に戻ってこられるとは思わないでください。ただでさえ一度往復していますからね。次元の壁を超えるのはとても力を使うんです。今お渡しした帰還状もヴェルマヌムの影響がなくなって、セイバにあるイルミンスールの力を制限なく使えるから作れた物ですからね。最悪セイバに戻れたとしても、数年、十数年の時間のズレが発生するかもしれません。それに戻ってきたら、今度は確実に地球へ帰れなくなりますよ」

やっぱり一度地球に帰ってまた戻ってくるのは難しいのか。しかも確実に戻ってこられるかわからない。それにまたセイバに来たら、今度こそ俺は元の世界に帰れなくなる、と。

俺がどうするべきか深刻に悩んでいると、クレアーレは仕方なさそうに笑って助言をしてくれた。

「まあ、それを踏まえた上でもしあなたが地球へ帰った後、セイバに戻りたいと強く願うなら叶うかもしれません。あなたの持つスマホはそのまま持ち帰れますので。その場合はガチャでまた異世界への招待状のようなアイテムを当てる必要がありますけど……もしガチャをするなら、地球にいるセイバの魔物に相当する者を倒さないといけません」

俺が願うなら叶うか……地球へ帰るのをやめてこのまま過ごすか、それとも一度帰って自分の元いた世界にケジメをつけ未練なくセイバに戻るか。俺だって元の世界に未練が全くない訳じゃない。

もしセイバで一生過ごすのなら、元の世界の両親や友人達にちゃんと別れは伝えておきたいと思っている。セイバに来てからのノール達の生活はとても濃かったけど、元の世界で過ごしてきた思い出だって俺の大事な物だ。

そんな風に悩んでいると、急に俺の体が光り始めて意識が薄れていく。

「あっ、どうやらそろそろお時間のようです。あなたとはちゃんとお話ししておきたかったのでよかったですよ。さあ、あの子達が待っています。大倉平八、あなたが今後どうするのか見守らせていただきますね」

微笑むクレアーレに見守られながら、俺の意識はプツリと途切れた。

◆

ヴェルマヌムを倒し、クレアーレと邂逅《かいこう》してから数十日後。俺達はイヴリス王国各地を飛び回っていた。

あの後無事に俺は蘇生されオウの迷宮から帰還。迷宮攻略開始と同時に始まった魔物の大量発生は、ヴェルマヌムを倒したことで新たに湧いてくる魔物がいなくなり、騎士団と軍と冒険者、それと駆けつけた魔人達によって被害は食い止められていた。

ヴェルマヌムが消滅した影響か魔物達は逃げるように散っていき、何とかイヴリス王国の危機は回避できた。だが、全て丸く収まった訳ではなく、魔物によって町にも多少の被害もあり、セヴァリアのように各地で復興作業を行っている。

さらに逃げた魔物達が各地に散らばったせいで、それを討伐する必要もあり日々冒険者達や軍が魔物を狩るのに奮闘していた。俺達も戦いの疲れが癒えてから、連日のように魔物狩りを行っている。

今日も狩りを終え帰宅し一息ついている最中だ。

「あーあ、せっかく邪神を倒して平和になったっていうのに、毎日忙しいなぁ」

「仕方ないじゃない。元凶を倒したとはいえ、この世界から完全に影響が消えた訳じゃないもの。魔物の大発生がなくなっただけでもマシってところかしら」

「相変わらず魔物も湧いてくるままですしねー。まあ、魔物がいなくなっては戦えなくなるので、それはそれで困りますけど！」

「魔物と戦うのを生業にしている人もいるでありますからね。災厄領域の件もあるでありますし、魔物の問題はしばらく解決しないのでありますよ」

元凶を倒しても影響が残ったままなんて、ヴェルマヌムは迷惑な奴だな。確実にマリグナントはあいつの性質を受け継いだ魔人だぞ。でも、これで魔物がいないなんてなったら、色々と困ることもあるから仕方がないか。

素材やら食料とか、魔物のドロップ頼みなところもあるからな。復興作業とかもあるし、まだまだ忙しい日々は続きそうだ。

忙しくはあるが平和になったんだと実感を抱いていると、帰宅してから散歩に出かけていたフリージアとルーナが帰って来た。

「えへへー、今日もお散歩楽しかったんだよー」

「毎日毎日付き合ってられん。私は寝る」

「えー！　もう寝ちゃうの！　もっと遊ぼうよ！」

ルーナは抱き着いてきたフリージアの頬をグリグリと押して怒っている。ははっ、こんな姿を見ると平和になったんだって感じるな。この中に一緒に戦ってくれたカロンちゃんがいないのが少し寂しく思えるぞ。

ヴェルマヌムとの戦いに緊急召喚石で来てくれたカロンちゃんは、俺が意識を失っている間にイルミンスールへと帰ってしまった。俺が蘇生されたのを確認してから帰ったみたいで、お前様によろしくなー、と豪快に笑っていたそうだ。カロンちゃんらしいな。

できればお礼を言いたかったんだが、また会えると信じておこう。今度こそ正式に召喚してあげたいところだ。……まあ、それも俺が元の世界に帰るかどうかの判断次第になりそうなんだけどさ。

ノール達と過ごすいつもの日常に戻りながら、俺は元の世界に帰るかどうか本格的に悩んでいた。今日も寝るまで自室で一人悩みに悩みそうになっていたのだが……夜になって部屋に戻ろうとした時、シスハが声をかけてきた。

「あっ、大倉さん、後でこれどうですかこれ」

シスハは片手をコップを掴む形にして、口元でクイクイっと飲む動作をしている。これは酒を飲むお誘いの合図だ。前に一緒に酒を飲んでから、こうやって誘ってくることがちょくちょくあった。

部屋に戻っても一人悩んでいるだけだし、誘いを受けるとしようか。いい気分転換になるだろう。

「酒か、いいぞ。最近忙しくてゆっくりできなかったしな」

「ありがとうございます！　今日はとことん飲みますよ！」

ささっとシスハの部屋に移動して、シスハが準備してくれたグラスにお互い酒を注ぎ合う。

「私達の勝利に、乾杯ー！」

「はい、乾杯」

コツンと軽くコップを合わせて酒を呷る。うーむ、相変わらずシスハのお勧めしてくる酒は美味《うま》いな。

チビッと飲む俺とは違い、シスハはゴクゴクと豪快に飲み干している。

「ぷはぁー、勝利の祝い酒はやはりいいものですねぇ」

「今更過ぎる気がするけどな」

「あれから忙しくてそんな場合じゃありませんでしたし、国の復興がある程度進むまで乗り気もしませんでしたからね」

確かにあれから慌ただしかったし、困っている人達がいる中で祝う気も起きなかったな。国としても功績者達に褒美はあったけど、大規模な戦勝祝いなどはなく復興に尽力を注いでいる感じだ。

ある程度落ち着いてきた今、ささやかではあるけどこうやって祝うのもいいことだ。でも、俺達だけで祝っているのは……。

「ノール達と祝ってないけど、俺達だけでやってよかったのか？」

「うふふ、いいじゃないですか。後日改めて皆で祝勝会を開きましょう。だから今は、私と大倉さんの二人でひっそりとお祝いをしましょうよ」

うーむ、そうだなぁ。皆で祝うならちゃんと準備したいし、ノール達と相談してから決めた方がいいか。ノールなら絶対豪華な食事を用意したいって言い出すだろうしな。

納得して二人でのんびり雑談をしながら飲んでいると、シスハはゴソゴソと部屋に置いてあった箱を漁り出した。

「ささささて、それじゃあお楽しみといきましょうか。じゃじゃーん、これを見てください！」

「なっ、そ、それは！」

シスハが持ってきた物、それは見覚えのある金色の壺。

「カロンちゃんがくれた酒じゃないか！　どうして出しているんだ！」

「ふっふー、実はですね。大倉さんの無事が確認できた後、カロンさんが帰る前にもう一つくれたんですよ」

「いつの間にそんなことが……どうしてくれたんだ？」

「いやぁ、渡した酒の味はどうだった？　と聞かれて、カロンさんと飲むためにまだ飲んでませんと言ったら叱られちゃいました。理由を言ったら笑っていましたけどね」

「それでもう一個渡してくるって、カロンちゃんを正式に召喚する前に俺達で飲めってことか？」

「そういうことですね。いやはや、このようなお酒をホイホイとくれるなんてさすが龍神様です」

またもや戦うためだけに呼び出しちゃった感じなのに、こんな酒まで貰っちゃって本当に申し訳ないな。

カロンちゃんの好意に甘えて、俺達は龍神様の酒を飲むことにした。黄金の壺の中身は、入れ物と同じような黄金の液体で満たされている。柄杓《ひしゃく》を使ってコップに注ぐと、黄金に輝いて神秘的だ。

匂いを確かめると、今まで嗅いだことのないような芳香を放っている。まさに芳醇な酒といった感じだ。口に含んでみると、衝撃が全身を駆け巡った。……はっ⁉　い、いつの間に飲み込んだんだ俺は！

「う、美味過ぎる！　美味過ぎるぞこれ！」

「はふ……五臓六腑に染み渡るとはこのことですね。清らかな水の如く体に染み渡る美味《おい》しさです。もはや人智を超えたお酒ですよ」

シスハもあまりの美味さに頬を染めてうっとりとしている。何という酒だ……言葉で言い表せるような美味さじゃない。飲んだだけで体の芯から活力が漲るような、そんな凄まじい美味さがある。美味過ぎて語彙力が行方不明だ。美味いとしか言いようがない。

シスハと二人でじっくりと一杯の酒を味わい、もう一杯飲みたくなるのを抑えてそこでやめた。こんな美味い酒を一回の飲みで終わらせるなんて勿体なさ過ぎる。それに俺達だけで味わうのも申し訳ないから、一応ノールやフリージア辺りにも勧めようとシスハと意見が一致した。ノールは酒に弱いけど、少しだけ飲ませてシスハに回復魔法をしてもらってもいいだろう。それぐらいこの酒は美味過ぎた。

絶品の酒を飲んでいい気分になっていると、不意にシスハが話を振ってくる。

「大倉さん、最近何かお悩みですよね」

「へっ？　な、何のことだ？」

「隠したって無駄ですよ。皆どことなく大倉さんの様子がおかしいのに気が付いているんですからね」

シスハはジーっと俺を見て、全部お見通しだと言うような口振りだ。

「それで、何をお悩みなんですか？」

「……別に、そんな深刻な悩みじゃないぞ」

「嘘ですね。どう見たってただの悩みごととは思えません。……元の世界に帰ることについてですか？」

なっ⁉　そこまでバレているのか！　まだ誰にも言っていないのに……。俺が返答に困っていると、やっぱりかといった様子で頷いている。

「大倉さんがここまで悩む素振りを見せるなんて、その辺りなんじゃないかなって思ったんですよ」

「あっ、カマかけてきやがったな！　けど、どうしてわかったんだ？」

「当然ですよ。どんだけ一緒にいると思っているんですか。……いやまあ、長くもあり短くもありますが。けど、大倉さんとの日々は濃密で毎日がとても楽しく思っています。それに……私、大倉さんのこと愛していますよ」

「なっ⁉」

シスハは頬を赤く染めて、ジッと見つめて恥ずかしそうにしている。

あ、愛しているだと⁉　そ、そんな急に言われても……えっ、本気なのか？　あのシスハがこんな素直に言ってくるなんて……しかも愛してる、だぞ。

あまりに本気の雰囲気にゴクリと生唾を飲み込むと、シスハはヘラッと笑い出した。

「へっへー、冗談ですよ冗談。酔ってる時のノリってやつです。悔しかったら大倉さんも、酔った勢いで色々言ってもいいんですよ？」

……こいつ、またからかってきやがったのか。いいだろう、酒を飲んで酔っている場だ。言われてる方が恥ずかしくなるような囁きをしてやろう。

シスハの手を取り真正面から俺はシスハを見つめ、自分でも恥ずかしくなる台詞を口にした。

「シスハ、俺もお前と過ごす日々はかけがえのないものだと思っていた。今まで本当にありがとう。愛してるぜ」

「お、大倉さん⁉︎」

「へっ、お前だって動揺するんじゃないか。冗談だ冗談。まあ、感謝しているのは本当——ぐへっ⁉︎」

シスハの動揺っぷりに、やったぜ、って思っていたが、握っていた手を逆に上から握り返され、そのまま座っていたソファーに押し倒された。さらに俺の上に乗っかかり、完全にマウントを取られる。

「ふ、ふふふ、この私相手にそんな冗談を言うとはいい度胸ですね」

「おま！　上に乗るな！　お前も同じような冗談言ってただろうが！　というかお前がやれって言ったんだろ！」

「うるさいですね！　思ってた以上にドキッときたんですよ！　このまま冗談じゃなくて本当にしてあげましょうか！」

シスハは凄い剣幕でグイグイと迫ってくる。ちょ、ヤバいヤバい！　近い近い！

「大倉さんは相変わらずヘタレですねぇ。私の胸すら触ることができないんですから。スケベの癖にぃ」

「あ、あれはお前だって恥ずかしがってただろう！　そこまで言うなら揉みしだいてやろうか！」

「はっ、威勢だけはいいですね。やれるもんならやってみやがれってんですよ」

そう言うと同時に、シスハは首の後ろに手を回してがっちりと体を寄せてきた。たわわどころか顔が目の前にあり、吐息が届く距離だ。あまりの密着度に体が硬直し動かなくなりそのまま言葉も出せずにフリーズした。色々と不味《まず》いと完全に固まっていると、溜息を吐いてシスハは俺の上から降りる。

「はぁ、この程度にしておいてあげましょう。今は重要な時期ですしね……助平八さん」

「誰が助平八だ！」

「あっははー。それで、真面目な話どうなんです？　帰る方法について何かわかったんですか？」

「ああ、実はな……」

あまりのことに混乱していたが、真面目な話をしてきたので咳払いをして、クレアーレと会い話したことをシスハに伝えた。

「また神、ですか。あの時にそんなことがあったなんて。それでそれで、どうするんです？　大倉さん、元の世界に帰られるのですか？」

「……すまん。まだ決めかねている」

あれからかなり経っているのに、俺は未だに答えを出せずにいた。セヴァリアでノールと飯屋で話してから本気で決断しようと思った癖にこの始末。あまりの優柔不断さに、本当に俺は情けない奴だと自虐してきたぐらいだ。

落ち込んだ気分で溜息を吐くが、そんな俺をシスハは微笑みながら明るい声で言葉をかけてくれた。

「それでいいと思いますよ。即断で決めることでもないですし、帰る手段ができたことを喜びましょう。今はこうやってお酒を飲んで、楽しい日々を過ごしていましょうよ。ささ、どうぞどうぞ」

シスハは俺のコップに酒を注ぎながらそう言ってくれた。そうか……確かにすぐ決める必要もないか。自分の気持ちとしっかり向き合って、ちゃんとした結論を出そう。

「ああ、そうだな……ありがとう」

「うふふ、それでいいんですよそれで」

それからは悩んでいたのも忘れて、楽しくシスハと酒を飲み続けた。そして、ふと全く話と関係ない疑問が浮かんできた。

「そういえばさ、シスハのスキルの反動って見たことないよな。ヴェルマヌムとの戦いでもスキルを使っていたみたいだけど、強化された影響で反動なかっただろ？」

「……縮むんですよ」

「えっ？」

「確認として隠れてスキルを使ったことあるんですが……何もかもが縮むんです。いえ、子供になる、が正しいですか。スキルを使うと反動で子供の頃の姿になるんです。一時間ほどで元に戻りますが、あの姿は皆さんに見せたくありませんね……」

「ほお、ほほお、それめちゃくちゃ気になるんだけど。今度使ってみせてくれよ」

「絶対に嫌です！　いくら頼まれたって絶対に見せません！　私は絶対にスキルは使いませんよ！」

後日、この話を聞いたルーナにせがまれて、シスハはスキルを使った。その結果、反動としてルーナと同じぐらいの子供の姿に。短髪で少年のような子供姿のシスハを、ノール達はとても可愛がっていた。ルーナもいつも可愛がってもらっているからか物凄くシスハを構い、本人は嬉しいような悲しいような複雑な表情を浮かべていたなぁ。

なお、この話をお漏らしした俺は反動が終わって元の姿に戻ったシスハに、鬼の形相で追いかけ回されたのだが……これもいい思い出として残るはずだ。

◆

ある日の夜、突然ルーナが驚くべき提案をしてきた。

「平八、散歩に行かないか？」

「えっ」

さ、散歩だと⁉　あのルーナが自分から散歩⁉　そんなこと言うなんて天地がひっくり返るレベルだぞ！

「どうしたんだ！　熱でもあるのか！　あっ、もしかして寝不足なのか！　今日は何もないから今すぐ休むんだ！」

「……噛むぞ？」

額に手を当てて心配すると、ルーナは青筋を立てて牙を覗かせている。慌てて手を放して謝り理由を聞いた。

「すまんすまん。けど、本当に散歩に行こうなんてどうしたんだ？」

「ただ平八と散歩がしたいだけだ。ダメか？」

「それは構わないが……」

「うむ、それでは行こう」

何だろう、あのルーナが俺と散歩がしたいだなんて……それだけの理由で外に出かけようとするのは嬉しいぞ。ルーナは俺と二人きりがいいと言うので、ノール達に一応散歩に行くと伝え夜のブルンネの町へ繰り出した。

「ルーナと二人きりで散歩なんて初めてだな」

「平八と出かけること自体初めてだ。シスハやフリージアとしか出歩いてない」

「ははは、本当にルーナは寝るのが好きだもんな。そんなお前が散歩に誘ってくれたのは嬉しいぞ」

「……別に、喜ばれるほどのことでもない」

ルーナはぷいっとそっぽを向いたが、耳を赤くして照れているようだ。ははは、相変わらず恥ずかしがり屋だな。召喚直後は冷たい彼女だったけど、今では本当に仲間想いで可愛いらしい。シスハやフリージアと仲睦まじくしている姿は微笑ましいからな。

ルーナと歩く夜のブルンネの町はそれなりに人通りもある。だが、今回は人通りのない方面を歩いていた。ルーナは鼻歌混じりに軽快に歩いて気分がよさそうだ。

「うむ、やはり夜の散歩はいい。月明かりが心地いい」

「そういえば夜は能力が上がるんだったな。月が影響しているのか？」

「月を見ると昂りを感じるが、あまり関係はない。むしろ太陽の光が悪影響。これが普通の状態だ」

月で強化されてるんじゃなくて、太陽のせいで弱体化しちゃうのか。吸血鬼は日光で灰になるって言い伝えもあるんだから、身体能力が低下するぐらいなら軽い方だな。実際日中でも俺なんかより遥かに強いし……。

月明かりに照らされながらゆっくりと歩き、町外れの空き地へとやってきた。そこでしばらくルーナは空を見上げると、振り返って俺に言葉を投げかけてくる。

「平八、何を悩んでいる」

「えっ……どうして知っているんだ。シスハから聞いたのか？」

「いや、聞いていない。見ればわかる。ノール達だって気が付く。……ポンコツエルフは知らん」

「そうか、そういうことか」

ルーナにすら心配されるほど、俺が悩んでいるのがわかるようだ。この様子じゃノールとエステルも察してるだろうな。フリージアは……割と勘がいいから気が付いている可能性もあるか。

「何を考えているかまではわからない。が、重要なことだ。違うか？」

「……ああ、そうだな。実はな……」

昨日シスハにしたクレアーレとの話をルーナにも伝えた。ええい、この際だ。ノール達も察しているなら正直に言っておくか。

ルーナは腕を組んで納得したように頷いている。

「ふむ、それで帰るか悩んでいるのか」

「ああ、自分でも優柔不断で情けないけど、踏ん切りがつかなくてな」

「仕方がない。私でも同じ立場なら悩む。迷うということは、それだけ思い入れがある。いいこと

ことか。

思い入れがあるから迷う、か、凄くいいことを言ってくれるな。迷うことは悪いことじゃないってことか。

「ルーナの話を聞いたら何だか気が楽になったな。年配者の言葉は実感があるってやつか」

「あ?」

「すまん、冗談、冗談です。本当にすみませんでしたぁぁぁ!」

牙を見せてガチガチと鳴らし出したので、慌てて土下座しておいた。するとルーナはフッと笑って返事をしてくれる。

「まあいい。しかし、私が他人に関心を持つとは。自分でもビックリだ」

「それ自分で言っちゃうのか……」

「本当に驚いている。召喚された時は、応じはしたがずっと寝ているつもりだった。が、いつの間にか手伝っていて、寝るより平八達といる時間が好きになっていた。不思議だ」

ルーナは本心からそう思っているのか、月を見上げながらも感慨深いご様子。そして彼女は、微笑みながら真っ直ぐと俺を見つめ言葉を口にする。

「平八のおかげで……いや、皆のおかげで私は変われた。感謝している」

「本当にルーナは変わったと思うよ。けど、その言葉は皆にも言ってやったらどうだ? シスハとかめちゃくちゃ喜ぶぞ」

「……やだ。恥ずかしい」

珍しくルーナは下を向きながらもじもじとしている。ははは、ホントに可愛らしいじゃあないか。その言葉を聞いたらシスハだけじゃなくて、ノールやエステル、フリージアだって喜ぶだろう。俺だって嬉しかったからな。

ルーナは笑う俺の様子に少し頬を膨らませながら、俺の服を引っ張って町を囲う城壁の近くまで連れて来た。

「登るぞ。掴まれ」

「えっ――うおっ⁉」

ルーナに抱き抱えられたと思いきや、グンッと飛び上がって浮遊感を感じる。町の城壁よりも高く跳躍し、スタッとその上に着地して俺は下ろされた。

「ここが散歩コースだ」

「町の防壁の上に登るなんて、見張りがいたらどうするんだ？　今は問題ないけどさ」

地図アプリで周囲を見てもこの周辺に人はいないようだ。不用心に思えるけどたまたまなのかな。

それはいいとして、確かにここから見下ろす光景は綺麗だ。少し高いところから見るだけでこうも印象が変わるもんなんだなぁ。夜空も地球で見るよりはっきりと見えて神秘的かも。

俺はその場に座り込んで、膝の上を叩いてルーナに座れと身振りをした。彼女は素直に俺の膝の上に座り込んで月を見上げている。

「私はここから見る月が好きだ。フリージアとよく見に来ていた」

「静かで見晴らしがいい場所だもんな。月も綺麗に見える。俺の世界だとこういう綺麗な夜空を見上げて、好きな相手に告白したりするんだろうなぁ」

「ふむ？　確かに綺麗だが……わざわざこういう場所を選ぶのか」

「ああ、綺麗な夜空を見ながら告白をするなんてロマンチックだろ？」

「……わからない。文化の違いだ。私はどこであってもすぐに言われた方がいい」

「はは、そうかもな」

ルーナは告白のシチュエーションとか気にしないらしい。文化も違えば種族も違う。彼女は遠回しなことをせずさっさと告白しろって感じだ。

そんな会話をしてしばらく無言で綺麗な夜空と月を見上げていると、ルーナがふと呟いた。

「平八は私が好きか？」

「えっ……そ、それは――うおっ⁉」

俺の返事を待たず、座っていたルーナは振り向いてズイっと顔を寄せてきた。

「平八は私を養ってくれている。だから私は好きだぞ」

「あ、あのな……」

「平八も私が好きなら一生養う権利をやろう。だから早く好きだと言え」

「それを聞いて言う訳ないだろ！」

「わはは、冗談だ」

そう言って笑ったルーナはまた俺の膝に座り前を向いた。だが、後ろから見える彼女の耳は真っ赤に染まっている。……全く、冗談だと言っておいてそんな反応見せちゃ駄目だろ。本当にルーナは可愛らしいな。

思わずポンポンと頭を撫でてやると、ルーナは黙って俺にされるがままだった。ようやく赤く染まった耳が元の色に戻ると、彼女は立ち上がって真剣な声色で話しだす。

「……私が平八に好感を抱いているのは本当だ。この先どのような選択をしようが、応援はしてやる。だから存分に悩むといい」

「ルーナ……ああ、気を使ってくれてありがとな」

「うむ、あまり長く外に出ているとシスハ達が心配する。帰ろう、私達の家に」

そう言って伸ばされたルーナの手を取り、俺達は自宅への帰路に就いた。


自宅の風呂場のシャワーの前に座りながら、俺は考えごとをしていた。

この世界に来てからというもの、本当に様々なことがあった。ノール達との魔石狩り、冒険者として各地の異変を解決、そしてガチャを回す。……この中にガチャを含めていいのだろうか？

いや、この世界で過ごして来た思い出の中でガチャのことは欠かせない。ノール達の召喚は勿論、アイテムや装備などを手に入れたりなどお世話になったものだ。俺の能力がガチャで本当によかった。

思い返してみても、ノール達と一緒に騒いでガチャを回していたのは楽しい時間だった。ノールやエステルに苦言されながら、ルーナの冷たい視線を受ける中シスハと醜い争いをし、フリージアとモフットの幸運勢に嫉妬する。元の世界でガチャを回していた時に比べて何と賑やかなのだろうか。

今入っている風呂もガチャで手に入れたハウス・エクステンションで増築したものだし、ガチャのおかげで随分とこの世界で充実した生活を送らせてもらった。利用された立場ではあるものの、クレアーレには感謝するべきかな。

「平八ー、お背中お流ししますなんだよー」

「おーう、頼むわ」

「はーい」

あー、そこそこ。丁度いい感じに背中を洗って……は？

「誰だ⁉」

「わっ⁉　びっくりした！」

立ち上がって振り返ると、そこには驚いて尻もちをついているフリージアがいた。手には泡の付いたタオルを持っていて、俺の背中を洗っていたのは彼女のようだ。

当然お風呂の中だから、フリージアの姿はタオル一枚も巻いていない生まれたままの姿……っておい⁉

慌てて前を向き直って動揺しながら俺は叫んだ。

「お、お前！　何でこっち入ってきてるんだ！」

「えへへ、いつも平八一人で入ってるから寂しいかなって！」

「別に寂しくなんて……というかせめて体隠せ！　ほら！」

「えー、お風呂なんだからいらないよー」

「いるんだよ！　俺が困る！」

「ぶー、いらないのに……」

顔を向けずに俺が持ってきていたタオルを渡すと、渋々といった声でフリージアは受け取った。

……ふぅ、ポンコツエルフとはいえ一応は美少女だ。裸を直視しては俺が色々とヤバイ。

「全く、勝手に入ってきやがって……背中を流すのはいいからさっさと女風呂の方に戻れ」

「やだいやだい！　平八と一緒にお風呂入るの！」

「どうしてそんな俺と風呂に入りたいんだ！」

「だって、最近平八元気なさそうだったから……さっきも何か考えてたよね？」

振り返るとフリージアは心配した表情で俺を見ていた。確かに考えごとをして口数が少なくなっていたかもしれないけど、それで風呂に入ってくるなよ！　……まあ、そんな心配をしてくれたこと自体は嬉しく思うけどさ。

「はぁ、わかった。それじゃあ背中を流すは頼むぞ。けど、タオルで体隠して絶対にくっつくなよ！」

「わーい！　ありがとう！」

「おまっ⁉」

フリージアは背中から抱き付いてきて、柔らかい二つの感触を直に受ける。だからくっつくなって言ってるだろうがぁぁぁぁ！

惨事にならず何とかフリージアを引きはがし俺は湯船に入った。もう出て行ってほしかったけど、そんなことを言えばまた騒ぎ出すからなぁ。……正直、ちょっぴり嬉しく思っているのは内緒だ。

ちゃんとフリージアにはタオルを体に巻かせてあるから、これ以上事故の心配はない。フリージアも自分で体を洗ってから湯船に浸かり、気持ちよさそうにしている。

「あー、やっぱりお風呂は気持ちがいいねぇー」

「まあな。風呂を増築しておいて本当によかった。日々の疲れが癒される」

「そうだねぇー。温かいお湯に入るのも気持ちがいいんだよー。里じゃ水や湖で体を綺麗にしてたから、初めてお風呂入った時驚いちゃった」

「へー、エルフならそういうのもあるか。種族が違うと文化も違うもんだな」

エルフは水浴びで身を清めているのか。エルフらしいといえばエルフらしい。こういう違う種族や文化の交流もできるのは面白く思えるな。もっとガチャで仲間を増やしていたら、色々な交流ができたかもしれない。

そう考えていると、フリージアが真面目な顔でこっちへ向き直り質問をしてきた。

「平八、何を悩んでるの？　ノールちゃん達も最近平八の様子がおかしいって言ってた。魔石集めも全然してないし、元気もないいんだよー」

やっぱりフリージアも気にしていたのか。隠すことでもないし素直に言うとしよう。

「実はな、元の世界に帰る方法が見つかったんだよ。それで帰るべきなのか悩んでてな」

「えっ⁉　平八帰っちゃうの！」

「いや、まだ帰るって決めた訳じゃないけど……だからこそ悩んでるんだよ」

シスハやルーナにはじっくり悩めって言われたが、このままいつまで経っても決めないのはなぁ。何か決心がつくことがあればいいのだが……ん？　そういえば俺がもし帰るとなったら、その後ノール達はどうするのか聞いていないな。

この際だ、フリージアに聞いてみるとするか。

「俺が帰ることになったらフリージア達も帰ることができると思うけど、もしそうなったらお前はどうしたい？」

「えっ、私？　う～ん、里の皆とも会いたいけど、私はここで暮らしたいかな。ノールちゃん達や平八と一緒の生活、凄く楽しいもん！」

「そっか、そこまできっぱりと言い切れるのは羨ましいな」

「えへへー、褒められると照れちゃうかもなんだよー。思い立ったらすぐに行動するのが長所だけど短所でもあるって、よく里長に言われてた！」

「……それ、褒められてるか怪しくないか？」

行動するのはいいけど少しは考えろ！　ってことを遠回しに言われている気がする。良くも悪くもこいつは行動力があるからな……それに助けられたこともあるが、逆に困ったこともあったからな。

今もこうやって風呂場に乗り込んできているし。

けど、フリージアが俺達と一緒にいたいと思ってくれているのはわかった。彼女達はイルミンスールの住民な上に意識だけが呼ばれた状態だから、セイバとイルミンスールの行き来は俺と違ってしゃすいと思う。

カロンちゃんは緊急召喚石を使ってではあるが、二度もイルミンスールとセイバを行き来しているからな。スマホに帰還させる項目はないけど、本人達が強く願えば帰れるかもしれない。

俺が帰らなかったとしても、イルミンスールとセイバを行き来する方法を見つけて、ノール達も帰郷できるようにしようかな。彼女達だってあっちで会いたい人がいるはずだ。

そう考えていると、フリージアはジーっと俺の体を見ていた。う、うん？　一体どうし――

ひょっ⁉　突然フリージアは俺の肩を触ってきて、変な声が出そうになった。

「ちょ、ペタペタ触るな！」

「わー、平八って意外と体付きいいね！　いつも頼りなく見えるのに！」

「頼りなく見えるは余計だ！」

頼りなく見えて悪かったな！　実際頼りないけどさ！　だからって急にペタペタ触ってくるとは
……うん？

俺の体を面白そうに触っているフリージアだが、その間タオルで巻いている彼女の胸元がチラチラと見えていた。ポンコツエルフではあるが、割と胸があって……はっ⁉

思わず胸元に目を向けていたら、フリージアは俺の体を触るのをやめてジーっと黙ってこっちを見ていた。

「平八、どこ見てるの？」

「い、いや！　別にどこも！」

「怪しいー、さっきも私を見て慌ててたしー。目が助平八になってるんだよー」

「お前まで助平八とか言うのか！　……ちなみに、それ考えたのお前か？」

「ううん、シスハちゃんが言ってた」

あ、あいつ！　やっぱりフリージアに変なことを吹き込んでいたのはシスハか！　後でとっちめてやるぞ！

そんなやりとりをしつつ、今日のところはゆっくりとフリージアと湯船に浸かるのだった。

◆

「おにーさん、最近シスハ達と仲がよさそうね」

ある日のこと、突然エステルがジト目で俺を見ながらそんなこと言いだした。見上げながらとても可愛らしいのだが、その視線から妙な恐怖を感じる。

「べ、別に特段仲よく見えるようなことしてないぞ？」

「あら、散歩に行ったりお風呂に入ったり、深夜に一緒にお酒を飲んでいるのに？」

「すみません、勘弁してください。してました」

「ふふ、素直なお兄さんは好きよ。別に責めるつもりもないから安心して」

笑ってはいるけど目が笑っていない。どうしてシスハ達とやっていたことを把握されているんだ。

フリージアと風呂に入ったのも言ってないし、あいつにはちゃんと口止めをしていたのだが……エステルさんは本当に恐ろしいお方だ。

急にこんなこと言いだしてどうしたのだろうか。そう思っていると、エステルは頬に片手を当てながら話を続けた。

「ただ、シスハ達と仲よくしているんだから、私とも同じようなことしてくれてもいいわよね？」

「お、おう。可能な範囲でなら努力するぞ！」

「それじゃあずっと前に約束した、何でもお願いを聞いてくれるって話を今使おうかしら」

あっ……そういえば随分と前にそんな約束をしていたな。確かコンプリートガチャの時だったか。あの約束はシスハ以外誰も言ってこなかったからなぁ。けっして忘れていた訳じゃないぞ！

何をお願いされるのか、ゴクリと生唾を飲んでエステルの答えを待つと、それは意外にも単純なものだった。

「明日一日、ずっと私と一緒にいてほしいの」

「……それだけ？　それだけでいいのか？」

「ええ、一日だけ、ずっと、一緒にいるだけよ。ね、簡単なお願いでしょ？」

ふーむ、一日一緒にいるだけねぇ。もっと難しいお願いをされるかと思ったけど、普通過ぎて拍子抜けしたぞ。元々エステルとは一緒にいる時間も多いし、お願いを使うほどのことでもない気がするのだが……本人がそれを望むのなら野暮なことは言わないでおこう。

「わかった。じゃあ明日は一日中一緒にいるとするか」

「ふふ、やった。それじゃあ朝から寝るまでずっと一緒にいさせてもらうわね」

小さなガッツポーズをしてエステルは喜んでいる。ははは、こんな可愛らしい反応をしてくれるのは嬉しい限りだ。一緒にいるだけじゃ申し訳ないから、明日は一緒にどこかへ出かけたりしようかな。

そして翌日、朝早くに俺は目を覚ますと、目の前にエステルさんの顔があった。ヒョッ!?

「おはよう」

「エ、エステル……何で俺のベッドにいるんだよ」

「昨日約束したじゃない。一日中一緒にいるって。待ち切れなくて来ちゃったの」

「全く……まあ、約束だからいいけどさ。改めておはよう」

「ええ、おはようお兄さん」

おいおい、まさか朝一番から俺のベッドに入り込んでくるとは、ちょっと今日一日過ごすのが心配になってきたぞ。

不安になりながらも俺とエステルは起床し、ノールの作ってくれた朝食を取っている。今日も普通の朝の食卓に思えたのだが……エステルさんは俺の隣に座って、サラダを刺したフォークを俺の口元に寄せてきた。

「お兄さん、あーん」

「えっ……」

「あーん」

エステルはニコニコと満面の笑みでずっと待っている。当然ノール達も全員いるこの場でだ。突き刺さる皆からの視線が物凄く痛いのですが……エステルさんは引き下がる様子はない。諦めて差し出されたサラダを食べると、彼女は満足そうに頷いてくれる。は、恥ずかしい。

俺達のそんなやり取りを黙って見ていたノール達が、やっと声をかけてきた。

「今日はお二人共、随分とくっついているでありますな」

「ふふ、今日はずっと一緒にいるって約束したもの。ね、お兄さん」

「お、おう」

「ほほう、それでイチャラブしている訳でしたか。大倉さんも罪な男ですね」

「別にそんな訳じゃ！」

「恥ずかしがらなくたっていいんですよ。存分にエステルさんを甘えさせてあげてください」

ノール達から微笑ましい目で見守られながらも、朝食を終えて俺とエステルは出かけることにした。オウの迷宮攻略から結構な日数が経ち、シュティングやクェレスも落ち着いてきたので、他の町にでも行こうかと提案したのだが、彼女はブルンネでいいと言う。

なので今日はブルンネの町を出歩いている。私服姿のエステルはこれまたとても可愛らしく、ご機嫌な様子で俺と腕を組んでいた。

王都に比べるとブルンネの規模は小さいが、雑貨屋など見て回るところはそれなりにある。しばらくそんな感じで町巡りをし、日が落ちかけた頃俺達は覚えのある町外れの展望台に足を運んでいた。

この場所は以前、エステルとブルンネを見て回った時に来た思い出の場所だ。二人でベンチに座りながら、ブルンネの町並みを見て思い出に浸っていた。

「ここに来るのも久しぶりね。ブルンネに自宅を買った直後に来て以来かしら」

「ああ、もう随分と前に思えるぞ。あれから色々あって大変だったなぁ」

「そうね。けど、悪いことばかりでもなかったじゃない。私もアンネリーやマイラと出会えたもの。ふふ、また今度遊びに誘おうかしら」

「そうだな……異変も解決して落ち着いてきたし、またアンネリーちゃん達と遊べるさ」

エステルはこの世界でアンネリーちゃんとマイラちゃんという友達ができたもんな。オウの迷宮を攻略してから忙しい日々が続いたけど、落ち着いてきたし沢山遊びに行ってもらおう。アンネリーちゃん達も喜ぶはずだ。

それからいくつもの思い出話に花を咲かせていると、エステルは俺の着けている首飾りに手を添えた。

「これ、ずっと着けてくれているわよね」

「ん？ そりゃエステルから貰った物だからな。大事にしているぞ」

「ふふ、嬉しいわ。私も貰ったこの宝石、ずっと大事にしているからね」

「はは、お互いにプレゼントした物をこうやって確認し合うと、ちょっと照れ臭いな」

エステルも俺のプレゼントした宝石を加工した、鳥かごの中にルビーの入った首飾りを身に着けている。お互いに自分のプレゼントした首飾りを眺めて、ちょっと気恥ずかしい気分だ。エステルも頬を赤く染めて照れている。

するとエステルは不意に話を振ってきた。

「お兄さん、元の世界に帰るの？」

「……情けないことにまだ悩んでる。俺が帰るか帰らないか、どうしたらいいと思う？　エステルはどっちがいい？」

「そんなの当然――いえ、よしておきましょう。私が言うべきじゃないわ。それは自分で決めることだと思うの。お兄さんが大切だからこそ、私の意見で決めてほしくない。ごめんなさいね」

「……いや、俺も悪かった。こんなこと意見を聞くべきじゃなかったよな。すまん」

こんな意見をエステルに聞くのはあまりに酷過ぎたか。彼女に甘えてしまった。エステルにどっちか決めてもらったら、間違いなくその意見に流されてしまう。以前ノールにも同じようなことを聞いて同じことを思ったのに、ホント俺って成長していないな。

「お兄さんがどんな選択をしても、私は受け入れるつもりよ。でも……」

「エステル……ごめんな」

「ううん、謝らないで」

エステルの目尻に溜まっていた涙が頬にこぼれると、彼女は慌てて顔を逸らした。泣かせるつもりはなかったのだが……せっかくお出かけしている時に話すことじゃなかったか。

顔を見せないようにしていたエステルを抱き寄せて、二人共黙って時間が過ぎていく。ようやく落ち着いてきたエステルは顔を見せてくれた。

「ごめんなさいお兄さん。せっかくのお出かけなのにこんな姿見せちゃって」

「そんな申し訳なさそうにしないでくれ。まだ約束の一日は終わってないからな。これから楽しんでくれればいいさ」

「ふふ、それじゃあお言葉に甘えて残りの時間は好きにさせてもらおうかしら」

エステルは微笑みを見せてくれて、いつもの調子に戻ったようだ。その笑顔を見て俺も安堵し、日も暮れたので手を繋いで帰宅した。

そして夕食を食べて風呂へ入ろうと脱衣所で服を脱いでいたのだが……いつの間にか隣にエステルさんがいて、彼女まで服を脱ごうとしていた。

「ちょ!? どどど、どうして入ってきているんだ！」

「あら、ずっと一緒って言ったじゃない。当然お風呂だって約束の範囲内よ」

「いやいや、それはいくらなんでも……」

「フリージアとは一緒に入ったのに、私とは入ってくれないのかしら？」

「あっ……はい、わかりました。だけど！ タオルは巻いてくれよ！」

「ええ、それぐらいわかっているわ」

エステルの着替えを見ないように他所を向きつつ、俺は先に風呂へ入りシャワーの前に座ってエステルを待つ。彼女はちゃんと体にタオルを巻いて入ってくると、タオルに泡を立てて俺の背中を洗い始めた。

「ふふふ、いつかこうやってお兄さんの背中を洗ってみたかったの。夢が叶っちゃったわ」

「そんな大袈裟な」

「大袈裟じゃないわよ。私よりも先にフリージアが一緒にお風呂に入ってるなんて、ちょっと妬いちゃったわ」

若干だがエステルが俺の体を洗う力が強くなった気がするのだが……フリージアとのあれは事故みたいなものだから許してほしい。あいつの行動を予想するのは無理だ！

背中を洗い終わって今度は俺がエステルの背中を洗うことにした。

「痛くはないか？」

「ええ、ちょっとくすぐったいぐらいよ」

こうしてお互いに体を洗い終えた俺達は、湯船に浸かって雑談をし始めた。

「召喚されたばかりの頃は、こうやって一緒にお風呂に入るようになるとは思わなかったわ」

「あー、そうだな。そういえば召喚された時、妙にツンケンしてたよな。どうしてなんだ？」

「むー、それはお兄さんが私を召喚しようか悩んでたからよ。私の性格が心配だなんて失礼しちゃうわ」

「えっ……召喚前に考えてたことをどうして知ってるんだ！」

「私達は召喚前にお兄さんの知識とかある程度貰えるのは知ってるでしょ。特に自分のことに関しては強く記憶に流れ込んでくるから、直前にあんなことを考えていたら当然わかるに決まっているじゃない」

「そ、そういうことだったのか……すまなかった」

「ふふ、いいわ。今ではあれもいい思い出だったもの」

召喚直前の記憶までちゃんと把握されていたのか……。エステルを召喚した時妙にツンツンとしていたのはそれが理由だったんだな。いやはや、俺は本当に失礼なことを考えていたなぁ。こんなに素直で可愛らしいエステルの性格を心配するなんて、どうかしていた。……まあ、怖いことがちょくちょくあるのは間違いないけどさ。

思い出話をしながらの入浴も終わり、ついに寝るだけになった。これでエステルとの約束の一日も終わりかと、ちょっと残念に思っていたのだが……彼女は寝間着姿で枕を持ち俺の部屋に来ている。

「それじゃあお兄さん、一緒に寝ましょうか」

「えっ、一緒にいるのは一日だけだって……」

「あら、その理屈でいえば、昨日の深夜から一緒じゃなきゃいけないわよ。今日の朝からだったんだから、明日の朝まで有効ってことじゃない。間違っているかしら？」

「そりゃ確かに正論だけど……まあいいか」

エステルの言うことも一理あるし、そもそもの話そんな厳密に時間を守るようなものでもない。エステルが望むんだったらいくらでも俺は応えようと思う。

部屋を少し暗くして二人でベッドに入ると、俺の隣で寝ているエステルは嬉しそうに笑っていた。

「やっとこうやってお兄さんと一緒に寝れたわね。お風呂もそうだったけれど、今日一日で私のお願い沢山叶っちゃったわ」

「ははは、このぐらいでお願いだなんて……その、今まで色々とすまなかったな」

「もう、謝らないで。お兄さんがヘタレだなんて知っているもの。こうやって今日だけでも、受け入れてくれたのは嬉しいわ」

これだけでそんなに喜んでもらえるなんて、今までにもっとエステルに構ってあげるべきだったのだろうか。……うん、元の世界に帰るかどうかの決断は別として、俺の決意が固まる日まで可能な限り喜んでもらえるように過ごそう。

しばらくまた話していると、エステルは眠くなったのかウトウトとしながら俺の腕に抱き付いてくる。そして寝言のように彼女は呟いた。

「お兄さん、ずっと一緒に……」


シスハ、ルーナ、フリージア、エステルと話して、それからさらに月日が経った。イヴリス王国の復興作業はほぼ完了し、先日王都シュティングにて大規模な祝いごとが催された。俺達もその祝勝会に招待され、王城でのパーティに参加したりなど色々な出来事があった。

いやぁ、あのパーティは凄かったなぁ。人数は勿論のこと、豪華な料理や演奏会には圧倒されたものだ。功績者の表彰もあって、騎士団や冒険者、その他にも復興に尽力した人達が陛下から直接お礼の言葉を賜ったりなどしていた。俺達もその中に含まれていて、皆の前で表彰されるのは緊張したなぁ。

ノール達も正装なドレス姿で本当にいいものが見れたぞ。特にノールは素顔で恥ずかしそうにしていて、会場にいた人達から注目を浴びていた。素顔の可愛さと銀色のドレス姿の美しさが合わさっていて、正直言葉を失ったぐらいだ。

そしてまたある日のこと、そんなノールにお願いがあると声をかけられた。

「大倉殿、私もお願いがあるのでありますが、いいでありましょうか？」

「うん？　それって前に約束した、何でも一つってやつか？」

「そうでありますよ！」

ふーむ、ついにノールからもお願いごとをされたか。この前エステルがあの約束を使っているのを見て思い出したのかな。

あれからエステルとは何回も一日中一緒に過ごしていたりした。一緒に寝る機会も増えて、彼女も喜んでくれて俺まで嬉しくなる。

俺は自分の稼ぎから貯金しておいた金貨を数えながら、ノールに返事をした。

「別に構わないけど、破産するほど食べないでくれよ。えっと……五百万ギルぐらい用意すればいいかな」

「ちっがうでありますよ！　どうしてお願いが食べ物前提なのでありますか！」

「えっ、ノールのお願いごとなんてそれぐらいしかないだろ？」

「私を何だと思っているのでありますか！　今回はちゃんとしたお願いなのであります！　……五百万ギル分の食事は、ちょっと魅力的ではありますけど」

マジかよ⁉　ノールのお願いなんて食事しかないと思っていたぞ！　しかもこの様子だと、俺が言った五百万ギル分の食事よりも大事なことらしい。

緊張した様子でノールはお願いを口にした。

「あ、明日、私と一緒に出かけてほしいのでありますよ！」

「出かける？　別にそんなのお願いを使うほどのことじゃないだろ。普通に一緒に行ってやるぞ」

「実はその……町の外に行きたいのでありますよ。だからちょっとご迷惑をかけちゃうでありますから……」

「町の外？　そんなところに一体何の用事があるっていうんだ？」

「秘密であります！　それを含めてのお願いであります！」

「うーん、そういうことなら別に構わないが……」

「ありがとうございます、であります！」

まさか出かけたいってだけでお願いごとを使うなんて。エステル以上に予想外の内容だぞ。けど、町の外に行きたいっていうのは気になるところだ。一体どこに行きたいのだろうか。

意図がわからずに疑問に思っていると、思い出したかのようにノールはある条件を加えてきた。

「あっ、それと明日は、町中で待ち合わせをするのであります！」

「ん？　何言ってるんだ？　家から一緒に行けばいいじゃないか」

「ダメであります！　これもお願いなのでありますよ！」

「そ、そうか。よくわからないがお前がそうしたいなら別にいいんだけどさ」

どうしてわざわざ町中で待ち合わせなんてしたいんだ？　まさかデート的なやつで、その雰囲気を味わいたいとか……ノールって結構ロマンチストな感じするしな。そう思った途端にちょっと気恥ずかしくなってきたぞ。

この日は何とも言えない空気になってしまい、自宅内でノールと顔を合わせづらくなってしまった。

そんなこんなで翌日、ノールからいつもより遅めに起きてほしいと言われたので、約束の時間に間に合うように起床し身支度をして自宅を出る。エステル達にはノールと出かけると伝えると、皆が微笑む目で俺を見送ってくれた。何か妙に温かな目線だったのだが……気のせいかな。

昼前辺りにブルンネの広場で約束していたのでそこに向かう。到着し待ち合わせ場所である石像のあるところまで行き、それらしい人物を探す。しかし、あの特徴的なアイマスクを身に着けている人はいない。

代わりに青いワンピースを着た銀髪の美少女が、緊張した面持ちで籠を持って立っていたのだが
……あ、あれはまさかノール、か？　道行く人達も思わず振り返るぐらい目立っている。

驚いて固まっていたがいつまでも声をかけない訳にもいかないので、恐る恐る近づいて素顔のノールに声をかけた。

「……ノ、ノール、だよな？」

「は、はい、そうですよ」

籠の持ち手をギュッと握り締め、モジモジとしながら顔を赤くしてノールはそう答えた。おいおい、私服な上に素顔のままだなんて、これじゃただの物凄い美少女だぞ！

あんなに嫌がっていた素顔を晒して外出をするなんて……しかもここまで一人で来たってことだ。

一体どうしてしまったのだろうか。

「素顔だけど大丈夫なのか？」

「はい、この前の邪神との戦いで一度ランクアップしてから、少しだけ素顔でも平気になりました。えへへ、自分にちょっとだけ自信が持てたのかもしれません」

そうはにかんで答えるノールはとても可愛らしい。真正面からそれを受けた俺が動揺していると、ノールは首を傾げて不思議そうにしていた。

とりあえず合流もできたので町の外に行く門に向かって歩き、ノールの行きたい場所とやらを聞く。

「えーっと、その、それで、お前の行きたい場所ってどこなんだ？　ブルンネの外でいいのか？」

「はい、大倉さんも知っている場所ですよ。私にとって思い出の場所です」

「うーん、そんな大事な場所があったのか。俺も知っている場所か……わからん」

「そこまで行けばわかると思います。……私もちょっとうろ覚えなんですけどね」

うろ覚えって……しかも俺も知っている場所だと？　ノールにとって思い出の場所で、俺も行ったことがあるところなんて思い当たらないぞ。ブルンネの近くにそんなところあったかなぁ。

南門から外に出て魔法のカーペットに乗り、ノールの指示に従って道を進んで行く。大体二時間程度進んでみたが、どうやらまだ目的地には着かないようだ。

「こっちでいいのか？」

「……多分、合っていると思います。私も一度しか行ってませんから」

「一度だけって……大切な場所なのにそんな曖昧だったのか」

「遠くて歩いて行ったら時間がかかりますからね。あっ、そこの道から外れて右に進んでもらっていいですか！」

「道外れなのか。了解」

途中で道から外れて広い草原を進み始めた。一体何を目安にこっちへ来たのだろうか。……けど、何だか俺もこの周囲に見覚えがある気がしてきたぞ。

またしばらく草原を進んでいるとノールが声を上げた。

「ありました！　大倉さん！　あれ、あの木までお願いします！」

興奮してノールが指差した先にあるのは、平原にぽつりと生えている大木だ。近づいて大木の根元に降りて、魔法のカーペットを仕舞う。大木に来たノールは笑顔でとても嬉しそうにしている。

「ここがノールの来たかった場所なのか」

「はい、一度しか来ていないので不安でしたけど、ちゃんと見つけられてよかったです。大倉さん、ここに来た覚えはありませんか？」

「うーん、俺もここに一度来ているのか？　……あっ、待てよ。この木ってまさか」

言われてみるとこの大木には覚えがある気がする。それにここまで進んできた平原、俺はここを一度通っている。……はっ⁉

「これ、俺がこの世界に召喚されてすぐに登った木か！」

「そして大倉さんが私を召喚した場所でもあります」

そうだそうだ、ここって俺が召喚された直後に来た場所だ！　この大木の上で俺はノールを召喚したんだった！

けど、今更この場所にお願いをしてまで来たいと言い出した理由は何なんだ。

「どうしてここに来たかったんだ？」

「大倉さんと初めてお会いした場所ですからね。思い出として一度一緒に来てみたかったんです」

「それはまたロマンチストなことで……まあ、悪い気はしないけどな」

俺とノールが初めて会った場所か。うん、それは確かに思い出の場所と言ってもいいかもしれない。俺としても初めて召喚されて来たところだ。改めて来てみると感慨深い気がする。

目的の場所に到着したノールは、大木にナイフで自分の名前を刻み始めた。

「えへへ、記念に名前を彫っちゃいました！　大倉さんもどうぞ！」

「おいおい、大木に名前を書くなんて恥ずかしいだろ。……他に人も来ないだろうしいいか。すまないな」

大木に一応謝ると、返事をするように風が吹いて木々が揺れた。俺もノールの名前の隣に自分の名前を彫ると、彼女は頬を赤らめて嬉しそうにしている。……うん、そんな嬉しそうにされると何だか照れ臭くなるぞ。この前エステルとも思い出のある場所に行ったが、まさかノールともこういう場所に来るとは思わなかった。

やることも済むとノールはシートを取り出して大木の下に広げた。そして持ってきていた籠を開くと、その中には様々な種類のサンドイッチがぎっしりと詰まっている。

「手作り弁当まで用意してくれたのか」

「張り切っちゃいました！　沢山食べてくださいね！」

「美味そうだけど相変わらず量が多いな。ありがたくいただくとするよ」

なるほど、その籠はここで昼飯にするつもりで持ってきていたのか。待ち合わせ時間も大体昼飯ぐらいになるよう決めていたんだな。

シートに座り込んでサンドイッチを一切れ貰い口にした。

「うん、美味い。やっぱりノールの料理は美味いな」

「そ、そこまで言われると照れちゃいますよ……」

「もうすっかり我が家の味になっているからな。お前の料理を食うとホッとするぐらいだ」

褒めるとノールはまた顔を赤くして照れている。朝昼晩とノールの食事を食べるようになって、すっかり彼女の味付けが家庭の味だ。今食べているサンドイッチも、よく魔石狩りをする時に作ってもらっていた。最初は料理できるか疑ったものだが、本当にノールの食事は美味い。

沢山あるサンドイッチを二人で食べ終わると、ノールは真剣な眼差しで話を切り出してきた。

「大倉さん、帰るかどうかの決心はつきましたか？」

「やっぱりその話を振ってきたか……」

「はい、大倉さんが自分で言い出すまで待とうかと思いましたが……気になっちゃいまして」

このタイミングで二人きりになるなんて、絶対にこの話をしてくると思った。彼女だって俺が悩んでいるのに気が付いていただろうし、以前セヴァリアで同じような話をしていたからな。

この数十日間、俺はずっと悩みに悩んできた。その間にシスハやエステル達と話して、色々と思うことがありながらも悩んだ末、俺はついに答えを出していた。

後は皆に言い出すタイミングを計っていたのだが……先にノールには話しておくとするか。

「エステル達とも色々と話してさ。俺、やっと決心がついたよ。元の世界に帰ろうと思う」

「っ……そ、そうですか。大倉さんが決めたことです。それでいいんだと思い――」

「けど、またこの世界に来ようと思う」

「えっ」

帰ると聞いたノールは顔を一瞬歪めていたが、戻ってくると言ったらぽかんと口を開けて唖然としている。

情けないかもしれないが、俺の出した答え。それは地球に一度帰ってからまたセイバに戻って来ることだ。

「やっぱりさ、俺はお前達と一緒にこの世界に住みたいと思っているんだ。けど、それにはちゃんと元の世界でケジメをつけたいと思ってな」

「ケジメ、ですか?」

「ああ、元の世界にキッチリ別れを告げて、改めてこの世界に来ようと思う。……めちゃくちゃ都合のいい話だけどさ。けど、クレアーレが言ってたんだ。あなたが望めがまたこの世界に来れますって。次戻ってきたら、二度と帰れなくなるとも言ってた」

やはりこのままズルズルと元の世界でのことを気にして、この世界で過ごす気にはならない。絶対にどこかで元の世界のことがちらついて、俺は色々な決断ができなくなるだろう。

彼女達との関係もその一つだ。エステルやシスハの好意に気が付いていながら曖昧な態度をとっているのも、それが原因になっている。

だからこそ、俺は地球に帰って全てにけりをつけて、またこのセイバに戻って来ようと思う。それで二度と地球に帰れなくなっても後悔はしない。

「いいんですか？　二度と帰れなくなっても？」

「ああ、もう決心したからな。だけど情けない話だが、ノール達にも決めてもらいたいことがあるんだ」

「私達がですか？」

「ノール達は俺が帰った後、元の世界、イルミンスールに帰らなくてもいいのか？　多分俺よりは簡単に帰れる……クレアーレに強く呼びかければ帰してもらえるはずだ。もし俺が帰った後ノール達も帰りたいなら、帰ってもらっても構わない」

これはフリージアの話を聞いて考えたことだ。彼女は帰らないと即断してくれたが、ノール達がどうかはわからない。もし彼女達が帰るとしたら、フリージアだってこの世界に残る考えを改めるだろう。

だから俺は帰る前に、ノール達はどうするのか知りたかった。もし彼女達が全員イルミンスールに帰るなら、俺もセイバに帰ってくる理由がなくなってしまうからな。

「誰か一人でも残って俺の帰りを待ってくれるのなら……必ず帰ってきたいと思う。凄く自分勝手な話で申し訳――」

「待ちますよ」

「えっ？」

「私は一人でも大倉さんの帰りを待ちます。……えへへ、これで決まっちゃいましたね」

恥ずかしそうな笑顔でノールは俺を見つめている。そ、即決だと……。

「本当にそれでいいのか？　ノールにだってイルミンスールで会いたい人がいるだろう？」

「それは……まあ。だけど、イルミンスールとセイバは行き来しやすいみたいですからね。ガチャからそういうアイテムも出るかもしれません。だから心配はいりませんよ」

「け、けど、俺が戻ってくるまで数年、十数年のズレがあるかもしれないとも言われたんだ」

「数年、十数年でも私は待ちますよ。だって、大倉さんが帰ってくるって言ってくれたんですから」

ノールの余りにも迷いのない言葉に目が霞む。頬に水が流れるのを感じて、自分が泣いているのだと気が付いた。そんな俺を見てノールは驚きの声を上げる。

「お、大倉さん⁉」

「わ、悪い……泣くつもりなんてなかったのに……」

男として泣く姿なんて見せたくなかったけど、ノールの言葉に自然と涙が流れてしまった。俺が人の言葉で涙を流す日がくるなんて……ノール達との出会いは本当にいいものだったんだなぁ。

すぐに涙を袖でふき取り、ノールが心配しないようにそれ以上泣くのを堪えた。

「ごめんな。情けない姿を見せて」

「ふふ、情けなくなんてありませんよ。男の人だって泣いていいんですから。そういう平八さん、私は好きですよ」

おいおい、また泣きそうになるようなこと言わないでくれよ。元々ノールは俺に優しくしてくれていたけど、素顔だからノールの表情がよくわかりいつも以上に彼女の優しさを感じる。

「私一人でも待つって言いましたけど、きっとエステル達だって待ってくれると思います。今度皆にも聞いてみましょうよ」

「そうか……そうかな」

「はい、きっとそうですよ」

ノールに笑顔でそう断言された。エステル達も待ってくれる、か。そうだったら嬉しいが、やはり元の世界に帰ることを伝えるのは不安になる。

けど、ノールとこうやって話したおかげで、俺もようやく彼女達に伝えようと決心が固まった。


ノールと思い出の大木へ出かけた翌日、皆を居間に集めて俺は昨日の決意を伝えることにした。

エステル達は俺が話すのをテーブルに座って待っている。ノールには事前に話していたから、彼女だけは少し離れたところで、モフットと一緒に俺を見守ってくれていた。

俺もエステル達と向かい合うように座り、深呼吸をしてからやっと話を切り出す。

「俺、元の世界に帰ろうと思うんだ」

俺の言葉を聞いたシスハ達は、目を見開いたものの騒ぐ様子はなかった。招集された時点で察していたのか、すぐにやはりといった面持ちへと変わる。

「ようやく決意が固まったんですね。大倉さんの出した答えです。私はそれでいいと思います」

「うむ、それが平八の意思なら尊重する」

「えー、帰っちゃうのー。平八がいないと寂しくなるんだよー」

シスハとルーナは納得したように頷いているが、フリージアはブーブーと不満を言っている。あは……俺の決定を肯定してくれるのも嬉しいけど、フリージアのように寂しがってくれるのも何だか嬉しい。

そんなシスハ達の中でも、特に違う反応を見せたのはエステルだ。彼女は俺の決意を聞いた途端、顔を伏せて黙り込んでしまった。やっぱりエステルは……本当に申し訳ないな。

「その……エステル、ごめんな」

「……いえ、謝らないで。お兄さんが自分で考えて決めたことだもの。よく決めたわね」

「まあ、俺だけで決めたかは怪しいところだけどな。お前達と色々話したからこそ出せた答えだ」

俺だけで考えていたら、ズルズルといつまでも先延ばしにして答えは出なかったと思う。何から何までノール達にはお世話になりっぱなしだ。

その上でさらにエステル達にあのお願いを言わないといけない。俺がセイバに帰ってくるまで待っていてくれないか、ということを。ドキドキと心臓を高鳴らせて俺は言葉を続ける。

「けど、エステル達に聞いてほしいこともある。元の世界に帰ってやることをやったら、またこの世界、セイバに帰ってこようと思う。戻ってこられる可能性があるってだけで、しかも数年から十数年のズレがあるかもしれないって話なんだ。けど……もし、もしよかったら――」

「待つわ。お兄さんが帰ってくるまで、私はここで待っててあげる」

俺の言葉を遮ってエステルは答えた。彼女に続いてシスハ達も次々と俺の言葉に返事をしてくれた。

「全く、仕方ありませんね。私も待っていてあげますよ。この世界での暮らしも楽しいですからね。退屈はしなさそうです。……信仰も広まりつつありますから」

「シスハが待つなら私も待とう。別に平八のためじゃないぞ？　寝床もあるし快適だ」

「私も！　また皆で冒険に行きたいんだよ！」

「ほ、本当にいいのか？　数年から十数年だぞ？　それに帰って来られるかもわからないんだ」

「ですがその話をするってことは、それなりに帰ってこられる確証はあるんですよね？」

「……ああ、この前も話したクレアーレから言われたことだ。確実に帰れるとは言わなかったけど、俺次第で帰れるだろうって話だった」

「それなら帰ってこられますよ。ほら、大倉さんって割と執念深いですからね。ガチャと同じぐらい私達に会いたいと願ってくだされば、きっと帰ってこられます。だから心残りがないようにしてから、また会いに戻ってきてください」

「そうね。私達はいつまでも待ってるから、焦らずにやることをやってきて。……できたら早い方が嬉しいけれど」

皆考える素振りすら見せずに即断で答えてくれた。今までこんなに嬉しいことはない。一瞬また泣きそうになったが何とか堪えると、黙っていたノールが笑いながら声をかけてきた。

「むふふ、よかったでありますね大倉殿。だから言ったでありましょ？」

「……ああ、俺の我儘《わがまま》を聞いてくれて本当にありがとう。ノールもありがとうな」

「いいのでありますよ。大倉殿がご自分で判断したことでありますからね。少しでも助けになってよかったのであります。モフットも待っているでありますからね！」

「ははは……そうだな。モフットもすっかり俺達の一員だもんな。また会う日まで待っていてくれよ」

ノールの膝の上に座っているモフットは、プーと元気に鳴いて返事をする。モフットも俺達の大切な仲間だ。こいつの幸運にはガチャで何度助けられたことか。あの時連れて帰って来て本当によかった。ノールに主な世話は任せっぱなしだったけど、俺達もよく一緒に遊んで和ませてもらったものだ。俺がセイバに帰ってきた時も元気な姿を見せてほしい。

モフットを撫でてそんな感想を抱いていると、ガバッとフリージアが席を立ち叫んだ。

「平八！　今すぐ帰る訳じゃないんだよね？」

「そうだな……色々と帰る準備もして、十日後ぐらいで考えてる。あまり日数を空けると決意が鈍りそうになるからな」

「じゃあ帰る前に皆で一緒に思い出を作ろうよ！　平八があっちで寂しくないように！」

「そうですね。その方が帰って来たいという想いも強くなりそうですし、帰る準備のお手伝いをしながら思い出作りといきましょう」

もう十分にシスハ達との思い出はあるけど、帰ると決まったとなればまた想いが湧いてきそうだ。今すぐにでも帰る必要がある訳じゃないから、多少の思い出作りは問題ないだろう。ただ、余り日を開け過ぎると決意が鈍るので、帰るのは十日後と決めて残りの日数を皆で過ごすことにした。

翌日から怒涛のように、俺達はイヴリス王国各地の町を皆で見て回る。シュティングは勿論のこと、クェレスやセヴァリアも散策して俺達の今までの思い出を振り返った。

町を見て回るだけではなく、冒険者協会の協会長であるクリストフさん、同じ冒険者であるグリンさん、ディウス達、リッサさんにも挨拶をする。長い間俺は顔を見せられなくなると伝えたら、皆不思議そうな顔をしていたがまた会おうと言ってくれて嬉しかった。クェレスの支部長であるエレオノーラさん、セヴァリアの支部長であるベンスさんや、そこで活動をする冒険者のグレットさんやマースさん達も同様だ。

神殿にも足を運んでイリーナさんとテストゥード様とも話し、元の世界に帰ると言うとイリーナさんはギュッと抱き付いてきたから驚いたぞ。案の定エステル達から物凄い視線を感じたが……今ではこれも微笑ましいやり取りになっていた。

アンネリーちゃんやマイラちゃん達とも会い、これから俺はしばらくいなくなるから、その間エステルと仲よくしてほしいと話した。当の本人であるエステルはとても恥ずかしそうにしていたが、アンネリーちゃん達は快く了承してくれてたから安心だ。俺が元の世界に帰っている間、もっと彼女達と親交を深めてほしい。

そしてついでと言っては何だが、この期間にスマホにあるアイテムが届いた。それは**【UR代替スマートフォン】**だ。具現化するとそれは黒いスマートフォンで、性能は俺の物とほぼ同じだ。アプリも同期しているようで、立体地図アプリやステータスアプリ、ビーコンによる移動も可能。魔石も貯めることができるのだが、唯一違う点はガチャがないことだ。

これは俺がいない間にビーコンとかを使えるように、クレアーレが用意してくれたに違いない。ありがたく使わせてもらうとしよう。このスマホはエステルに託した。彼女なら正しい判断で使ってくれるはずだ。

そんな日々を過ごし約束である十日後を迎えた。部屋にある荷物をまとめて地球へ帰る準備は万全だ。クレアーレにあっちの世界でガチャをするなら、地球にいる魔物のような存在を倒さないといけないと言われた。あの口振りからして地球からセイバに帰るにはガチャが必須だろうから、戦える準備は整えておかないといけない。

一応魔石もこの世界で貯め込んでおいたから、今は一万個近いストックがある。ハジノ迷宮攻略が終わってから魔物の大量発生が頻発し、さらに軍とかも俺達のパーティ扱いだったせいで驚異の数字を叩きだしていた。

ノール達がいない不安はあるけど、これなら俺だって地球の魔物のような存在と戦っていけるはずだ。

「いよいよ、この日が来たのでありますね……」

「ああ、十日過ぎるのがあっという間だったな……」

俺が帰るのを見送ろうと皆居間に集まっている。しんみりとした空気が流れていたが、シスハがパンパンと手を鳴らして場の空気を変えてくれた。

「はいはい、湿っぽいのはなしにして、笑顔で大倉さんを送り出すとしましょう。これが今生の別れという訳ではないんですから」

「だね！　平八が安心できるように元気に送り出そう！」

シスハの言う通りか。最後の別れのつもりじゃないんだし、湿っぽいのはなしにしよう。

帰る前に一人一人挨拶をしようとすると、まずルーナが一歩前に出てきて俺をジッと見上げている。

「平八……」

「どうしたんだ？」

「……抱き上げてくれないか？」

やっと声を出したかと思えば、ルーナは頬を赤らめて恥ずかしそうに言い出した。だ、抱き上げるだと……あのルーナがまるで甘えるような声でそんなお願いをしてくるなんて……。

ルーナを持ち上げてお姫様抱っこをした。めちゃくちゃ軽いなぁ。こんな体のどこからあれだけの力が出てくるんだろうか。

「これでいいのか？」

「うむ、安心する」

「ははは、そうか。いつも情けない姿ばかり見せてきたけど、そう言ってもらえるのは嬉しいぞ」

ルーナはギュッと俺に体を預けて穏やかな表情だ。シスハならまだしも、俺が抱き上げて安心してもらえる日が来るなんてなぁ。

俺が**【異世界からの招待状】**を引き当てたガチャは、ルーナがピックアップされたガチャだった。

この世界でこうして召喚して一緒にいられるとは思わなかったぞ。

しみじみと思い返しながらしばらく抱いたままでいると、ルーナは満足したのか自分から降りた。満足げな様子のルーナに手を差し出されたので俺はその手を握り返す。

それが終わると次はフリージアが元気よく声をかけてきた。

「平八！　絶対に帰ってきてね！　また遊ぼう！」

「ああ、待たせちまうけど必ず帰ってくるぞ。そしたら思う存分遊んでやるからさ」

「わーい！　楽しみにしてるんだよ！」

フリージアは俺に抱き付いてきて喜んでいる。全く、こんな時でもこいつは騒がしい奴だ。召喚当初は困ったものだが、今では落ち着きもあってしっかりとしてきた。俺がいない間に騒ぎを起こさないか心配ではあるけど……今のフリージアならきっと大丈夫だろう。

お次はノールが抱き抱えているモフットだ。軽く頭を撫でてやると、プーと鳴いて喜んでいる。

「モフットも元気でな。帰ってきたらまたガチャでお世話になるからそのつもりで！」

そう言った途端モフットはブーブーと文句を言うように鳴いた。あはは、こんな時までガチャの話をするなって感じだぞ。

モフットにはガチャでいくら感謝しても足りないぐらい世話になっているからな。帰って来たらその分も含めて、もっとお礼をしてやらないと。そのためにも絶対に帰ってこよう。モフットの幸運が俺を後押ししてくれますよーに！

モフットの前足と握手をして、次はシスハだ。自分で笑顔でと言っておいて、その表情は寂しそうな感じをしている。おやぁ、シスハでもそんな顔をしてくれるのか。

「散々醜い争いをしてきた仲ですが、こういう時は寂しく感じるものですね。平八さん、ちゃんと帰って来てまた醜い争いをいたしましょうね」

「お前は素直に見送る言葉も言えないのか！　……俺もまたシスハと醜い争いをしたいけどさ」

笑顔で言い切ったシスハに呆れながらも、俺も笑って返事をして握手をした。うん、シスハとはやっぱりこうじゃないと。生活の中やガチャでシスハとは散々争ってきたが、こいつとは本当によく気が合った。親友と呼べる存在なのかもしれない。

召喚した当初はあまりのクレイジーさに怖くなったものだが、そのおかげで助かった場面はとても多い。ふざけた態度も多かったけど、何だかんだいつもしっかり動いてくれていた。気配りもよくしてくれてたし、知らない間に助けられたこともあるだろう。

神官とは思えないことをやって、私は神官ですからね、とよく口にして呆れていたが、シスハは立派な神官だったんだと今は思っているぞ。

シスハとの握手を終えると、次はエステルの番。彼女は不安げな表情でそっと俺の手を握ってきた。

「お兄さん……元の世界に帰っても元気でいてね。お兄さんだらしがないんだからちゃんとするのよ？　女の人に誘惑もされないでね？」

「されないって！　俺がそんな不誠実な男に見えて――」

「神殿のお姉さん相手にデレデレしていたじゃない……」

「あっ、いや、それはそのな……平気！　平気だって！　絶対やることやったら帰ってくるから！」

イリーナさんとの件はホントたまたまだ！　地球へ帰るのはケジメをつけるためなんだから、そんな心変わりすることだってない。俺はやると決めた時はやる男だぜ！　今なら鋼の意志を持ってると言っても過言じゃないはず！　……それは過言かもしれない。

ジトーと疑いの眼差しをエステルに向けられていたが、彼女は微笑みながらあるお願いをしてきた。

「名前、呼んでもいいかしら？」

「えっ……あ、ああ」

「それじゃあ……平八、大好きよ。帰ってくるのいつまでも待っているから、必ず帰ってきてね」

「……うん、必ず帰ってくるよ。その、前半の返事については……帰ってきてから答えさせてくれ」

「ええ、待っているわ。答えを聞かせてくれなかったら許さないんだから」

大好き、か。最初は悪戯かと思っていたが、エステルには本当に好意を向けられてきたからな。今の俺じゃその想いに答えられないから、ちゃんと帰って来たら返事をさせてもらう。……もし帰らなかったら、返事を聞きにエステルさんが次元の壁を超えて来そうだよなぁ。

そんなエステルとの会話も終わり、最後はノールだ。

「ノール、本当に今日までありがとな。お前が来てくれなかったら、俺はこの世界に呼びだされた直後にやられてたはずだ」

「私を召喚したのは大倉殿でありますけどね。私も大倉殿には沢山お世話になったのでありますよ。感謝しているのであります。……魔石集めは嫌でありましたけどね。特に一番最初のは……」

「ははは……あれはすまなかった。けど、いい思い出になっただろう？」

「どこがいい思い出なのでありますか！　未だに時々トラウマが蘇ってくるのでありますよ！」

ノールはプンプンと怒っているが、すぐに笑い冗談気味に言っているのがわかる。やはりノールとのやり取りは面白いなぁ。ノールを最初から今日この日までずっと頼りにしてしまった。まさに相棒というのは彼女のことだろう。

一番最初に召喚したのもあると思うが、無意識に絶大な信頼を俺は向けていた。クレアーレが彼女の姿を真似たのもそれが理由か。実際あの時、ノールと瓜二つの姿を見て安堵していた。それだけ俺は彼女を信頼していたんだなぁ。

どれだけノールが俺の中で大きな存在だったか改めて認識していると、ノールはアイマスクを取り、真っ直ぐな青い瞳で俺に微笑みかけてきた。

「大倉さん、出会った当初はとても頼りなかったですけど、ご立派になられましたね。今の大倉さんなら安心して見送れます。早く帰ってきてくれるのを祈っていますからね」

「ああ、今度会う時はお前達と気持ちだけでも肩を並べられる男になっておくさ。必ずまた会おうな」

この世界に来てから俺はかけがえのない大切な経験を沢山してきた。最初はノール達に頼りっぱなしだったが、いつの間にか俺も彼女達を守りたい、守れる存在になりたいと強く願うようになっていた。今もまだノール達に追いつけてはいないけど、地球から未練を残さず帰ってきたらちゃんと稽古などをしてもらおう。

ノール達との会話も終わり、いよいよ帰る時がきた。スマートフォンのアイテム欄から**【異世界からの帰還状】**を選択。**【本当に使用しますか？　Ｙｅｓ、Ｎｏ】**と表示され、一瞬躊躇したものの俺はYesを押した。

スマートフォンの画面は白く輝き始め、光の粒子が溢れ俺の体を包んでいく。薄れていく意識の中、ノール達が笑顔で手を振っている光景が目に入る。それを見た俺はニッと歯を見せ笑顔を作り、彼女達に向かって親指を立てた。

「それじゃあ皆、またな」

エピローグ　最強の美少女軍団

自室にて積まれた書類の束を上から順番に手に取って、内容に目を通しながらサインをしていく。

やれやれ、事務作業をする羽目になるなんてな。契約書やら報告書やら、一枚一枚確認しておかないといけないから大変だ。どうしてこんな大量の書類を確認しないといけないのか……。

あまりの多さに思わず天を仰いで溜息を吐くと、隣に座って一緒に書類を確認していたエステルが笑っている。

「ふふ、、お兄さんお疲れみたいね」

「いや、そうでもないさ。俺よりも皆の方が頑張ってくれているからな」

「そう言ってくれるなら皆喜ぶと思うわよ。私もお兄さんが指揮を執ってくれるおかげで楽だもの」

地球からセイバに帰ってきて早三年。俺達のパーティの人数は三十人近くに達していた。構成は全てGCのURユニットという豪華メンバーだ。

おかげで魔物狩りなどは全て他のメンバーに任せて、俺やエステルはこうやって自宅での仕事に専念する生活になっている。問題があるとすれば、あまりにも各方面で有名になり過ぎて、既に冒険者としての枠組みから外れていることだ。

冒険者協会と国から正式に認められて、独立した組織として会社のようなものを立ち上げている。

名前はガールズコーズだ。一応各方面から依頼を受け付けてはいるが、絶対に引き受ける訳じゃない。あくまで俺達は自由人の集まりだから誰にも強制されるつもりもない。

まあ、それでも誰かしら協力してくれたり、最悪俺が出張って受けたりするから滅多に拒否することはないのだが。国や冒険者協会から来る依頼も、俺達じゃなきゃどうしても解決できない大討伐級の魔物の討伐だったりだ。

さらには商売の方にも手を広げていて順調に勢力を拡大中だ。エステルが作った魔導具に加え、錬金術師のURユニットであるクリス・ファスタが作ったポーションなどの薬品も売っている。クリスが作る薬品はガチャ産アイテムに引けを取らない効力があるので、飛ぶ勢いで売れるほど好評だ。

……あれでマッドサイエンティストじゃなきゃ完璧なんだが。俺で人体実験しようとしないでほしい。

その他にも流通を限定しているが、ガチャ産アイテムも一部販売していた。その販促にはアンネリーちゃんの父親である大商家のアーデルベルさんからの支援を経て、商売を上手《うま》く軌道に乗せた。今ではお互いに利益を出し良好な関係を築けている。

セイバに来てすぐに出会った商人であるラウルさんの協力なども得て、荷物の運搬なども時には引き受けて人脈を増やしていた。国との直接取引なども多く、今ではあらゆる業界から俺達は注目を浴びているそうだ。コネを作ろうと接触してくる人が増えて来て少し大変ではある。

そんな訳でGCでいう軍団のような組織になっているのだが、これがまた厄介なものになっている。今までは冒険者協会があらゆる手続きなどをしてくれたから、俺達は依頼をこなすだけでよかった。

が、自分達でそれをやるとなれば事務作業も当然発生する。依頼主や取引先との契約、情報を伝えるための資料作りなどやることは多い。一応代表役になっている俺が率先してそれをやることになり、冒険者協会などから協力を得て何とか形にはなった。今も専門家と顧問契約を結んで学んでいる最中だ。

そんな訳でこうやってエステルと一緒に、事務作業をこなす日々が続いている。エステルさんは本当に優秀で、俺以上に書類の確認や報告書をまとめる作業が早い。もはや俺が補佐役になっていて、承認のサインをするのが役割になっている状態だ。

「俺達の組織がここまで大きくなるとは思いもしなかったな。もっとひっそりと活動していたかったんだが……」

「仕方ないじゃない。冒険者としてAランクだったたし、その上この国を救っちゃったんだもの。お兄さんが元の世界に帰った後、引き抜きとかが多くて大変だったんだから。強引な人達には私とシスハで徹底的に説得させてもらったけど」

「それはまた恐ろしい組み合わせで……本当に苦労をかけてすまなかった」

俺がセイバに帰って来るまで一年の時間を要した。転移直後俺は実家の自室に到着したが、クレアーレが言っていた通りちゃんと誤魔化してくれてあったようで、失踪したと認識はされていなかった。

会社は休職扱いになっていたからちゃんと退職し、俺はセイバに戻る準備を進めることに。とりあえず帰る前に貯め込んでいた魔石をガチャにぶち込んだのだが、『異世界への招待状』は排出されずに落ち込んだものだ。

代わりにあるURアイテムが手に入り、それのおかげで俺は地球での指標を立てて行動できた。本当に地球にも魔物のような存在がいて、全国、全世界を巡り回って俺は討伐に明け暮れた。特殊な力を持つ人達もいて、敵として認知されたこともあって大変だったが……セイバで鍛えられガチャアイテムを持っていたからどうにかなったぞ。

レベルの概念もそのまま引き継がれていて、殆《ほとん》どの相手は俺に傷を負わせることすらできてなかったからなぁ。エクスカリバールも一振りで殆どの怪物を消し飛ばせたから、まさに無双状態だった。

あいつは何者なんだと裏の世界で騒がれていたらしいが、姿は完璧に隠していたから最後まで正体がバレることはなかった。

世界の危機に立ち向かう少年達やら、裏世界を牛耳る秘密結社やら色々といて驚いたぞ。地球にもあんなに知らない存在がいたんだなぁ。

そんなこんなで魔石を順調に貯めていった俺は、無事にガチャから**【UR異世界への居住証】**を手に入れてセイバに帰って来たのだ。しかも奇跡的に時間のズレもほぼなく、セイバでも一年程度しか経っていなかった。

その後はノール達と再会して、セイバで魔物狩りをし魔石を集め、ガチャを回して仲間を増やして今に至る。

「戻ってきてからガチャを回してさらに人数も増えたからなぁ。軍団って言っても過言じゃないぐらいだぞ」

「そうね。それでいて皆何かしらのエキスパートだもの。困った子も多いのが難点だけれど……」

「エルスとかは災厄領域じゃないと、周囲に被害が出て任せられないしな……」

「おかげさまで魔石の貯まり方は凄いけどね。魔物の大軍もスキルなしで片づけちゃうし」

今話に出てきたエルス・シューデはURの砲撃手ユニットだ。武器は魔導砲という魔法で稼働する巨大な大砲。移動速度は遅いが後方からの砲撃で敵を殲滅《せんめつ》していくユニットである。その火力は凄《すさ》まじくて、大討伐級の魔物の大軍ですら一人で制圧してしまう。

エルスもガチャから召喚できたのだが、それはもう恐ろしい奴だった。これが帝国の技術の粋を集めた超兵器だ！　とか言ってバンバン大砲を撃ちまくりやがる。彼女の持つ**【巨大砲台マレウス】**は、名前通り砦のような大きさで圧倒的な大砲だった。

五十キロ先にいる標的にも正確に砲弾を飛ばせて、一分間に三発も撃てるとんでもない兵器だ。試しに戦わせた時はエステルの比じゃない被害が出て凄まじいことになったからな……。

災厄領域ではスキルなども使って遠慮なくぶっ放しているが、戦いが終わった後魔物どころか風景すらまともに残っていない。魔物を倒せているからまだいいが、あんな奴絶対に相手にしたくないぞ。弾がなくなるまで撃ちまくれ、弾が尽きても撃ちまくれ！　とか意味不明なことを言ってやがるしな……。

そんな癖はあるが様々な強者が続々と加わってくれたおかげで、魔石集めに関しては考えられないほどの高効率になっている。もう数十万単位で魔石が貯まっているからなぁ。ＧＣのＵＲユニットをコンプリートする日も近いぞ。

エステル達の強化も平均的に本人も武器も星三は超えている。この世界で異次元の強さの集団が出来上がった状態だ。

だが、そこで問題だったのが召喚するためのコストだったのだが……それはあるお方によって解決された。タイミングを見計らったかのように、その人物が俺とエステルの会話に入り込んでくる。

『これも私がコストを最小限に抑えているおかげですね』

俺のスマートフォンから女性の自慢げな声が聞こえた。声の主、それはクレアーレだ。

これはスマホに入っている【URフルアシスタントアプリ】で、彼女と通信ができるようになっている。地球へ帰ってからガチャで引き当てたURアイテムはこれで、クレアーレの導きで俺はセイバへ戻ることができたのだ。

立体地図アプリである程度は魔物の位置とか把握はできたけど、クレアーレはどんなに離れた魔物の位置も伝えてくれたから効率的に倒すことができた。

そしてセイバに戻ってからもクレアーレにはお世話になっている。イルミンスールの力をある程度使えるようになった彼女に、ユニットの召喚コストを大幅に軽減してもらっていた。それでもある程度は必要だが、俺のレベルも二百を超えているから何とか全員召喚できている感じだ。彼女にはとても感謝している。

「クレアーレ、そっちは忙しくないのか？」

『セイバとイルミンスールの繋がりを見守っているだけですからねー。ヴェルマヌムがいなくなって不安定になってる分、いつ暴走が起きるかわかりませんから。でも暇ですので、話し相手ぐらいは欲しいんですよ』

「こんな気軽に話ができるなんて、クレアーレが神様とは思えないわね」

『もっと私を崇めてくださってもいいんですよ？　邪神のような存在ですけどね』

「ふふ、こんな人のいい邪神なんているのかしら」

『他人の欲望を糧に能力を付加していますからね。分類的に私は邪神寄りですよ。……おっと、少し荒れてきたみたい。それではまたお話しいたしましょう～』

プツリ、とクレアーレとの通信が切れた。こうやって気まぐれに連絡が来てはすぐに途切れるから困る。色々融通してくれてありがたいけど、会話などもいつの間にか聞かれているから気が抜けないな。さすが邪神寄りの存在なだけあるか。

会話も終わり仕事を再開しようとしたのだが、トントンと扉が叩かれた。入っていいと合図をすると、シスハが部屋へと入って来る。

「大倉さん、エステルさん、飲み物お持ちいたしましたよ～」

「おう、ありがとな」

「ありがとうね。それじゃあ休憩にしましょうか」

持ってきてくれた飲み物を貰いシスハも交えて休憩を取ることにした。

「いやはや、最近はやることが色々と増えましたねぇ。私も魔物狩りになかなか行けずストレスが溜まるばかりですよ」

「普通なら喜ぶべきことだと思うんだけどな」

「いえ、由々しき事態ですよ！　回復作業ばかりですし、これじゃまるでただの神官じゃないですか！」

「シスハは神官でしょ……。まあ、私達も事務作業ばかりだから、たまには魔物を狩りに行くのもいいかしら。このままだと色々と鈍っちゃいそうだわ」

「ですよねですよね！　大倉さんもせっかく強くなったんですから、狩りに行くべきですよ」

「うーん、戦うこと自体は好きじゃないんだけどな。けど、鈍るって意見には賛成だから今度行くか」

俺も地球で戦っている間に、自覚するほど戦いに関しては腕を上げた。なんたって一人でずっと戦ってきたからな。ノール達の教えをよく思い出し、クレアーレにもアドバイスを貰いながら訓練を続けてきた。

俺の攻撃力と防御力は圧倒的だったけど、ノール達を知っているからこそ俺は慢心せずに努力できたのだ。今ではノール達と肩を並べられる強さになったと思う。久しぶりのシスハ達と一緒に戦って俺の成長を見てもらうのもちょっと楽しみだったりする。

そんなことを考えていると、突然シスハが驚くことを口にし出した。

「時に大倉さん、私達とのお付き合いはどうお考えなのですか」

「ぶっ⁉　きゅ、急にどうしたんだよ！」

「いえ、帰ってきてから大分経ちましたし、そろそろ聞いてもいいかと思いまして。エステルさんはどうです？」

「そうね。私も返事を聞かせてもらいたいわ。お兄さんは私とシスハ、どっちが好きなのかしら？」

シスハとエステル、両者共に笑顔で俺を見てそう聞いてきた。おいおい、どうして急にそんな話になったんだ！　……と言っても、地球へ帰る前からエステル達から好意を抱かれていたことには気が付いていた。帰ってきてからも何だかんだ色々と忙しく、その結果返事をしようと決意してから四年もの月日が経過している。

いい加減返事をしろと催促されても致し方のないことだ。セイバに一生住むのを決意してから、こういう日が来るのは覚悟していた。そのための答えは俺の中でちゃんと用意してある。今こそ答えるべきだろう。……正直これを言うのはめちゃくちゃ怖い。

覚悟の決意をして、俺は笑顔で待つエステルとシスハに返事をした。

「あのさ、エステルとシスハ、二人と付き合う、とか駄目か？」

「ほほぉ、それはまた面白いことを言い出しましたねぇ……」

「……まずは理由を聞いておこうかしら」

ヒェ、場の空気が凍った気がする！　だ、だが、一度口にしたことだ！　ちゃんと理由は言うぞ！

「本当ならどちらかに決めるべきだと思っている。けど、俺は二人共好きだしどっちか選ぶなんてできない。イヴリス王国は一夫一婦制じゃないし、二人と同時に結婚もできる。だから結婚するなら俺は二人共選びたい。都合がいいことを言っている自覚はあるから、それはすまないと思っている」

俺の元々持つ倫理観からして、こんな選択をするのはいけないと思っている。が、ここは異世界でイヴリス王国では一夫多妻も認められているのだ。こういう選択もありなのではないかと考えこの結論を出した。

エステルもシスハも俺にとってとても大事な女性だ。どちらか選ぶのはとても至難のこと。ならば俺が二人を誰よりも幸せにしてやりたい、と半分開き直った答えを俺は選んだ。幸せにしてやりたいなんて、我ながら随分傲慢な考えだな……それでも、二人と結婚するのならそれぐらいの心構えは持ちたい。

俺の答えを聞いたシスハとエステルは、互いに顔を見合わせて眉をひそめている。こんなことを言われて快く思わないのは当然だろう。だが、次の彼女達の返事は辛辣なものではなかった。

「大倉さんの考えはわかりましたよ。まあ、否定はしないであげましょう」

「そうね。本当なら私一人を選んでほしいところだけれど、お兄さんがそう決めたならそれでもいいんじゃないかしら」

「そ、それじゃあ……」

認めて貰えた⁉　と期待を胸にしたが、シスハはチッチッと人差し指を立てて言葉を付け足す。

「けど、認めるとは言ってませんよ。私とエステルさんが大倉さんに好意を抱いているとはいえ、二人共恋人にして結婚したいのなら、私達を納得させる言動で示してください。私は何事も一番がいいですからね」

「お兄さんの考え自体は理解しているわ。国で制限されていないって解決策を見つけたことも、私達の関係と向き合った結果だもの。私としてもシスハとわだかまりを残したくはないわ。だけど、自分から私以外と結婚してもいいとは言いたくはないわね。それでもいいって納得させてほしいわ」

で、ですよねー！　そう簡単に認めて貰えるほど甘くはないよな。二人と同時に結婚したいのなら、ちゃんと両者を納得させられるほどの愛を示せってことか……。うん、否定されないだけかなり譲歩してもらっていると思う。

そりゃ本人達からしたら、二人同時に付き合いたいと言われてはいそうですかと言いたくはないよな。それでもこうしてチャンスを貰えたんだ。これはとてもありがたい。

「わかった、二人が納得できるように努力する。必ず二人共幸せにするから、納得するまで待っていてくれ」

「……まあ、今のところはそれでよしとしておきましょう。まさか二人共選ぶとは思いませんでした。全てがいいとは言いませんけど、度胸と自信が付いたということでしょうか。大倉さんの気持ちはわかりましたから、これからどんどん誘惑していきますかねぇ」

「あら、抜け駆けなんてさせないわよ。平八が私達を納得させるのが先か、私達がどちらか選ばせるのが先か。ふふ、楽しくなってきたわね」

エステルとシスハは笑い合いながら、視線でバチバチと火花を散らしているかのようだ。……おう、まさか俺まで二人のどちらかに落とされるかの話に発展するなんて。やはり彼女達は一筋縄ではいかないなぁ。そういうところも本当に魅力的だから困るぞ。

とりあえずしっかりとお互いの気持ちを確認できたのはよしとしよう。これから彼女達と向き合って、いい関係が築けるよう努力するつもりだ。

そう決意を新たにしていると、バンッとまた扉が開かれた。そうして入って来たのは、カロンちゃん、フリージア、ルーナの三人だ。二人はカロンちゃんに持ち上げられて、何とも楽しそうにしている。

「やはり平八の部屋に集まっていた」

「はっはっは！　三人で集まって何をしている！　私達も混ぜろ！」

「エステルちゃん達だけでお茶してる！　ズルいんだよー！」

騒がしい三人も加わり、俺の部屋でお茶会が始まってしまった。あー、これはもう仕事を進められそうにないな。

カロンちゃんも俺がセイバに帰って来てから、ガチャで召喚石を引き当てて呼ぶことができた。今では先程のようにルーナとフリージアと一緒にいることが多く、楽しく過ごしているようだ。

普段の様子から想像できない気品に満ちた所作でティーカップを口に運ぶカロンちゃんは、俺の机の上で山積みになった書類を見て小難しい表情をしている。

「お前様も大変そうだな」

「そうでもないさ。これもカロン達が狩りをしてくれるおかげだ」

「はっはっは、そうでもあるぞ！　魔物狩りなど造作もない！」

「私達は魔物を狩り終われば自由だから楽だ。家の中も快適になっている」

「お家の中も楽しいんだよ！　映画見るの大好き！」

魔石狩りの効率も飛躍的に向上しガチャを回す頻度も増えているから、当然ハウス・エクステンションのポイントも使い放題なレベルに達していた。

今も主な拠点はブルンネの自宅で見た目は普通の一軒家だが、内部はとんでもないことになっている。三十人近い人数の部屋は当然用意してあって、各十ＬＤＫぐらいの規模だ。もはや家の中に家がある状態。居間も全員集まれるほど広くなっていて、集会場のような空間も用意している。

その他にも様々な施設も追加され、大浴場、シアタールーム、トレーニングルーム、図書館、研究所などなど、凄まじい自宅に成長していた。この家だけであらゆる施設を完備しているようなものだ。召喚した彼女達もとても気に入っているようで、外に出ずに自宅の中で楽しんでいるメンバーも多い。

魔物狩りなどを手伝ってくれるカロンちゃん達には感謝しないとな。龍神様にそんなことをさせるのは何だか不敬な気がするけど、彼女は快く引き受けてくれている。

「お前様はちゃんと約束を守って呼んでくれたからな。いくらでも手伝いをしてやろう」

「龍神様にそう言ってもらえるのは心強い限りだ。未だに災厄領域だとヤバイ魔物が出てきたりするからなぁ」

「消滅したとはいえ、それだけこの地に根付いた力は強大だ。そう簡単に影響は消えない。しばらく私達の仕事は欠くことなく安泰だな！」

「それはそれで喜ばしくはないんだがな……恩恵もあるのは否めないが」

セイバに染み込んだイルミンスールの力はこれ以上強まることはないが、弱まるまでとても長い年月がかかるそうだ。元凶であるヴェルマヌムが消えたせいで、今は特に力が不安定で急に強力な魔物が発生したりしている。そういう魔物の対処は大体俺達に出番が回ってくるから、仕事には事欠かないだろう。

「平八が帰ってから、仲間がいっぱい増えて賑やかで楽しいよね！」

「騒がしくてたまらん。生意気なのも多い。狩りを分担できるのだけは助かる」

「はっはっは、そう言うでない。沢山の同胞と交流できるのはいいことだぞ！」

　ガチャを回してどんどん仲間を増やしたおかげで、この家の中もかなり賑やかになっている。相性などを考慮して班決めをし、狩りなどを分担して行い効率的に国や冒険者協会からの依頼をこなしていた。なので個人個人の拘束時間はそこまで長くなく、皆伸び伸びと私生活を楽しんでいる。ルーナなんて寝る時間が増えて幸せそうだしな。

　問題があるとすれば、やはり人数が多いと喧嘩などの争いが起きたりすることだ。大体はノールやエステルさんが鎮圧してくれるのだが、実力者同士だから軽くやり合っただけで家の一部が消し飛んでしまう。

　なので武力行使は禁止として、何かあったらゲームや賭け事などで勝負しろと言い聞かせている。あまりに酷かったらクレアーレに頼んでイルミンスールに強制送還となっているから、今のところ大惨事になったことはない。

　フリージアやルーナは一緒にいる期間が長いから特に仲がいいけど、俺が帰って来てから増えたメンバーとも交流を経て仲がいい相手はかなり増えている。ハウスキーパーのＵＲユニットであるマルグリア・ハリウスには皆世話になっているから、一番馴染んでいるかもしれないなぁ。ノールと料理談義とかもしていたし。

　そう思い浮かべていると、また部屋の扉を叩く音がした。この流れは……と思い入っていいと返事をすると、案の定アイマスクを着用したノールが入ってくる。その腕の中にはモフットが抱かれていて、プーと鳴いて挨拶をしているようだ。

「あっ、皆集まっていたのでありますか」

「ノールとモフットも来たのか。どうしたんだ？」

「今日は狩りもないでありますから、大倉殿と少しお話でもしようかと……私もお邪魔させてもらうのでありますよ」

こうしてノールもお茶会に参加し、一番付き合いの長いメンバーがこの場に揃った。皆でこうやって集まるのは久しぶりな気がするぞ。

ノールには普段魔物狩りに行くメンバーのまとめ役の司令官をしてもらい、一緒に現場に行ってもらうことも多くなっていた。騎士である彼女は指揮をする素養もあったのか、今では立派に皆をまとめ上げ日々依頼をこなしてもらっている。

俺達がこうやって事務作業に専念できるのもノールのおかげだ。地球へ帰る前に手に入れた**【UR代替スマートフォン】**もノールに預けて活用してもらっている。

「ノール、いつも現場の指揮を執ってくれてありがとうな」

「急にお礼を言うなんてどうしたのでありますか？　私も騎士としていい経験になるのでありますよ。ハイディと意見交換もよくしているのであります」

「ああ、魔導戦士だから意見も合ったりするのか」

「現地で指揮を執れる子達も複数いてくれて助かるわね。色んな場所へ同時に行くことができるもの」

「おかげ様で魔石の集まり方も凄いですからね。ガチャを回し放題です」

URの魔導戦士であるハイディ・ブリューゲルも、ノールと同じく騎士だったので司令官を任せている。最高司令官が俺で、ノールが現場の総司令官、その下に数名の司令官を配置している形だ。トランシーバーで連絡を取り合い、同時多発的に魔物が発生した時はお互いに連携を取ることもある。

魔石狩りなども司令官がいることで効率的に行え、魔石のみを狙う狩り自体の頻度は減っていた。魔物退治のついでに結構貯まっていたりするからな。気分転換に百連程度しても痛くないぐらいだ。

……いや、それは言い過ぎた。

無駄遣いすると未だにノールに叱られるからなぁ。エステルも補佐役としてほぼ一緒にいて見張っているから、気軽にガチャも回せないぜ。

そんなことを考えていたのだが、あることを思い出し俺は机から箱を取り出した。

「そういえばノールに渡したい物があったんだよ」

「むっ、何でありましょうか？　開けていいのでありますか？」

「ああ、お前へのプレゼントだ」

ノールに箱を手渡すと彼女は首を傾げながら蓋を開いた。箱の中にあった物、それは水色に輝くブルーダイヤモンドだ。

ノールはそれを見て硬直して黙り込んでいたが、ハッとして我に返ると叫び出した。

「お、大倉殿⁉　こ、これは！」

「合間を見てちょくちょくルゲン渓谷に原石を採りに行ってたんだよ。いい原石が見つかったら頼んで加工してもらっておいたんだ」

シスハやエステルとちゃんと向き合おうと考えた時、贈り物に宝石でも用意しておこうと合間を見てルゲン渓谷に原石を採りに行っていた。二人の分はまだ決めていないのだが、その途中にこのブルーダイヤモンドの原石が手に入ったのでノールに渡そうと加工してもらったのだ。

地球へ帰る前にノールにも原石探しをすると約束して結局有耶無耶になっていたから、今更だがちゃんとプレゼントしてやりたかった。エステルにプレゼントした時のように、カットなどをして宝石にした状態だ。何にするかは本人に決めてもらおう。

ノールは光を反射して輝く宝石を頬を赤らめてジッと見ている。ははっ、どうやら気に入ってもらえたみたいだな。

「うわぁー！　いいなノールちゃん！　凄く綺麗な宝石なんだよ！」

「私はシスハから貰っている。が、羨ましい」

「ほほぉ、私達にあのようなことを言っておいて、ノールさんのプレゼントまで用意していたとは」

「どうやら私達だけじゃなくて、ノールとの結婚も狙っているのかしら」

「あっ、いや、これには理由があって――」

「けっ、結婚!?　そうなのでありますか大倉殿！」

「はっはっは！　お前様は罪作りな男のようだな！」

ちょ、別にそういう意味で渡した訳じゃ！　これは本当に今までの感謝の気持ちで渡しただけで、そういうやましいことは一切……ないと言えるか怪しいかも。

ノールには恋愛感情に近いものを抱いているのは自覚しているが、どうもそれを超えた何か特別な気持ちがある。最初に召喚したのが理由なのかわからないけど、憧れのようなものなのかもしれない。セイバに召喚されて右も左もわからない時、俺はノールの背中を見てこの世界を歩んできた。いつか彼女のように俺も強くありたいと思う気持ちもあったはずだ。

そんなノールと恋人関係になれたとしたら……と思うと、欲があったのも否定できない。けど、これは本当にお礼の気持ちとして渡した物だから、今はそういうことにしておいてほしい。

エステルとシスハにジト目で見つめられ、カロンちゃん達にはやされる中、ノールはアイマスクを取ってこっちを真っ直ぐと見つめ俺と目が合う。

「大倉さん、ありがとうございます。大切にしますね」

「おう、何にするかは自由に決めてくれよ」

「はい、それと……改めて言わせてもらいますね。おかえりなさい、平八さん」

「……ああ、ただいま」

あとがき

お久しぶりとなります、ちんくるりです。

最終巻はいかがでしたでしょうか？　書き始めた当初ですが、実は詳細なプロットはありませんでした。しかし終わり方はいくつか決めてあり、これが一番ハッピーエンドだと思いこの結末を選びました。

小説家になろう様で連載しているｗｅｂ版に関しては、更新を続け書籍とは異なる独自の終わり方をさせたいと思っています。

次にお礼の言葉を述べさせていただきます。

読者の皆様、本当にありがとうございました。楽しんでいただけたのなら作者冥利に尽きます。

イセ川ヤスタカ先生、ノール達のキャラデザはとても素晴らしく、担当をしてくださりありがとうございました。

晴野しゅー先生、ありがとうございました。漫画が本当にお上手でいつも楽しみにしております。

担当編集のＩ様、ありがとうございました。自分では気が付かなかった文章の癖などをご指摘くださりとてもいい経験となりました。

出版に関わったいただいた編集部の皆様、ありがとうございました。多くの方がご協力くださり完結まで出版していただけました。

それでは最後の一言で締めようと思います。今までご愛読くださり誠にありがとうございました。

ガチャ完結
おめでとうございます!

Comic Ride NEW RELEASE
「ガチャを回して仲間を増やす 最強の美少女軍団を作り上げろ」
THE COMIC 4
GATYA
You increase families and make beautiful girl army corps, and put it up
漫画:晴野しゅー
原作:ちんくるり
キャラクター原案:イセ川ヤスタ
新キャラ
神官は何が
ぶっ壊れ
UR級!?!!
LINEスタンプも
発売中!!
ドヤァ
ガチャの
時間だ!!
スタンプショップは
こちらから!
コミックス
第4巻 好評発売中!!
定価:630円+税/B6版/ISBN9784867160503

GC NOVELS

ガチャを回して仲間を増やす最強の美少女軍団を作り上げろ⑨

2020年9月6日　初版発行

著者　ちんくるり
イラスト　イセ川ヤスタカ

発行人　武内静夫
編集　岩永翔太
装丁　AFTERGLOW
印刷所　株式会社平河工業社
発行　株式会社マイクロマガジン社
URL:http://micromagazine.net/
〒104-0041
東京都中央区新富1-3-7　ヨドコウビル
TEL 03-3206-1641 FAX 03-3551-1208（販売部）
TEL 03-3551-9563 FAX 03-3297-0180（編集部）

GATYA

You increase families and make beautiful girl army corps, and put it up

ISBN978-4-86716-044-2　C0093

本書は小説投稿サイト「小説家になろう」(http://syosetu.com/)に掲載されていたものを、加筆の上書籍化したものです。

ファンレター、作品のご感想をお待ちしています!

宛先　〒104-0041　東京都中央区新富1-3-7　ヨドコウビル
株式会社マイクロマガジン社　GCノベルズ編集部　「ちんくるり先生」係　「イセ川ヤスタカ先生」係

アンケートのお願い

二次元コードまたはURL(http://micromagazine.net/me/)ご利用の上
本書に関するアンケートにご協力ください。

■ご協力いただいた方全員に、書き下ろし特典をプレゼント!
■スマートフォンにも対応しています（一部対応していない機種もあります）
■サイトへのアクセス、登録・メール送信時の際にかかる通信費はご負担ください。